同我一起时，我的爱人让
时钟奏鸣；
但当她离开，她同时带走了
时间前行的动力。

With me, my lover makes
The clock assert its chime:
But when she goes, she takes
The mainspring out of time.

桂冠诗人诗选

尼古拉斯·布莱克 **桂冠推理全集**

Minute for Murder

谋杀笔记

尼古拉斯·布莱克——著
蔡丹丹——译

上海文艺出版社
上海故事会文化传媒有限公司

尼古拉斯·布莱克桂冠推理全集（全16册）
编委会

总策划：夏一鸣

主　编：黄禄善

副主编：陶云韫

编辑成员

（按姓氏笔画为序排列）

丁娴瑶　王　琦　田　芳　吕　佳　朱　虹　孟文玉
赵媛佳　夏一鸣　陶云韫　黄禄善　曹晴雯　彭元凯

名家导读

提起英国黄金时代侦探小说的代表性作家，很多人马上就会想到阿加莎·克里斯蒂（Agatha Christie, 1890-1976）。确实，这位昔时光顾伦敦侦探俱乐部的"常客"，自出道以来，累计创作悬疑探案小说81部，总销售量近20亿册，是地地道道的"侦探小说女王"。不过，在当时的英国，还有一位男性侦探小说家，其创作才能一点也不亚于阿加莎·克里斯蒂，只不过他的身份比较显赫，甚至有点令人生畏。尼古拉斯·布莱克（Nicholas Blake, 1904-1972），这个生于爱尔兰、长于伦敦、后来活跃在诗坛的"怪才"，不但拥有牛津大学和哈佛大学教授、英国桂冠诗人、大不列颠功勋骑士、战时宣传口掌门、左翼社会活动家等多种显赫身份，还在出版大量彪炳史册的诗歌集、论文集、译著的同时，客串侦探小说创作，成就十分突出。说来让人难以置信，他创作侦探小说的原因竟然是囊中羞涩，无法支付居住已久的房屋的维修费。在给自己的诗友、同为桂冠诗人的斯蒂芬·斯潘德（Stephen Spender, 1909-

1995)的信中,他坦言,因为担心失业,一直想写些可以盈利的书。于是,一套以"奈杰尔·斯特雷奇威"(Nigel Strangeways)为业余侦探主角的悬疑探案小说诞生了。

该套小说共计16部,始于1935年的《罪证疑云》(*A Question of Proof*),终于1966年的《死后黎明》(*The Morning after Death*),陆续问世后,均引起轰动,一版再版,畅销不衰,并被译成多种文字,风靡欧美多地。直至今天,这套作品依然作为西方犯罪小说的经典被顶礼膜拜。《纽约时报》《泰晤士报文学增刊》《每日电讯》等数十家报刊连篇累牍地发表评论,称赞这套小说是西方侦探小说的"杰作","值得倾力推荐"。知名小说家伊丽莎白·鲍恩(Elizabeth Bowen)说,尼古拉斯·布莱克"拥有构筑谜案小说的非凡能力","在英国侦探小说史上独树一帜"。当代著名评论家尼尔·奈伦(Neil Nyren)也说,尼古拉斯·布莱克不愧为"神秘小说大师","在西方侦探小说从通俗到主流的文学转型中起着重要作用"。[1]

人们之所以热捧尼古拉斯·布莱克,首先在于这套悬疑探案小说构筑了16个扑朔迷离的故事情节。尼古拉斯·布莱克熟谙黄金时代侦探小说的各种创作模式,在他的笔下,既有引导读者亦步亦趋的"谜踪",又有适时向读者交代的"公平游戏原则";既有转移读者注意力的"红鲱鱼",又有展示不可能犯罪的"封闭场所谋杀"。而且,一切结合得十分自然,不留任何痕迹。譬如,该系列的第二部小说《死亡之壳》(*Thou*

---

[1] Neil Nyren. "Nicholas Blake: A Crime Reader's Guide to the Classics", https://crimereads.com, January 18, 2019.

Shell of Death），功勋飞行员费格斯不断收到匿名威胁信，断言他将在节日当天毙命。以防万一，费格斯请来了破案高手奈杰尔·斯特雷奇威。然而，劫数难逃，在节日家宴后，费格斯还是神秘死亡。凶手究竟是谁？为何要选择节日当天谋杀他？谋杀动机又是什么？种种线索指向参加节日家宴的、有可能从谋杀中获益的一些嘉宾，其中包括富有传奇色彩的女探险家乔治娅·卡文迪什，她与费格斯来往甚密。与此同时，奈杰尔·斯特雷奇威也开始调查死者费格斯鲜为人知的过去。又如该系列的第四部小说《禽兽该死》(The Beast Must Die)，故事以侦探小说家弗兰克的日记开头，讲述他6岁的儿子突遇车祸，肇事司机逃逸，由此他悲愤交加，展开了追查禽兽的历程。故事最后，复仇者锁定嫌疑人，并潜入嫌疑人家中，准备实施谋杀。然而，当东窗事发，弗兰克却坚称自己无罪。事情真相究竟如何？弗兰克是有罪，还是无罪？奈杰尔·斯特雷奇威依据严密的推理，做出了出乎众人意料的判断。再如该系列的第14部小说《夺命蠕虫》(The Worm of Death)，开篇即以死者之口预告了自身的死亡，设置了"自杀还是谋杀"的悬念。死者名为皮尔斯·劳登，是一个医学博士，他的尸体突然出现在泰晤士河中，全身只穿有一件粗花呢大衣，手腕处还有数道相同的刀伤。奈杰尔·斯特雷奇威奉命介入调查，似乎所有家庭成员都对死者抱有敌意，所有人都有强烈的作案动机，包括深受博士喜爱的养子格雷厄姆，次子哈罗德，还有小女儿瑞贝卡——死者曾坚决反对她与艺术家男友的婚恋。随着调查深入，家中发生的又一起死亡事件陡然加剧了紧张局势。恶意谋杀仍在继续，奈杰尔·斯特雷奇威不得不加快脚步。与此同时，他也在一艘腐烂的驳船上发现了令人毛骨悚然的事实真相。

不过，尼古拉斯·布莱克毕竟是驰骋在诗坛多年的"桂冠诗人"，他在构筑上述扑朔迷离的故事情节的同时，还有意无意地融入了许多纯文学技巧。故事行文优美，引语典故不断，清新、优雅的风韵中又不乏幽默，尤其是在刻画人物的心理和展示作品的主题方面狠下功夫。一方面，《酿造厄运》（There's Trouble Brewing）通过一家酿酒厂里的奇异命案，展现了资本家的贪婪、人性的扭曲和底层劳动者的苦苦挣扎；另一方面，《深谷谜云》（The Dreadful Hollow）又通过偏僻山村一系列匪夷所思的恐怖事件，展示了一幅幅极其丑陋的贪婪、嫉恨、复仇的图画；与此同时，《雪藏祸心》（The Corpse in the Snowman）还通过侦破豪华庄园一起诡异的"闹鬼"事件，反映了二战期间英国毒品的泛滥和上流社会的骄奢淫逸、人性丑陋。最值得一提的是《游轮魅影》（The Widow's Cruise），该书的故事场景设置在希腊半岛东部的爱琴海上，与阿加莎·克里斯蒂的《尼罗河上的惨案》有异曲同工之妙，两者均通过游轮上一起离奇古怪的命案，揭示了人性的弱点与步入歧途的道德激情。

一般认为，尼古拉斯·布莱克对英国黄金时代侦探小说的最大贡献是塑造了栩栩如生的学者型业余侦探奈杰尔·斯特雷奇威这个人物形象。在他的身上，几乎汇集了之前所有业余侦探的人物特征。他既像吉·基·切斯特顿（G. K. Chesterton, 1874-1936）笔下的"布朗神父"，善于同邪恶打交道，洞悉罪犯的犯罪心理；又像阿加莎·克里斯蒂笔下的"前比利时警官波洛"，在与人的交往中十分随和，富有人情味；还像多萝西·塞耶斯（Dorothy Sayers, 1893-1957）笔下的"彼得·温

奈杰尔侦探小传

奈杰尔·斯特雷奇威，是推理大师尼古拉斯·布莱克小说中虚构的一位私人侦探。在1935年至1966年间，作为重要角色出现在16部尼古拉斯的小说中。

奈杰尔年轻俊朗，不拘小节，常以苍白凌乱的形象示人。他是智商超群的学霸，却因性格过于叛逆被牛津大学开除。他性格幽默，行动力超强，气质温文尔雅。稚气面容与老道头脑形成戏剧化的反差。奈杰尔周身散发出儒雅的学者气息，在调查过程中，他喜欢借角色之口，引经据典，让人不知不觉靠近他，信任他，将案子交到他的手中。

在系列小说中，奈杰尔的情感故事同样精彩，他的妻子乔治娅是一名探险家，不幸死于闪电战。之后，奈杰尔又邂逅了雕塑家克莱尔。在奈杰尔生命中出现的两位女性，都是具备智慧、勇气、思想的"独立女性"，在古典推理小说中难得一见。

在侦探小说的王国中，奈杰尔这样的侦探形象，可谓独一无二。

人物关系

奈杰尔·斯特雷奇威： 战时宣传局（辖属于20世纪40年代初英国战时组建的士气部）编辑部负责人，战前是侦探

布莱恩·英格尔： 战时宣传局编辑部文字编辑

詹姆斯·雷克： 战时宣传局主任，昵称吉米

妮塔·普林斯： 主任的秘书，美丽的金发女郎，曾是查尔斯·肯宁顿的未婚妻，后成为吉米·雷克的情人

哈克·福斯科： 战时宣传局副主任

埃德加·比尔森： 战时宣传局图片资料库负责人

梅里安·斯奎尔： 战时宣传局美编组专员

查尔斯·肯宁顿： 吉米·雷克的妻弟，战前是社会摄影师，在士气部负责摄影材料的审查工作，后在德国从事秘密间谍活动

爱丽丝·雷克：　　吉米·雷克的妻子，查尔斯·肯宁顿的孪生姐姐
帕梅拉·芬利：　　奈杰尔的助手
托米·布朗特：　　苏格兰场（伦敦警察厅）的警司

目 录

第一章 开启新文件 …………………… 1

第二章 行动 …………………………… 24

第三章 交给斯特雷奇威先生 ………… 48

第四章 参考资料：妮塔·普林斯小姐 …… 70

第五章 主任：紧急 …………………… 93

第六章 斯奎尔先生：请发表您的意见 …… 116

第七章 发件人：比尔森先生 收件人：副主任
………………………………………… 139

第八章 (1) 斯特雷奇威先生：待见面

(2) 英格尔先生：待讨论 …………… 164

第九章 参考资料：雷克夫人 …………… 186

第十章 肯宁顿少校：绝密 …………… 212

第十一章 存档 …………… 243

第一章

开启新文件

清洁工站起来,拿着水桶、刷子和掸子,嘎吱作响地走到门口。像往常一样,她转过身来微笑着说:"再见,斯特雷奇威先生,好好干。"然后叮铃哐啷地向副主任的办公室走去。两年前,一位受欢迎的演员在广播中讲述了这位史密斯夫人的故事,她是一位患膝痛风、心怀大志的清洁女工,当炸弹在她耳边呼啸时,她仍在政府办公室打扫卫生,她代表了大不列颠所有坚忍的清洁女工,怀着集体的伤痛,嘴里说着饶舌的伦敦话,手里的活也一刻不停。史密斯夫人把这种敬意当作对她个人的敬意,此后她对待她的政府官员们,对高级别的人表现出一种轻松的友谊，对低级别的人则是某种矜持骄傲的态度。

奈杰尔·斯特雷奇威像往常一样，吹了吹桌上的灰尘，把昨天的烟蒂倒出窗外。现在是早上9点。他喜欢早早地开始工作，在被电话和同事打扰之前。在10点前，士气部将是一片平静，只有史密斯夫人的叮叮当当声和一些自觉的初级职员蹑手蹑脚的走动声，这些人还没有受到自欧洲胜利日[①]以来士气低落的影响。奈杰尔抽出一张由布莱恩·英格尔撰写的图片说明草稿。

"就像从复仇女神涅墨西斯手中抛出的一束箭，迅速而无情，"他读着，"这些喷气式飞机在盖尔森基兴地区对德国的铁路枢纽展开了轰炸。"

他把"轰炸"改为"攻击"。他在空白处潦草地写道："箭不是用手抛的。"他瞥了一眼被标注为"台风式战斗机"的照片，想：善良的老布莱恩，无可救药地不准确，不可战胜地浪漫，从不为错误的词语、糊涂的比喻所困扰——没有他，我们该怎么办？可怜的老布莱恩，五年过去了，仍然把战前使他成为《周日号角报》王牌小说评论家的那份丰沛而不加批判的热情带到了图片说明的写作中。吉米很聪明地选择了他来做这个工作。不过吉米在挑选员工方面着实高明，这就是他成为第一流的领导的原因。"不，"他一开始就坚定地说，"我的部门不需要广告人。我想要的是那些相信自己所言的人，我们不能让说

[①] 1945年5月8日，二战同盟国接受纳粹德国投降，此后这一天被定为"欧洲胜利日"。——译者注（下同）

2

话不真诚的人来向公众推销这场战争。"他是多么正确。当布莱恩·英格尔告诉公众,一个中队的喷火式战斗机(或台风式战斗机)是复仇女神手中抛出的一束箭,公众相信了他,再一次展现出恰当的反应:这是一场正义的战争。奈杰尔拿起他的橡皮擦,擦掉了"箭不是用手抛的"。

门开了,一个信使摇摇晃晃地走了进来,他的手臂上堆满了文件和信件。像往常一样,他无助地环顾四周,然后梦游似地走到奈杰尔的办公桌前,从中挑出一沓放在发文盘上,并沉闷地打招呼说:"今早天气真好。"像往常一样,奈杰尔把那沓文件从发文盘移到收文盘,"是的,今早天气真好。"他附和道,瞥了一眼窗户上用不透明材料糊着的破洞,这是窗玻璃被飞来的炸弹击碎后,修理处的人贴在窗框上的。

"我们连一半也没看到呢。"信使郁郁说道。

"什么的一半?"

"你记住我的话,先生。当和平来临的时候,真正的和平,这个国家会出现查-奥[①]。真正的查-奥。"

奈杰尔立刻明白了信使指的是"混乱"。"你为什么会这么想?"他问。

"显而易见。数以百万计的年轻人被训练成暗杀的高手;看看这些突击队之类的人,手无缚鸡之力,用一把汤姆逊枪堵住他们的喉咙

---

① 信使误把"混乱"的英文"chaos"说成"chay-oh"。

还差不多——好了,他们回来了,他们发现什么了?"

"查-奥,"奈杰尔不由自主地回答,"也就是说——"

"你说对了。妻子和一个家伙跑了,这里都是些毛头小子,有的还对你的工作指手画脚,你会怎么做?显而易见。开始反击。暴力会带来暴力——请看赫胥黎①小说里的血腥事件。数百万起这样的血腥事件。曾经历过我那场战争的人,"信使指着他深蓝色制服上的1914至1918年奖章绶带继续说,"情况是不一样的。我们都是从死人堆里爬出来的人,再来一场战争,我们已经受够了,只要能过上平静的生活就好。被吓怕了,这就是我们的情况。你可能认为这是我的胡言乱语,先生,但这场战争杀的人还不够多,还没有让你躺在血泊中。好了,拿着这个复员计划。"

分析了十分钟的社会形势,信使面无表情地向奈杰尔颔首,然后低头出去,在门口扔下一个标着红色"绝密"标签的大信封、两份文件和一封粉红色信件,收件人是詹姆斯·雷克先生,并散发着一股非正式的香水味道。奈杰尔叫回了忘乎所以的信使,把大信封和文件放回了他的怀里,剩下的那封信他决定自己去送,这样他就有借口和"我们的金发女郎"聊天了。

妮塔·普林斯,主任的私人秘书,被战时宣传局上下称为"我们的金发女郎",她代表了战时宣传全方位的、最眩目的高峰。正如美

---

① 阿道司·伦纳德·赫胥黎(Aldous Leonard Huxley, 1894-1963),英国作家,代表作有《美丽新世界》等。

编组专员梅里安·斯奎尔所说，她结合了画报的粗俗吸引力、模特的神秘感、工作室肖像的光鲜魅力、布莱恩·英格尔图片说明的完美平庸。按照战时宣传局的传统，她把高效率掩盖在有意为之的模糊性、业余性和不自觉性之下。当奈杰尔进来时，她正无助地在一个装满文件的托盘里翻找，明亮的发丝在她脸上抚过。

"你好，妮塔。"

她原本俯身在桌上，听到招呼声，直起身来。这是一个高挑的、四肢光滑的尤物，让奈杰尔充分领略了她早上的容光。

"哦，是你，"她说，"看看这个收文盘。我有时怀疑我们为什么要继续下去。"

"我们继续工作，因为英国人民已经拔出了剑，不会轻易入鞘，直到我们与英勇的盟友并肩作战，砍下极权主义侵略者这条九头蛇的最后一个蛇头。"

"如果你问我，我会说不收回剑是因为剑入鞘要比出鞘难得多——你看他们眼下就得这么做。你拿着什么？"

奈杰尔举起粉红色的香水信封："给老板的另一封情书。老卡比把它丢在我的办公室。"

妮塔·普林斯那张迷人的脸上没有一丝情绪，甚至没有那种最微弱的自我满足的笑意，相信自己可以对抗所有的竞争对手。她伸手接信时，桌上的电话响了。

"你好，这里是战时宣传局。什么事？……不，恐怕主任现在正在开会。我是他的秘书，有什么可以帮你做的吗？……噢，斯奈思先生，早上好。"妮塔·普林斯眯起眼睛，对奈杰尔露出哭笑不得的表情，把听筒从耳边拿开，从包里翻出一支烟。奈杰尔帮她点了烟。听筒里传来叽里咕噜的说话声。

"好吧，"妮塔说，当那头刚暂停下来，"我们正尽可能快地处理你的文件，应该能在两星期后给你。"电话那头传来一阵咆哮。"是的，我们相当理解你的急切心情。你不得不等这么久，这太糟糕了，"妮塔回答说，声音像融化的蜂蜜，"但在一张照片上遇到了困难，审查员还没有通过……什么？……不，是海军审查员，你们的审查员，斯奈思先生。"妮塔向看不见的斯奈思先生吐了吐舌头，后者陷入了短暂的沉默，随后又发作起来。

"哦，那是另一回事。你真的应该和编辑部的负责人谈谈这个问题。"

奈杰尔向门口走去。

"一个无能的混混？哦，得了，斯奈思先生！也许你可以和他谈谈，他正好在房间里……不？……好吧，恐怕主任今天很忙。让我看看——"妮塔没有看她的日程簿，而是打开了主任的工作清单，"今天似乎不可能。而明天……哦，你明天不能确定？好吧，也许我们最好到时再谈。你可以让我们选日期……是的，进展很顺利。批发商已经订购了超过70万册，而且正在被翻译成六种，不，八种外语，我记得……好的，我们会随时通知您。再见了，斯奈思先生。"

"人形计算机器，"奈杰尔说，然后，隐隐觉得这话有点不伦不类，"我只是不知道你是如何将所有这些统计数据记住的。"

"哦，我什么都记得。天生如此。"

"斯奈思刚才在小题大做些什么？"

"太平洋系列的那个新工作。蠢老头。这些公共关系官员应该被清除出去。斯奈思是这群人中最糟的一个。在电话中，他是你耳边的一只跳蚤，当他亲自拜访时，更叫你坐立不安。"

"如果我是太平洋地区的海军军官，"奈杰尔懒懒地说道，"我不会想要看这么个文件夹，装满竹屋和美拉尼西亚的历史图片，以及如何老练地处理与当地人的关系；我应该想要一个装满巨幅海报的文件夹，海报上都是美丽的女郎，就像你一样。"

"那你最好和吉米讨论一下你的工作变化，"妮塔淡淡地笑着，"而且我想你该走了。你没有工作要做吗？让我们先看看那封信吧。"

奈杰尔把信放到她桌上。在门口，他转过身来，妮塔正盯着那封信，盯着放信的位置，神情凝重，仿佛这是突然出现在她桌上的某种有毒的热带蜘蛛。显然，她不愿去碰它。她的手指僵硬地放在腿上。

"它不咬人。"奈杰尔在门口说。

妮塔·普林斯开口了："哦，去你的，奈杰尔！请你出去或干脆进来。我受不了有人站在门口……对不起，我今天早上大惊小怪的。都怪斯奈思这瘟神。"

哦，不，奈杰尔想，你已经毫发无伤地跟斯奈思打了近六年的交道。是那封信的缘故。由于你还没有打开信，所以是信封上的笔迹。有个不该给吉米写信的人给吉米写了信。也许是你过去生活中的某个人？好吧，随它去吧，这不关我的事。

但奈杰尔对其他人的生活有着顽强的好奇心，他不会放过这个机会。这是他第一次看到迷人的、无所不能的普林斯小姐彻底动摇。即使在去年夏天，当炸弹像郊区的火车一样频繁地在士气部上空飞过，大楼随着爆炸而抽搐摇晃时，她仍然留在她的办公桌前，记下会议记录，安抚被激怒的来电者，封闭在她一贯的无敌的光环中。"任何善解人意的炸弹，"梅里安·斯奎尔说，"在与'我们的金发女郎'约会之前，都会三思而后行。"但斯奎尔，正如他早先承认的那样，原则上不信任金发女郎。

奈杰尔再次坐在自己的房间里，机械地扫视着一本题为《我们四条腿的朋友的战争故事》的手稿，这是一位乐观的动物爱好者寄给主任的，要求由政府出资出版，图文并茂（"我有一些关于我的小狗莫普金斯的可爱照片，它在整个闪电战期间一直在服役，当警报响起时总是吠叫着提醒我"），奈杰尔想到自己对同事们的了解真的很少。从1940年起一直到几个月前，他们都在拼命工作——每天工作10到14个小时不等，除了埃德加·比尔森，那个捧着铁饭碗的公务员，他履行着自己的权利：每天下午5点准时离开，戴着礼帽，打着伞，带着公文包（空的）。但是，像这样年复一年地劳作，尽管你的同僚们变得像你的手表表面一样熟悉，但他们的私人生活，就像手表内部的运行一样，不为人知。人们知道，梅里安·斯奎尔不信任金发女郎；布莱恩·英格尔心脏不好；埃德加·比尔森住在平纳；吉米·雷克娶了一个安静的好姑娘，让他可以随心所欲。但是现在，最糟糕的情况已经过去了，这样的信息碎片对奈杰尔的探究精神来说是不够的。

例如，妮塔·普林斯是吉米的情人吗？大多数情况下，大家都认为她是。但奈杰尔太忙了，没有时间去查；也太累了，没有时间关心。布莱恩·英格尔把她像圣杯一样对待，他了解真正的她吗？就这一点而言，奈杰尔自己呢？为什么哈克·福斯科这么一个强硬、粗暴的人，不对梅里安·斯奎尔进行管教，而后者经常在下属面前对他出言不逊？还有，埃德加·比尔森在家里是否也像在部里一样矫揉造作？

我要弄一个新的文件，奈杰尔心想，一个绝密文件，一个关于战时宣传局的档案资料。我要看看，在我不得不为政府工作的剩下几个月里，我能发现多少关于同事的情况。我将把这些都记在我的绝密档案中。在我离开的那天，我会烧掉它。这能让我再好好锻炼一下，当我再次跟不法事件打交道、重操本行时，能恢复从前的能力。尽管这不太光明正大。

在这个吉利的时刻，布莱恩·英格尔来到了他身边。英格尔身材矮小、白白胖胖，让人觉得他是在小跑中度过一生的。他小跑着来到奈杰尔的办公桌前，眼巴巴地站着。

"哦，是的，你的图片说明。"奈杰尔说。英格尔的棕色眼睛开始闪烁着热情。"我建议作一两处改动。你确定那些飞机是台风式战斗机吗？还有——"

"当然，当然，"布莱恩·英格尔急切地打断道，"你喜欢吗？总的来说还符合标准吧？只是有点太，啊，浮夸了？"

"不，它们很好。我给了一些修改意见。"奈杰尔坚定地补充道。

根据经验，奈杰尔知道，布莱恩·英格尔爱极了他自己的任何什么文字，矢志不渝。他很有办法在最终修改阶段再将它们改回去。这是他和奈杰尔之间的一个游戏。事实上，奈杰尔精心设计了一道对最终修改进行再检查的程序，就是为了阻止英格尔的这种伎俩。

"令我惊讶的是你是如何保持的。"

英格尔倚靠在奈杰尔的桌子边上："保持？"

"是啊，战争结束了，而你却仍然用1940年的神圣热情来撰写图片说明。"

"你在跟我说笑，是吗？"

"不，我的意思是，没有人会对这个从登陆日到胜利日的作品感兴趣。这个主题已经死了。公众已经厌倦了关于战争的故事、照片、展览和电影。我们之所以继续创作，只是因为行政部门无法抑制他们的宣传欲望——我承认，是我们自己首先挑起了他们的欲望；或者说，他们无法忍受还有几百吨的纸张没有以过去一贯的方式被浪费掉——我说到哪了？"

"你最好不要让吉米听到这些话。"布莱恩咯咯地笑了，"但说真的，如果你的意思是我为什么要继续全力以赴，在这个除了纸张一无所有的地方——哦，这个比喻相当恰当！嗯，我想，答案是我喜欢写作。写任何东西。"

英格尔在经历了漫长、沉默的停顿，进行了酝酿或者说是自我审视之后，才说出了这番话，迥然于他平时轻快、急促的说话方式。奈杰尔同情起这个矮小的家伙来，他决定谈谈非常私人的话题。

"因为，你费尽心思想进入武装部队，但每次体检都被拒绝，所以你认为剩下的最好的选择就是在这里工作到死？"

面对如此私人化的问题，布莱恩·英格尔惊呆了，那是种英国人特有的尴尬。然后，出人意料地，他释然了。

"哦，胡说八道。你可以这么说我们所有人。不，事实是我拥有一个作家所有的特质，除了创造性。我有好奇心、精力、耐力——所有这些东西，但我写不来虚构作品，所以我成了一个评论家——一个书评家。现在照片为我提供灵感，所以我为它们撰写慷慨激昂的解说文字。我为它们锦上添花。"

本该轮到奈杰尔尴尬了，然而，他习惯于以绝对超然的态度来看待人类行为，从不会被自己的情感和偏见所影响，这就避免了尴尬。

"你应该结婚。"奈杰尔说。

英格尔又是一阵意味深长的、冗长的沉默。他似乎在从各种可能的角度研究这个建议，他的棕色眼睛里有一种出神的空洞感。也许他只是再次感到尴尬。

"'当你年轻时，要纪念造你的主？'"最后他答道，"也许你是对的。麻烦的是，我在这方面的要求相当高——不像我的小说评论，以文化人的方式可以这么说。"他狡黠地抽动着嘴角补充道。

他似乎正准备透露更多，这时门被猛然推开了，就像一颗炸弹在楼道里爆炸了一样，奈杰尔的助手帕梅拉·芬利冲了进来。

"早上好，各位！对不起，我迟到了，斯特雷奇威。我去看牙医了。呸！真是个大麻烦！"

她大步走过奈杰尔身边，文件从她身后的桌子上飘落下来，这样一来,狭长的房间就像一辆快速列车后面的通道,接着她推开了两扇窗,站到窗前,使劲吸气,做了几个深呼吸运动。布莱恩·英格尔在房间里小跑着,捡着文件。

"我真觉得我得买一根公园管理员用的那种末端尖尖的棍子,"奈杰尔温和地说道,"我很想当个公园管理员。"

"这是您的瓦隆布罗萨叶子,西风小姐。"布莱恩腼腆地说。

"瓦隆什么?哦,您又给我卖弄文化了,这是雪莱的诗是吧,嗯?好吧,干活了!"芬利小姐撕扯般地脱下她的大衣,仿佛这上面沾着涅索斯的毒血①,接着她在书桌前坐下来,瞪大眼睛看着书桌上的文件。

"布莱恩和我在讨论婚姻问题,"奈杰尔说,"以我们卖弄文化的方式。"

"这一招没有用。"芬利小姐果断地说。

"没用?"

"没用。就是说,如果你指的是英格尔的可能的胜算。她不会接受他的。我可以说,英格尔,如果你知道什么对你有好处,你会感谢她的拒绝。我真不知道男人是怎么——"

布莱恩·英格尔神色凝重,从奈杰尔的桌子上抓起他的说明和照片,从房间里跑了出去。

---

① 涅索斯是希腊神话中渡旅客过冥河的半人马艄公,因调戏赫拉克勒斯的妻子得伊阿尼拉,被后者一箭射死,但临死时设计用自己的毒血害死赫拉克勒斯。

"女人的牙尖嘴利真让我毛骨悚然。"奈杰尔说。

"哦，胡说八道！为什么你们男人就不能正视事实？"

帕梅拉·芬利冲着内部电话，开始进行她的拿手好戏之一——双重对话："三五九三……大家都知道，我们的金发女郎……你好，请问是三五九三吗？博格斯？我是斯特雷奇威先生的助手。那些证明在哪里？远东系列，第四号……是个缠人精，但她纠缠的不是英格尔……但你昨天答应过他们的……不管他对她有多痴迷……说实话吧，博格斯！校对开始了吗？……他需要的是贤妻良母型的……哦，他们已经快完成了？你之前也这么说……不是歌妓。不管怎么说，我们的金发女郎忠实于她一贯的风格……我知道你很忙，我们也很忙，印刷厂的最后期限是15日。斯特雷奇威先生必须在中午前准时拿到这些校样。如果有必要，我将亲自来取。"

这个威胁明显已经足够了。芬利小姐在听筒那边还在咯咯笑着，无条件投降的时候就把它摔了下来，继续她的另一个谈话分支。

"……她一贯的风格。这意味着她每次只谈一个人，就是这样。当查尔斯·肯宁顿在这里工作时，她都和他订婚了；他一离开，她就和吉米走了。我承认他俩处了很久，也许他已经使她难以忘怀了。但这并不妨碍她时不时对你们所有其他的男性都露出那种神秘的、来者不拒的表情。而你们都上当了。可怜的小英格尔。事实上，她那只是自然流露。考虑到她——"

"好吧，好吧，好吧。"奈杰尔评论道。

"继续，说吧。"

"说什么？"

"说我吃醋了。当然了，任何正常的女人都会这样。这层楼里到处都是合适的男性，而他们呢，都围着妮塔转。令人震惊的基本商品分配不均。"

芬利小姐喧闹的笑声使已经被V型炸弹的爆炸声震得摇摇欲坠的隔墙隆隆作响。跟往常一样，从隔壁的副主任办公室传来了敲墙警告的声音。

"包括福斯科？"奈杰尔问。

"哦，老哈克，他是个深沉的人。"

"我在想——我们大家对彼此的了解是多么少啊。当然，这个地方总是充满了闲言碎语，但从没有什么意义：其中没有恶意，但也真的没有深刻的好奇心。我们一直在努力工作，不可能有强烈的个人感情。或者说，我们一直在压制它们，为了建立一个高效的组织，为了帮助赢得战争。也因为闪电战，它滋生了对同伴的某种宽容。但现在一切都松懈下来了，你不觉得所有那些被压抑的个人情感都会浮出水面吗？事实上，最近不是已经开始了吗？"

"你是说，部里已经开始暗流涌动了？"

"我们中的一些人。你说是吗？"

"让我想想。"芬利小姐通常是个言行一致的人。她皱着眉头，把她那张宽阔而红润的脸埋进手掌，手指插进蓬松的头发里，"我正在努力回忆——哦对，那是上上个星期四。当时轮到我中午在部门呼叫中心值班。我刚坐到电话机前开始织毛衣，副主任就从门缝里探出头来，说我可以走了，他整个午餐时间都在自己的办公室里，会接听来电。我觉得这有点奇怪，哈克通常不会无缘无故来关心下级。于是我回到这里，过了一会儿，就在我去食堂的时候，我听到副主任的房间里吵吵嚷嚷的。他和——你绝对想不到是谁，给你两次机会猜——"

"艾森豪威尔将军。"

帕梅拉·芬利大笑起来。"别傻了！是那个笨蛋，比尔森。"

"哈克在骂比尔森？这没什么奇怪的。我们都这样。规矩总是要有的。"

"不，有趣的是，似乎是比尔森在骂。你知道他总是做得多么到位，对高级官员的恭敬态度和所有这些拿腔拿调的事儿。但是当时他听起来一点都不恭敬。当然，隔着墙，我听不清他们说了些什么，但他们说话的语气听起来像是恐怖的嘶吼，尤其是比尔森。我把耳朵紧紧贴在墙上，耳朵上起的水泡现在应该还在。我听到比尔森说'这是我给你的最后一次机会'，过了一会儿，哈克非常冷淡地说'你现在进退两难，比尔森，你知道的'，然后又说什么'去找狗吧，我不在乎'，我感觉比尔森在威胁副主任，而副主任则把他狠狠地顶了回去。"

"真有意思！还有别的吗？"

"还有就是'普林斯'这个名字，好像出现了很多次。"

"哦，天啊！又回到了妮塔。"

"是的，就是这么回事了。还有，当我正慢慢走向食堂时，比尔森从副主任办公室里冲了出来，从我身边掠过，他脸上的表情是你从未见过的。"

"什么样的表情？"

"绝对的愤怒。不，愤怒这个词不太合适。"帕梅拉·芬利摸了摸自己的头发，仿佛在里面找寻贴切的字眼，"绝望，就像一头走投无路的羊。"她成功地描述了出来，"那么，你对这一切怎么看？"

"很简单。比尔森发现副主任与妮塔有私情，企图敲诈他。副主任聪明地反驳说，比尔森正处在进退两难的境地，因为他（副主任）知道一个事实，即他（比尔森）与妮塔有一个不少于八个私生子的家庭。"

房间因芬利小姐的笑声而颤抖，愤怒的敲击声再次从隔壁房间响起。电话铃响了。

"找你的。"芬利小姐说。

哈克·福斯科的秘书的声音响起："副主任向您致意，要求斯特雷奇威先生买一个消音器，把它固定在您的助手身上。另外，他想在喝完咖啡后见您。以上。"

没过多久，楼道的远端传来了手推车车轮的咯吱声，还有一个阴沉的声音呼喊着："咖啡！咖啡！"

芬利小姐拿起两个杯子，冲出了门。

奈杰尔呷了一口在士气部被称为咖啡的饮料，它并没有随着岁月流逝而有所改进——那是一种几乎无色的液体，可能是由橡子、洗碗布和苦艾的混合物做成的。芬利小姐对奈杰尔有一种温和的、慈母般的感情，她习惯于往他的杯子里塞两三块从小卖部买的方糖，但这些糖对缓解饮料的苦涩没什么作用。

"我在想,"奈杰尔懒洋洋地说道,"那些上级。"

芬利小姐痛苦地拧着眉头,就像一个孩子在做一道难解的心算题。

"是的,还是上级,"奈杰尔继续说,"吉米本人也出现了疲惫的迹象,你不觉得吗?"

"我不知道。我又不在那种令人眩晕的高度上。"

"当然,已经过去六年了,这也是正常的。但我不觉得这只是普通的战争疲惫。"

奈杰尔陷入了沉默。他在想,吉米的耐力惊人,在最糟糕的情况下,他都带领我们坚持了下来。他把整个部门像机器一样组装起来,并提供润滑剂。他的策略相当了不起,他跟员工打交道从未出过差错,而我们是多么参差不齐的、笨拙的一群人啊!但最近我觉得他正在失去控制——也许不是失去控制,而是不得不强撑着自己来保持。他有时看起来很沮丧,必须把他的注意力拉回到手头的工作上。当有决定要做时,他也不那么果断和自信了;还有点易怒,对一个总是心平气和的人而言,这是最奇怪的事情。好吧,也许这只是劳累后的反应。战争快结束了,如果运气好的话,我们将在六个月后解散,然后他就可以回到他的老本行,轻松一下了。他是个好家伙,我真的挺喜欢他的。

五分钟后,奈杰尔去了隔壁的副主任那里。哈克·福斯科,像往常一样,正在打电话。他向奈杰尔扔了一根烟,奈杰尔在只供最尊贵的访客使用的豪华皮革扶手椅上坐下,耐心地等待着。在听了芬利小姐的古怪八卦之后，他比往常更认真地研究起了他的直属上司的光头、疑虑重重的凹陷的脸和冷酷无情的眼神。还是这张熟悉的脸，今天它没显示出新情况。他很久以前就意识到这是表面现象。此时此刻，在精心培养的管理者姿态之下，那粗暴的态度、不近人情的声音，都集中攻击到电话那头的倒霉鬼头上，无论一些下属如何冒昧地怀疑，毫无疑问那头是某个人类。

奈杰尔是在那段糟糕的岁月里认识眼前这个人的，当时他和福斯科一起夜以继日地辛勤工作，试图完成其他部门委派的不断增加的工作。

往往是在午夜之后，他们会回到食堂，因为疲惫而步履蹒跚，奈杰尔会吃下一盘午餐肉、泡菜、面包、小圆饼和煎饼，而福斯科则把玩着一杯牛奶。正是在这些小憩的时光里，福斯科透露了他的秘密爱好。多年来，他以一个小男孩获取签名的热情和疯狂的执着，收集着——不是签名、邮票、瓷器、家具、火柴盒盖子，也不是罕见的飞蛾，而是——他所谓的"不雅照片"。这些并不是公众认为的那种污秽照片，它们是伟大的、著名的，或臭名昭著的人的快照，是在他们考虑不周或没有察觉时拍下的照片，大部分是在"偷拍相机"出现之前拍摄的照片。他在世界各地寻找这些珍宝，他参加拍卖会，在废品商店购买相册。他拥有一张古老的胶卷，上面显示托尔斯泰粗暴地拒绝了他迷人的妻子献上的花束；他拥有一张兰德鲁被逮捕的快照；另一张是梅尔巴夫人把对手的槌球赶到灌木丛中时从后面拍下的照片；还有一张是一位大主教往嘴里塞一大勺鱼子酱，这位大主教因其在禁欲主义方面的有力说教而闻名。他声称——而奈杰尔也不准备对此提出异议——他的藏品中最重要的一张,是希特勒咀嚼地毯的快照,这是由某个冷酷的副官拍摄的。

和平时期,身在摄影机构的哈克·福斯科将所有闲暇都投入这一古怪的爱好中。奈杰尔现在想,这一爱好绝妙地体现了副主任工作狂外表下的男孩气质、扭曲的讽刺性幽默和爱幻想的性格。

"是的,我很赞同,"哈克·福斯科正对电话那头说道,"但这并不完全是问题的关键。如果你想展示一幅完整的坦克建造图景,那么至关重要的是:首先,你不要试图掩盖1939到1941年间所犯的错误;其次,你要充分重视前线士兵的贡献。这是基本的(基本是福斯科管理人格中的一个伟大的词)——那是什么?我只能说我们做这项工作已经六年了,还是了解一些事情的。"副主任的语气越来越强硬,他冰冷的眼神定格在看不见的来电者身上,催眠般地闪烁着。"当然,如果你想要一个不同的产品,沃尔特斯先生,如果你只是想为你的部长做宣传,你可以直接去印刷厂,我相信他们承接这种事情;我们这里不做这事,我们要保持声誉,公众已经养成了期望从我们这里听到真相的习惯,当然是在安全范围内,而我们向他们提供真相的政策会带来良好的长期回报,我可以向你保证。"

副主任把他的椅子从东边转到东南边,这显然是危机正在过去的迹象。奈杰尔不止一次地认为,在这样的电话交谈中,哈克就像一只牧羊犬,不知疲倦地哄着、绕着,把愚钝的、头脑简单的羊群赶到他想要的地方,偶尔也会对一只不听话的羊蹄子呵斥。事实上,他是吉米的完美副手，他对细节的把握非常好，而且冷酷无情。吉米提供了方法的独创性、政策的大体轮廓和策略，哈克则贡献了逻辑、基础工作和坚韧的贯彻力。

哈克·福斯科轻轻地挂了电话，抚摸着他的光头，转向奈杰尔："这就把他解决了。你最好继续干活，准备一份工作的验收单。他们会在下周一前寄来一份概要。让比尔森对摄影材料进行预检。这次尽量让美编组跟上你的进度，他们已经开始松懈了。从现在开始，你得应付沃尔特斯，但我已经为你把他磨合好了。"

福斯科继续发出指令，而奈杰尔将它们记住了，虽然他刚才显然在扶手椅上睡着了。福斯科早就放弃了让奈杰尔做笔记的努力，事实上，在艰难的会议之后，他要求奈杰尔重复委员会中的某个人在会议上的一些冗长而无聊的陈述，这让他得到了某种微妙的乐趣——奈杰尔会以录音机般的准确性进行口述。

"现在我们来看看项目表。"副主任说。这是一份可怕的文件，有半墙之高，类似于弥留之际的病人眼中，一张有 500 张床位的医院的综合体温表。

"我们必须这样做吗？"奈杰尔轻声问道。

福斯科说："我永远无法让你意识到的是，必须对大局有所掌控，否则我们就会陷入瓶颈。作为编辑部的负责人，这是你的工作。我不会为你做你的工作。"

"既然你提到了瓶颈，"奈杰尔温和地回道，"我必须指出，你墙上那个可悲的东西，对你的作用可能仅为对震颤性谵妄的警告，但它是不准确的。"他走到图表前,用手指戳了戳一条紫色的墨线,"这个项目要在17日得到部长一级的批准,但你只把它提到了主管一级。失误了,福斯科,嗯?"

副主任的嘴角滑稽地抽动了一下。"把我的紫色墨水拿来,笨蛋,"他对他的秘书说,"还有一支笔、一把尺。"

然而,在他延长这条紫线之前,门开了,吉米·雷克走了进来。他把一封信扔到福斯科的桌子上,望着窗外,双手插在口袋里,背对着他们。

"我应该读这个吗?"

"嗯。"主任回答,没有转身。

福斯科以他一贯的慎重态度读完了这封信,最后他说道:"天呐!真是个好故事!斯图尔茨!天呐!你还记得查尔斯·肯宁顿吗,奈杰尔?这是他写的信。"

"但他已经死了。"

"没死。"吉米·雷克说,仍然盯着窗外,"让奈杰尔读吧。"

这封信是在粉红色的、有香味的纸上写的,手写的字——大气、流畅、华丽——和今早令妮塔·普林斯花容失色的粉红色信封上的字一样。奈杰尔开始阅读。

我亲爱的:

多么无药可救的信纸啊,德国人的品位真是太差了。当然,是抢来的。我是说我从德国人那里抢来的纸。我很喜欢"抢劫"这个词,你呢？如此直率和阳刚，而且多么令人欣慰。好吧，我已经在"祖国"呆了很长时间了。这样一个轻率的民族——不是在大喊大叫，就是在大哭大闹。眼下，他们正在疯了一样地大哭大闹。我一直在做的可称之为女性模仿秀，其结果是，在汉堡及周边地区进行了一些非常粗俗的"男孩报"式①的冒险之后，我们抓住了斯图尔茨。是的，我用自己纯洁的手拍了拍他的肩膀。他不是一个有同情心的人，完全不是我心目中美丽的金发北欧男人的样子。事实上，我从一开始就很反对他。有人告诉我，他在集中营里做了一些最令人不齿的事情，但我不能忍受暴行的故事，所以让我们继续之前的话题。正如我所说的，我拍了拍这个不讨人喜欢的斯图尔茨的肩膀，我肯定拍得有点重，因为他不得不吐出了他那"通往天堂之路"的小颗粒——没错，吐了出来，字面意义上的吐了出来，他当时太惊慌了。这对你的小查尔斯来说是一种仁慈的宽恕，因为我无法忍受有人在我脚边中毒身亡的惨象，尽管他们说氰化物致死很快。我很抱歉用这些肮脏的、令人厌恶的细节来惊扰你，我相信你的生活中已经有很多这样的细节了。我想说的是，我将以最快的速度回家。我把这封信交给了一位迷人的中士，他刚刚休假，他会把信偷运出去，寄到英国。小查尔斯将紧随其后，预计20日回来。到时候给我打电话，我住克拉里奇酒店。我迫不及待地想听到一切关于你的消息。向爱丽丝问好，还有妮塔，如果她还在

---

① 原文为Boys-Own-Paperish,《男孩报》(Boy's Own Paper) 是1879—1967年在英国发行的一份故事报，读者对象是青少年男性，主要刊登冒险故事等。

你身边的话。还有所有的男孩和女孩。

你深情的，

贝莎·博登海姆

（别名查尔斯·肯宁顿）

"那他回来了吗？"奈杰尔在阅读了这封引人注目的信后问道。

"是的，我刚给他打过电话，"主任说，仍然盯着窗外，"他明天早上会来这里。"

"我们必须为他举办一个聚会，"哈克·福斯科说，"他之前被宣告'失踪，据信已遇害'是一个伪装任务吗？"

"估计是的。"吉米终于转过身来，他那沉思的表情被一个微笑打破了，"那封信！哦，老天，那封信！"他开始大笑，以他独有的方式，无声地笑得发抖。他把自己扔进皮扶手椅里，笑得眼泪从他脸上滚落下来。

第二章

行动

"再会,斯特雷奇威先生。保重。"史密斯夫人说,拿着她的水桶和拖把叮叮当当地走了。

奈杰尔打开窗户,把烟灰缸里的灰倒在六楼的窗台上,这个窗台连接整个六楼。在他下面的公园里,疲惫而变色的梧桐树被一阵狂风吹动,这阵风似乎吹了一整个夏天,把被炸毁的房屋废墟上的灰尘甩到了伦敦人的眼睛里,激怒了被战争时期的危险和不适摩擦得生疼的神经。

正是在这个窗台上,去年夏天,梅里安·斯奎尔建立了他的根据地。当空袭开始时，国防部建立了一个特殊的警报系统。蜂鸣器长时间鸣响表明一簇导弹正在接近伦敦的这一地区；如果其中任何一枚导弹被认为正向该地区飞去，就会响起一系列短促的蜂鸣声。在这个信号下，高楼层的工作人员——特别是大楼南侧的工作人员——被指示向北侧的紧急楼梯撤离，走下三或四层楼。这样持续了几天，全天不定时地响起短促的警报声，部门的人每小时挤进楼梯一到两次，工作根本没法干。胆子大一点的人就留在自己的房间里，除非飞行炸弹的轰鸣声太近，让人无法忽视。

在这期间，梅里安·斯奎尔成了一个独立的侦察者。

他说："我确实喜欢看看这些飞弹在做什么。"因此，当总警报响起时，他从窗口爬出来，坐在窗台上，带着望远镜和一个警察哨子。从这个有利位置，他扫视天空：如果他判断一个飞行炸弹正在接近，其路线将直接越过或进入部里，他就吹响哨子。部门很快就发现他是一个可靠的预言家，他的哨子非正式地取代了警报器的嗡嗡声，成为逃往楼梯的信号。这样就节省了很多工作时间，每个人都很高兴，尤其是梅里安·斯奎尔，但除了机构局。这个部门负责人事和维修问题，不赞成斯奎尔的行为。他们付钱给官方的屋顶侦察员，让他们发出正式警告；另一方面，他们恳请指出，梅里安·斯奎尔作为战时宣传局美编组的临时公务员（级别：专员）正在领取工资，因此，他们恳请通知他，如果他继续执行他职责以外的任务，他们可能会认为有必要从他的工资中扣除一笔金额，由于他在每天的一个（或多个）时段未能进行本职工作。

梅里安立即发起了猛烈的反击。在给机构局的一份高超的摘要中，他计算了他的个人预警系统在平均一周内所节省的工时数，再加上——多少有点大胆——整个单位在攻击的第一周所损失的工时，并要求就总数向自己支付加班费。机构局被这种非常规的做法吓了一跳，再也没能完全成功地展开攻势。事实上，一年后，双方仍时不时在摘要中争论不休，尽管早已陷入彻底的僵局，而且双方都没有找到解决僵局的办法。

从公园里望出去，奈杰尔可以看到炸弹的痕迹，就是它结束了梅里安的窗台瞭望。在不超过 150 码[①] 的地方，有一片被炸得支离破碎的枯树。伦敦上空最后一枚飞弹在这里爆炸了。他们都听到了遥远的、不断聚集的轰鸣声，听到了梅里安的口哨声，声音比以往任何时候都要急促。大伙冲向楼梯，从楼梯上连滚带爬地逃下来。然后是一片颤抖的寂静，炸弹被切断了。然后是一阵带翅膀的嗖嗖声，仿佛撒旦从天上掉下来；然后是一阵令人瘫痪的爆炸声，又是一瞬间的寂静；接着是玻璃爆破后懒洋洋地往下掉所发出的清脆的声音。

当他们回到六楼时，发现梅里安·斯奎尔躺在他的房间里，浑身是血，毫无知觉。他的门铰链断了，被轰到了楼道上，墙上插满了匕首般尖利的玻璃碎片，地板看起来像个垃圾桶，而梅里安的哨子还紧紧攥在他手里。

在恢复意识后，他的第一句话是："机构局该听听这个。"

[①] 英制单位，1 码等于 3 英尺，约为 0.9144 米。

据了解，炸弹爆炸时，他仍然坐在窗台上，爆炸将他炸回了自己的房间。

"你为什么不找掩护？你这个愚蠢的家伙！"吉米·雷克问道。

"用什么掩护？"梅里安用他懒散的爱尔兰口音回答。

事后，他向奈杰尔坦白说，他被吓得不敢动弹。"我在那儿，你的小天使胖娃娃坐在高高的窗台，而那凶猛的庞然大物向我直冲而来。起初我想再等一两秒钟，看看它是否会转身离开，然后我想，好吧，孩子，现在回到你的房间已经太晚了，而且有什么用？它把我催眠了。还有，"他补充说，"如果英格尔再给我发一个要宣传的图片说明，关于我们前线战士们面对死亡时脸上的英勇表情，我就杀了他。我是认真的，奈杰尔，我会杀了这个小骗子的。我的神经会受不了的。"

奈杰尔关上窗户，回到他的办公桌前，反思着战争的离奇曝光。一枚炸弹撕开了一所房子的侧面，露出了挂在深渊般断面边缘的洗脸盆。它撕掉了一个人的表象，你可以看到他心理上错综的管道。但只是一瞬间，墙很快又立起来了，内部也被整理好了。虽然整理好了，结构却扭曲了，或者是危险地、无形地被削弱了；有时却又是被加强了，正如人们所知，如果你发现自己经受住了考验，你会更有自信。毫无疑问，就像从原始部落学到的那样，这就是磨难的目的。

从梅里安·斯奎尔那里，奈杰尔的思绪飘向了另一位更不可思议的英雄，查尔斯·肯宁顿。反思一下，战争中出现了多少像他这样的人，真是令人欣慰。那些长发的、敏感的青年，他们在牛津大学联盟投票中决定在任何情况下都不会为国王和国家而牺牲。而几年后，他们与皇家空军的专业人员一起升空，以曾经演讲中同样的技巧和有所不为来战斗，帮助赢得了不列颠之战。他们是认真的反对者，拒绝杀人，但在闪电战中，他们作为救援队和消防队的成员表现出神勇的一面。聪明的小家伙们，有一天从他们的大学里消失了，接下来就听说他们乘着降落伞进入了被敌人占领的领土，组织抵抗运动，炸毁桥梁，在肮脏的后院里对抗射击队。那些看起来默默无闻的科学家，他们走到未爆炸的炸弹前，冷冷地把它们拆成碎片，就像他们在实验室里演示实验一样。所有古怪的人、业余的人、不相信战争的人，当战争影响到他们的私人生活时，他们就会变得冷酷无情，对任何挡住他们视线的东西，无论那是一个德国人还是一份红头文件。事实证明，这些人更让敌人感到不安，因为他们没有把自己的强硬表现在外，也因为他们的思想会不断跳出日耳曼人通过对英国人性格的研究为他们一本正经制定的轨道。奈杰尔认为，正是其中的幻想色彩赋予了这种性格魅力，同时也赋予了它不可预知性，这对依赖逻辑的敌人来说是非常可怕的。

　　查尔斯·肯宁顿是一个典型的代表。他是一个迷人的小伙子，虽然长得有些女性化，在战前是一个社会摄影师。他的拥趸都觉得他特别时髦，即便实际上是被他欺负和冒犯了。他们根本不会相信，他每年夏天从他们的视野中消失两周，是为了参加地方自卫队。

　　1939年9月，他消失得比以往更久一些，在敦刻尔克之后，他又出现在老地方，胳膊上挂着绑带，外衣别着一枚十字勋章。事实上，他的伤势比这些勋章所显示的更严重，也更英勇。他的姐夫吉米·雷克找到陆军部，将他借调到士气部担任军事审查员之一。就在那时，奈杰尔第一次见到了他，因为肯宁顿负责摄影材料的审查工作，因此与奈杰尔的部门保持着联系。查尔斯·肯宁顿确实对部门的风格改变做出很大贡献，奈杰尔现在意识到，那是快乐的、不自觉的、非正统的。从一开始，由于他习惯于按照英格兰教会的礼仪日历来确定会议时间，他就成了该部门公务员眼中的一个问题。埃德加·比尔森是照片资料库的高级官员，负责管理资料库的财务事务，他尤其受到这种困扰。当他收到一份标题为《圣彼得罗妮拉①前第三天》的摘要时，他曾提出异议，却遭到了查尔斯·肯宁顿震惊的提醒："但是，我亲爱的，你不是基督徒吗？"

一年后，肯宁顿接受了医学检查，并回到了现役。吉米·雷克隔了很长时间才听到他的消息，有一天他在莱茵河的战斗中被宣告"失踪，据信已遇害"。而现在他又突然出现了，根据他自己的说法，他抓获了盟军追捕了两个月的纳粹三号头目斯图尔茨。这一切都非常令人满意地符合英国传统，奈杰尔想，一切都非常令人满意，除了妮塔·普林斯，意外听到来自死者的消息，她显然不会太开心。

门开了。"这是在干什么？"梅里安·斯奎尔厌恶地问，"又在思考了？"

"是的，我在思考，"奈杰尔说，把他放在椅子上的脚移开，伸向他的访客。"事实上，我在思考查尔斯·肯宁顿的事。还有你。"

---

① 圣彼得罗妮拉，使徒彼得的女儿，圣女和殉道者。

"真不赖。我们有什么关系?我从未见过他,未能一睹风采。"

"古怪行为,奇妙特质,英国人性格中的幻想症。"

"如果你是在暗示,我要么是个英国人,要么是个怪人——"梅里安·斯奎尔发火了,他像个玩马的孩子一样跨坐在椅子上,把那张长长的小丑脸靠在椅背上。

"哦,不,你只是一个有艺术气质的西英人。"

这种双管齐下的侮辱没能得到斯奎尔的一贯回应。"那么,说到气质,我们的金发女郎是怎么回事?"

"还是你告诉我吧。"

"你见过她搔首弄姿吗?没有。因为她不是那种飘飘然的人,她只是静静地待着,像一朵该死的张着大嘴的食肉兰花,而你们就都排着队飞向她。"

"我对你的植物学不怎么了解。"

"该死的我的植物学!"梅里安低吼道,"告诉你,我了解女人。昨天晚上我不得不去见吉米,正当我在门外时,我听到她说:'现在退缩已经太晚了,你不能这样做。每个人都知道,或者猜到了。试图假装你不爱我是没有用的。'这时,我闯了进去。我们的主任和我们的金发女郎正处于相持不下的状态。我必须说,吉米足够冷静。你知道,他盯着窗外,双手插在口袋里。'嗯,梅里安,你想要什么?'——跟他平常一样,但是妮塔——"斯奎尔的声音里透出一丝津津乐道的味道,"妮塔却陷入了困境。她满脸通红,浑身颤抖,就像一个真正的女人那样。接着吉米和我开始工作,妮塔开始打字。信不信由你,我的孩子,她撕了两份草稿才打完字。你听说那个女孩以前犯过错吗？嗯，没有吧？"

"我想她对查尔斯·肯宁顿回来有点大惊小怪，"奈杰尔慢慢地说，"他们说他在这里时，她已经和他订婚了。"

梅里安·斯奎尔夸张地打了个响指："这就是了！我之前还不知道这事儿。她担心肯宁顿会发现她和吉米的事。这就是为什么她说他假装不爱她是没有用的。肯宁顿迟早会听到这个消息的，因为这在这里是一个公开的秘密。好吧，如果不是最劲爆的秘密的话！"

"恕我冒昧，你为什么这么高兴？"

梅里安·斯奎尔给了奈杰尔一个眼神，一半是冒失的，一半是诡秘的。

"哦，我喜欢看兰花被折腾的样子。不是针对个人，你知道，只是一种对正义的抽象的爱。嗯,这也解释了别的事情，"他继续说，"当我们完成工作后，吉米给我看了肯宁顿的信，并告诉我肯宁顿今天早上会来，我可以在喝咖啡的时候去见见他，显然局里有一半的人会在那里，迎接英雄归来。不知道吉米是否雇了一个铜管乐队——这可能不称机构局的意。这时金发女郎看了他一眼，说她认为肯宁顿不喜欢大家对他大惊小怪的，她提议放半大假。而吉米——你知道当他面对强硬的反对意见时，他的声音听起来是多么的风度翩翩、富有耐心——吉米只是说他今天早上不能让她休息，他中午有一个会议，她必须去参加，而且，难道她不想看看头号展览吗？"

"那是什么？"

"肯宁顿这家伙显然会带着他从那个纳粹身上取下的一小管毒药，只是为了满足我们的好奇心。但是，你看，妮塔害怕肯宁顿看到她和吉米在一起，即使是在人群中：害怕他们的脸会出卖他们。"

"毫无疑问，你的这种想象不恰当，"奈杰尔说，"把事情都混为一谈。妮塔究竟为什么要这么不安？当时大家都认为肯宁顿已经死了。她完全有权利和——"

"哦，你真没救了。事实就是妮塔很不安——她不仅是不安，可以说是疯狂。如果你有更好的推测——"

奈杰尔可能有的任何更好的推测都被敲门声阻止了。他们俩都叹息起来。埃德加·比尔森是这个部门中唯一一个在进门前敲门的人。

埃德加·比尔森像往常一样，在一种不受欢迎的沉默中穿过房间，松紧带靴子里的脚趾朝外，眼睛盯着地板，仿佛在他走完到办公桌的这条正式轨道之前，他都无法意识到奈杰尔的存在。在按程序走近后，他终于抬起头来。

"早安，斯特雷奇威。"

"早上好。"

"我有一个投诉。但也许你很忙？"比尔森水汪汪的眼睛向梅里安·斯奎尔的方向转了半圈，然后又转了回来。

"我很遗憾听到这个消息。请坐吧，好吗？"于是，来访者拘谨地环顾四周，有意跳过了梅里安·斯奎尔正坐着的椅子，奈杰尔加了一句："请坐芬利小姐的椅子。"

"你的助手今天不在？"

"不,她还没来。"

"某些部门工作人员变得非常懒怠。"比尔森说,把芬利小姐的椅子放在与奈杰尔的办公桌相隔一定距离的地方,然后坐下。

"我听说,"奈杰尔淡淡地说,"你部门有很多麻烦?"

"恰恰相反。图片资料库的出勤率是堪称典范的。"

"对此我很高兴。"

"我注意到芬利小姐在昨天4点52分离开了大楼。"

"你想投诉我的助手吗?"

"不——呃,不是现在。"埃德加·比尔森拍了拍他浆过的袖口,不安地瞥了一眼梅里安·斯奎尔,后者正靠在椅背上定定地盯着他,那神情就像一匹在放饲场中的马凝视着半门。

"不,是关于你的这些粉色表格。如果制作部门坚持以这种草率的方式填写,我就无法工作。"

"和副主任讨论这个问题不是更好吗?粉色表格是他的发明。"

"福斯科先生让我和你讨论这个问题。"

"那么,有什么问题呢?"

埃德加·比尔森将一叠表格放在奈杰尔的桌子上,他咳嗽了一声:"粉色表格的目的——"

"——是为了吸引男性的目光,自然选择。"斯奎尔不负责任地插话道。

"闭嘴,梅里安。"奈杰尔说。

"粉色表格的目的,"比尔森毫不留情地继续说,"是为了方便和协调制作部门在制作的初步阶段申请影印本和粗印本。"

"是的,我知道。"奈杰尔说。这是比尔森最令人厌烦的特点之一,他对你的工作内容进行说教,而你对这些工作内容却了如指掌。

"如果你愿意检查这些例子,你会注意到它们没有遵循适当的规范:日期缺失,条目有时难以辨认,印刷质量并不总是达到要求。"

"我只看到少了一个日期。"奈杰尔快速地扫视着这些表格,回答道。

"此外,在我看来,申请粗印本和影印本的数量远远超出了合理要求。例如,贵组为什么要求提供六份QW5339照片的副本?最多三份就够了。"

"这是为了加快我们一个急件的工作进度。你可能记得,Q系列照片是机密档案。我们希望使用其中的一张。为此,就必须把它重新提交给三方的安全审查员——海军、陆军和空军。三份单独的副本可以加快事情的进展,剩下的三份供我们自己使用。"

在这个有分寸的回答中,埃德加·比尔森的脸越来越红,然后,他爆发了,激烈程度非同寻常。

"你们这些临时工的问题是,你们没有掌握公务员制度的传统。在我们的工作中,效率不是一切,斯特雷奇威。"

"大开眼界。"梅里安·斯奎尔说。

"还有一个更普遍的问题,就是公共财政。我为内部讨论的所有部门支出向财政部负责。我不准备以这种不负责任的方式,让你们以提高部门工作效率为借口挥霍公共资金。"

"如果你想对主任关于部门政策的决定提出异议，那你最好找他本人谈谈。"奈杰尔平静地回答。

"我不明白你的意思，你指的是什么决定？"

"他在 1940 年 5 月的一次进展会议上，对所有部门负责人做出的决定，即在任何情况下都不允许繁文缛节或任何其他形式的官僚主义行为干扰部门工作的顺利和快速推进。"

"你在暗示什么？"

"我是说我的部门需要六份 QW5339 的照片副本，而且，不管何时，只要我们需要这六份照片，我们就会继续提要求。还有，我已经厌倦你对我的工作指手画脚，还有，如果你在提到我的工作时再使用'不负责任'这个词，我将要求主任对你采取纪律措施。"奈杰尔停顿了一会儿，"如果你能把这些表格留给我，我会研究的。"

埃德加·比尔森恶狠狠地看了他一眼，然后站起来，向门口走去。然而，他本想有尊严地离开，却被帕梅拉·芬利旋风式的进门方式破坏了，他被推回房间好几尺。

"我必须说你的行话说得很好，"当比尔森终于离开时，梅里安说，"但我从未见过那只小兔子如此有攻击性地龇牙咧嘴，是吧？Q 档案又不是什么他个人收集的色情研究报告，值得他这么敏感吗……"

20 分钟后，主任叫奈杰尔过去。奈杰尔发现他坐在办公桌边，长腿垂在那里，他面前的地板被成组排列的照片占去了大半。吉米·雷克朝奈杰尔招了招手，然后又继续恍惚地沉浸在这些照片中。它们是太平洋系列工作之一的待定双幅照片。主任不时地参考梅里安·斯奎尔的版面设计表，从桌子上下来，改变一些照片的相对位置，或从窗台上的一堆照片中换上不同的照片，然后又回到他沉思的姿势。奈杰尔想，这就像一场耐心的慢动作游戏，用 12 英寸 × 10 英寸的印刷品代替纸牌来玩。他把这个想法告诉了主任。

"是的，"吉米·雷克回答，"我发现它能舒缓神经。"

又是一阵长时间的沉默。奈杰尔非常习惯于这种沉默，尽管今天早上主任似乎比平时更加心不在焉。最后，吉米说话了："不，这不行，行不通。"他指着其中一组，"那个，告诉我它有什么问题。"

这就像梅纽因被要求解释西盖蒂一段高超演奏中的缺陷一样，因为梅里安·斯奎尔在排版方面的技术才华，只有导演在视觉上呈现故事和想法的非凡天赋才能媲美。然而，奈杰尔却不怎么在行。

"这是关键图片，"他指着说，"它应该被赋予更多的价值。把它做成四分之三的版面，并把其他的图片放在右手边的竖条上。"

主任淡淡地笑了。"得了吧！"他说，"为什么梅里安不在这里，亲爱的？"

妮塔·普林斯说："我已经给他打了一次电话。"

"那就再给他打电话吧。"

奈杰尔注意到妮塔的桌子上有一团皱巴巴的手帕，而且她的眼睛下面有阴影。她要求接线的时候，声音听起来有点失控，好像她很累。

"我想找梅里安·斯奎尔。"吉米耐心地说道，"你问的是布莱恩·英格尔的分机。"

"对不起。"妮塔重新打了电话。这很奇怪，奈杰尔想，不管人们对她的私生活怎么说，这个女孩总是把心思放在办公室的工作上。而且她看向吉米的眼神也很奇怪：一种责备的眼神？决心？闷闷不乐？不确定？——奈杰尔发现自己无法定义它。无论如何，这与她平时的自信、谨慎的占有欲、分享快乐的秘密的表情截然不同——更赤裸，更脆弱。

梅里安进来后，他们又开始看照片了。他指出了问题的根源。

"对，不行，就是那张，"吉米同意，"我在等Q档案中的照片，我知道，那里面会有一张更好的照片。"

主任审视地抬起眉毛看着奈杰尔。

"我和比尔森在这方面有分歧。"奈杰尔解释了情况，尽可能不含糊地解释，他不希望让比尔森陷入麻烦。

"打电话给比尔森，亲爱的。"主任说，"告诉他我们必须在24小时内拿到QW照片的副本。告诉他是我说的。"

"他总是坐在那些Q档案上，"梅里安说，"总有一天会把它们孵化出来。"

"你先别管比尔森了，集中精力做好你的工作，我的孩子。你的这些排版——"吉米厌恶地举起它们，"它们是二流的。""二流"是主任使用过的最冒犯的批评语，而且他很少用。奈杰尔被他平静的嗓音中突然出现的嘶哑吓了一跳。显然，梅里安也是如此。

"也许我在局里已经没有用处了。"他半真半假地回答说。

"我会直接告诉你的，如果你——别担心。"吉米说着，直接看向梅里安。

奈杰尔想，在他优雅的举止中隐藏着另一个反常而尖利的爪子。

"你必须把它们拿走——这一个和这一个，然后再试试。我以前说过你要让它们有所改变。现在我再说一次。"

"我以前说过，你关于改进它们的建议是没有用的。"不同于吉米通常采取的委婉态度，梅里安的爱尔兰气质让他面对批评的态度很强硬，"我没法让业余爱好者的脑电波适应我的技术。"

"业余爱好者"，在局里可能是一个比"二流"更冒犯的词。

"我想，你最好控制一下你的用词，"吉米用他最致命的、安静的语气说道，"你是在这里工作的众多专员之一，但你并不是无所不知的，你甚至不比其他人更聪明，而且你最近给人带来的麻烦比所有人都多。副主任告诉我——"

"哦，我们现在非得这样不可吗？"妮塔用颤抖的声音喊道，"我确信梅里安——"

"我不需要你的同情，我的甜心。"梅里安愤怒地说道。

奈杰尔以为主任会因此大发雷霆，但吉米·雷克转身走到窗前，仿佛把自己从整个事件中抽离出来，任另外两个人争吵。不管是有意还是无意，这都起到了缓和现场气氛的作用。过了一会儿，妮塔强颜欢笑地说："吉米正在练习铁石心肠。但这并不奏效。是吗，吉米？"

奈杰尔事后记得她说这话时的语气，这语气很奇怪，很吸引人，但又难以描述。不管怎么说，奈杰尔当时还没机会描述它们，因为门被推开了，一个身穿军官制服的活泼的小个子站在那里，双手夸张地捂着心脏，以戏剧化的惊愕表情看着他们。

"我的天使们!"这个幽灵用高而轻的声音喊道,"吉米!比以往任何时候都更显眼!还有奈杰尔!还有另一位英俊的年轻绅士!还有妮塔,你这动人的女孩!"

他像舞剧里站在钢丝上的仙女一样扑向她,并示威式地拥抱了她。在他身后,一个身材矮小、沉稳的女人走进房间,相当羞涩。吉米·雷克以一种好笑的表情看着妮塔办公桌前的情景,没有注意到她,直到她碰了碰他的胳膊肘,他才转过身来:"我亲爱的姑娘!你来这里做什么?"

奈杰尔想,他的声音里有一种类似惊愕的东西。这也难怪,爱丽丝·雷克从来没有被邀请到办公室来过,有妮塔·普林斯在,她就不会来。

"查尔斯带我来的。"她说。她的声音和查尔斯·肯宁顿的声音一样高,一样轻,有一种洋娃娃的感觉。奈杰尔意识到自己已经完全忘记了他们是双胞胎,这是第一次看到他们在一起。当吉米把梅里安·斯奎尔介绍给查尔斯时,他有时间观察他们的相似之处——说话的音调,瓜子脸,宽阔的眉毛和尖尖的下巴,小巧精致的骨骼。只是查尔斯似乎已经分走了所有的活力,他的姐姐在他身边看起来很平淡,像是他的影子,愉快地微笑着,但沉默而退缩。

"是的,我把她带来了,"查尔斯插话道,"爱丽丝和我是分不开的。不是吗,亲爱的?我们打算永远、永远不再分开。"他坐在妮塔的办公桌上向他的姐姐微笑,他的手臂轻轻地搂着妮塔的肩膀。

奈杰尔认为,在随后的沉默瞬间,房间里有某种克制的气氛,如果不是尴尬的话。主任双手插在口袋里，半转身离开了他们，站在窗边。如果他觉得他的妻子在那里有些尴尬，他也没有试图用他惯用的轻描淡写来抚平这种尴尬。其他人突然一下子都开始说话了。

"很高兴再次见到你，"梅里安·斯奎尔对雷克夫人说，"我认为你的上一部小说很好。"

"你穿上制服后看起来确实不同。"妮塔说，把她那双光彩照人的眼睛转向查尔斯·肯宁顿。

"现在，我亲爱的大家，"查尔斯喋喋不休地说，"我必须听到你们所有的消息。有多久了？我似乎有好几年没有见到你们中的任何人了，我觉得自己与这个世界完全脱节了。在这个世界上，男人是无足轻重的，而女人是——女人。"他在妮塔的眉毛上轻轻地吻了一下。"让我了解一下情况。"他要求道。

妮塔说："哦，我们只是在苦苦挣扎，而你却在被杀后又活了过来，并在德国度过了一段大出风头的跋扈时光。"

"没有被杀，亲爱的。"查尔斯严肃地说，"其他的都对，包括再次活过来的事。但我从未被杀，我向你保证。"

"你的绶带真多啊！"妮塔说，摸着他军装的胸口，"我上次见到你时，这里只有一条。你很勇敢吗，亲爱的？"

"相当无畏，我的宝贝。我面对的一式三份的表格可能比英国军队中任何一个人都多。"

"你和梅里安必须认识一下，"吉米·雷克干巴巴地说，"他是另一个英雄。"

"一个英雄！"查尔斯·肯宁顿夸张地将他紧握的双手伸向斯奎尔，"你必须告诉我一切。"

"他从炸弹爆炸中救了我们所有人。"吉米说。

查尔斯·肯宁顿微妙地颤抖着："不要跟我说炸弹的事，我可太讨厌它们了，尤其是英美联军的炸弹。我在德国时，他们在一直不停地向我投掷。"

"非常不准确的轰炸练习。"吉米说。

"嗯，也不完全是。你看，在某些时候，我会比部队提前相当长的时间到达。"

"你是个间谍？查尔斯！这就是你被认为已经死了的原因吗？"妮塔喊道。

她的动作很夸张。奈杰尔从未见过她如此脸红和兴奋。她和查尔斯·肯宁顿交谈时，她那一头亮丽的头发在查尔斯·肯宁顿的手上翻滚着。但是，她对他的态度有些刻意，奈杰尔首先想到的是，这似乎是针对其他人的，也许是针对吉米·雷克的。然后他想，不，这只是一个聪明的女人轻微的过度表演，她必须在她失散多年的未婚夫面前表现出所有的甜蜜，同时照顾到她的新情人——也许是与他合谋，以推迟查尔斯·肯宁顿得知真相的时刻。

妮塔·普林斯脸色红润，柔情似水，就像金雨中的达娜厄[①]一样，当然成为了关注的中心，甚至连在远处角落里和雷克夫人交谈的梅里

[①] 希腊神话中宙斯化成金雨与达娜厄相会。

安·斯奎尔都不断地扫视她。只有爱丽丝·雷克似乎不在画面中，因为她坐在那里，眼睛盯着轻轻握在膝盖上的双手。

"我亲爱的老同事，副主任！"查尔斯说，此时哈克·福斯科正走了进来，身后跟着布莱恩·英格尔，"奉献金的情况如何？我相信斋戒日的收获是百倍的，对吗？布莱恩，很高兴见到你。嗯，这就像旧日重现。但等一下！"他像牧师似的举起了食指，"肯定有一位神职人员失踪了，比尔森牧师在哪里？我希望他没有从我们中间被带走？"

"你不可能想见到他，查尔斯。"妮塔笑着说。

"我亲爱的，在上帝的眼中，我们都是平等的。请立即派人去找我们在葡萄园劳作的同事。"

妮塔开始打电话。

"我们必须祝贺你，查尔斯，"副主任说，"你干得太漂亮了。当然，我在报纸上看到了这个消息，但他们没有提到你的名字。年轻的英文语言文学专业学生抓住了第三号纳粹分子。绝对是一流的。"

"我将珍藏你的话，亲爱的副主任。"

"我，我希望你能告诉我们这一切，"布莱恩·英格尔说，"你——我是说，你在德国独自工作吗？像这样的工，工作一定很让人伤脑筋，"他轻快地补充道，"我确，确实很钦佩那些人——"

"我想，就像V型炸弹落下时坐在这里的办公桌前一样令人紧张。"查尔斯答道，他露出了非常得意的胜利的笑容，暂时卸下了他装模作样的一面。奈杰尔注意到同样的微笑出现在爱丽丝·雷克的脸上，就像一个倒影。布莱恩·英格尔脸红了，不自觉地挺直了肩膀。

"哦，那是胡说八道，查尔斯。"他高兴地说道。

"我当然会告诉你这个故事。不是说它有多刺激。"查尔斯·肯宁顿说着，恢复了他的正常态度，"社会现实主义总是最单调乏味的，我亲爱的。你好！这不是埃德加吗？而且还跟原来一样年轻！"查尔斯是士气部唯一一个以教名叫比尔森的人。

埃德加·比尔森穿过房间，为了避开仍然散落在地板上的照片，他以鸽子似的步态走着。走到查尔斯面前时，他第一次抬起眼睛，咳嗽了一声，伸出一只白皙的大手，说："非常高兴再次见到你，少校。请允许我对你大胆的成功行动表示祝贺。嗯，为你举行的聚会真不错。"他用一种微带批评的语气补充道，好像他刚刚想到财政部可能不会批准眼下在社交娱乐上花费的时间。

"是的，太棒了，不是吗？如果我带了相机就好了！你们将组成一个多么迷人的、非正式的团体。或者我可以安排你们——让我看看——是的，像那些维多利亚时代的知识分子野餐团一样。你知道的，在山坡上，高尚的思想在巨石之间。先生们放松地躺在石炭藓上，为了进步展望各处；女士们则带着午餐篮和诗集。还有——"当走廊尽头传来"咖啡"的叫声时，他高兴地拍了拍手，"——野餐来了！棒极了的、有营养的咖啡！"

妮塔用托盘端着一堆杯子出去了。梅里安·斯奎尔，他一直漫不经心地沉默着——舞台的中心对他来说或许什么都不是，奈杰尔这样想——随即，他说："好吧，说要给我们看的令人毛骨悚然的展览在哪里？"

"哦对了，我已经完全忘记了。很高兴你和我一样对轰动效应有着顽皮的热情。"肯宁顿少校在他上衣的大口袋里摸索着，依次拿出一个线团、一套修甲工具、一本《圣经》、一袋太妃糖、一些左轮手枪的子弹和一个火柴盒。"啊，在这里。"他打开火柴盒，拿出了一个纤小轻薄的圆柱形物体，大约有他的拇指指甲那么长，颇像一个微型打火机的燃料容器。他用拇指和食指轻轻地举起它。

"把它放在你的后槽牙之间，在紧急状态下，比如普鲁托民主党的一个武装暴徒对你下手——那么，只要用舌头轻轻地扭动一下，再加上一声轻轻的脆响，天堂的大门就会向你敞开。"

房间里已经散开的一小群人，重新在查尔斯·肯宁顿身旁围成一圈。

"它不是可溶的？"吉米·雷克问。

"嗯，跟我们的那种不一样。但要非常小心，这个容器很脆弱，而里面的东西——哈！"查尔斯翻起了白眼。

"是什么？氰化钾？"哈克·福斯科问。

"纯氢化氰。"

"好家伙！"哈克说。

这时，妮塔端着一满盘杯子进来了，这群人又散开了，吉米和布莱恩·英格尔动身去帮她，其他人则传递着那个小容器。

"来拿咖啡吧。"妮塔说，把托盘放在主任的桌子上。

"当心我的照片。"吉米说，"对不起，我们应该把它们从地板上拿掉。妮塔，你能不能——"

"当然不行，"肯宁顿说，"我永远无法抗拒照片。哦，好家伙，真是好东西！它们是用来做什么的？"

吉米·雷克告诉了他。"梅里安和我正在为这两幅版面争吵。"他对他的下属愉快地笑着补充道。梅里安承认这一点，有点尴尬。

他们现在都被吸引到了房间的尽头，那里是吉米的大桌子。一些人拿着咖啡杯，另一些人把它们放在旁边的桌子上。

"不过，等一下，你必须看看梅里安为这份活计设计的封面。其中一个是一流的。"主任似乎有意要缓和与梅里安·斯奎尔的关系。他打开一个抽屉，拿出了设计图，然后他从妮塔桌子的左边绕过，走向书柜，并用手轻轻地握住妮塔的肘部："过来帮我把它们立起来。"

当他们把设计图在书柜上放好，让它们靠在书上立起来时，他又拉着她的手肘，和她一起走到一边，让大家都能看得清楚。

"现在，查尔斯，你最喜欢哪个？哈克和我对它们意见不一。"

主任的通常做法是，在准备好备选封面后，听取其他职员的意见。职员们其实都知道吉米已经有了选择，如果想让他改变主意，就必须准备用大量的评判来证明。他们都默默地审视了一会儿这些设计，为了看清它们而走来走去。最后，查尔斯·肯宁顿说："我想是那个。从九重葛中向外凝视，看上去嗜血成性的样子。"

主任向副主任瞥了一眼，轻轻吹了一声口哨。显然，查尔斯选对了。

"不，"副主任说，"这太文学化了。"他停顿了一下，说了个更有攻击性的词，"太高雅了。把它放在克莱格的封面旁边，它就啥也不是了。"

"哈克想要的是一张牙膏广告式的海报。"梅里安·斯奎尔说,对哈克提到了他的主要对手设计师感到不满。

"我是说,你必须直接抓住他们的眼球,否则就没戏。"副主任固执地强调。

妮塔桌上的电话铃响了。她从吉米身边走过,在接电话之前,顺手从他桌上拿起她的咖啡杯。"该死的电话!"她叹道,"哪个杯子是我的?"

"是这个吗?"布莱恩·英格尔说,指了指离她手边最近的两个咖啡杯中的一个。

"不,那是雷克先生的,这是我的。"她拿起杯子,走到她的桌子旁,开始接听电话。吉米拿着自己的杯子跟着她,他坐在妮塔的桌子边上,长腿悬空,用空闲的手示意着副主任的选择。

"看看这个设计,哈克。别紧张,放松,只是看着它。真可怜,你为显而易见的东西所倾倒。这个设计一出生就死了,它还没出生,是一个流产儿。我在这里花了将近六年的时间试图在视觉价值方面调教你,而你却有胆量告诉我,这个——这个颜色粗糙的陈词滥调——是一个封面设计。呸。"吉米喝了一大口咖啡。

副主任的嘴角抽搐了一下:"对我们大众来说,封面设计只有一个原则,它们必须是明显的,必须是粗糙的。那个——"他朝主任的选择伸了伸手指,准备反击,"我承认,这是一个好的设计,对于一卷布鲁姆斯伯里文学的封面来说,这是一个好的设计。"

爱丽丝·雷克咯咯笑了起来:"'从九重葛中向外凝视,看上去嗜血成性的样子?'可怜的老布鲁姆斯伯里!"

"你有麻烦了,哈克。"吉米·雷克说,但他没有说下去,妮塔·普林斯突然的一阵咳嗽打断了他的话。

"咳出来,亲爱的。"他说着,俯身拍了拍她的肩膀。

不过,妮塔·普林斯并没有咳出来。咳嗽一下子变成了痛苦的窒息:美丽的脸庞扭曲了,眼睛拼命地瞪着。妮塔的双手紧紧地抓住并撕扯着她的喉咙,然后无力地在面前抽动。他们都不敢置信地盯着她。在所有人反应过来之前,她已经向前跌倒在桌子上。一个墨水瓶被打翻了,从桌子上慢慢滚到地上时,墨水沾上了她金色的头发。

第三章

交给斯特雷奇威先生

事后,奈杰尔·斯特雷奇威试图在平静中回忆起这一幕,发现它奇怪地难以拼凑。仿佛一颗炸弹在那个上午爆炸了,把它炸成了怪异而不相关的碎片。爱丽丝·雷克发出了微弱的、像娃娃一样的叫声:"哦,吉米!"主任惊愕地盯着妮塔,一遍又一遍地喃喃自语:"妮塔,怎么了?妮塔,怎么了?"埃德加·比尔森摘下眼镜,在袖子上擦了擦,又重新戴上,他似乎不敢相信自己透过眼镜看到了什么。梅里安·斯奎尔无法控制地颤抖着。哈克·福斯科像雕像一样僵硬地站在房间中央。布莱恩·英格尔是他们中第一个行动的人,他跑过房间,猛地推开了妮塔桌子旁的窗户，喊道："给她空气！"然后保护性地站在妮塔的身体旁边，仿佛他仍然可以保护她免受这一切。还有查尔斯·肯宁顿，在他的脸上，在他用手拍打之前，奈杰尔看到了一个不同寻常的表情——他可以发誓，是茫然的、失控的惊讶。

奈杰尔大步走过房间。目前只有三件事要做，他做了这些事，而其他人则像羊一样看着他。他探了探妮塔的心跳，翻起了她的眼皮，她已经死了；他闻了闻她的嘴唇和她的咖啡杯，是的，她是被氰化物杀死的；他把那颗金色的头颅轻轻地放回桌上，拨通了苏格兰场的电话，要求找布朗特警司。

"布朗特？谢天谢地，你接了电话。我是斯特雷奇威。在士气部。你能马上过来吗？这儿发生了一起氰化物中毒死亡事件。那是什么？……哦，你那该死的礼节。等一下——"奈杰尔突然想到了第四件要做的事。他把听筒放在桌子上，弯下腰，闻了闻妮塔的手和手指，"你在吗？这几乎可以肯定是谋杀……你会过来？好的。那你能在路上接一个法医吗？这比通过电话找法医要快得多。战时宣传局的主任办公室……是的，我会注意的。再见。"

当他使用"谋杀"一词时，四周的人发出吃惊的咕哝声，仿佛他们是电影中的一群临时演员，表现出适当的反应。

"你这是什么意思，奈杰尔？"哈克·福斯科粗声粗气地问道。

吉米·雷克含糊而悲伤地说道："不，奈杰尔，你一定是搞错了。"

一直站在一边的布莱恩·英格尔不顾一切地冲向尸体，呼吸急促，仿佛他正处于一场激烈比赛的最后几码，奈杰尔不得不轻轻地把他挡住。

"我很抱歉,"他说,"但现在任何人都不能碰她。在警察来之前,任何人都不能离开这个房间。"他转身对主任说,"请原谅我自作主张,但我以前也遇到过这种事。布朗特警司是我的一个老朋友。我们都坐下来吧。"

"你凭什么说这是谋杀?"肯宁顿少校问。他似乎变了个人,声音像鞭子,瘦小的身体轻微颤抖着,眼里闪烁着机智。奈杰尔瞥了一眼这个抓住奥托·斯图尔茨的人。

"她的咖啡杯里有氰化物的味道,她的手指上却没有这种味道。如果她把你的战利品直接放进嘴里,咖啡杯就不会有味道;如果她把容器打破倒入咖啡中,她的手指上肯定有这种东西的味道,但是并没有。所以——"奈杰尔耸了耸肩。

肯宁顿少校似乎要说话,要提出某种反对意见,然后他耸了耸肩,说出口的是:"谁最后拿了斯图尔茨的东西?"他呵斥道,转向挤在主任办公桌旁的那群人。

"这是不可容忍的,"埃德加·比尔森说,"我不接受斯特雷奇威先生的处置。"

"那你就接受我的吧。"主任耐心而坚定地说,"就呆在这个房间里。如果你不愿意,在警察来之前,没有必要回答问题。"

哈克·福斯科说:"她可能把那东西放在嘴里,然后喝了一大口咖啡,把它吞了下去,奈杰尔。或者,像那样的小东西也可能掉进了咖啡杯。"

"这只有很小的可能性，"奈杰尔回答，"这就是为什么我告诉布朗特这几乎可以肯定是谋杀。"

"为什么我们还说这样的话？"那是爱丽丝·雷克尖锐而细小的声音，"那个可怜的女孩刚才还活着，现在她已经死了。"

吉米走到他妻子身边，脸上露出紧张而恳切的表情，并握住她的手。

查尔斯·肯宁顿说："奈杰尔，帮我个忙，看看她的咖啡杯，你看能不能用勺子挖出什么来。你懂我的意思。"

奈杰尔在杯子里戳了戳，杯子里只有四分之一的液体。然后他转过身，对着肯宁顿默默地摇了摇头。主任又不安地在房间里走来走去，双手插在口袋里，已经走到了一扇打开的窗户前。

"不！"奈杰尔尖锐地说道，"对不起，吉米，但我认为现在任何人都最好不要靠近窗户。"

"害怕凶手会把自己扔出去？"梅里安·斯奎尔冷笑道，"他最好能这么干。"

在一片震惊的沉默中，奈杰尔说："不是因为那个，是关于斯图尔茨的那东西。"他们已经习惯这么说，而不说"查尔斯的东西"——世故一点的话应该这么说。"你看，它不溶于水，而且它不在妮塔的杯子里。所以，如果有人真把毒药倒进杯子里，他要么把容器藏在房间的某个地方，要么还带在身上。如果是这样，他可能会试图趁没人注意时从窗户扔出去。当然，我们都要接受搜查。"

"这太荒唐了。"埃德加·比尔森愤怒地嘟囔道。

电话在妮塔伸出的毫无生气的手臂旁响起。

"哦,天啊,哦,天啊!"吉米·雷克喃喃自语,"这太让人受不了了。奈杰尔,你能不能——"

奈杰尔走到门口,对前厅的一名打字员说:"请把主任的所有电话接到这里来。他的房间里发生了一起事故,关于普林斯小姐。请振作起来,格兰杰利小姐,请接听所有电话,说主任在忙,不要让任何人进入他的房间,即使是信使也不行。等布朗特警司来了,让他进来,其他任何人都不行。明白了吗?哦,对了,还有,取消主任中午与外交部人员的会议。给外交部的吉莱斯皮先生打电话,说主任被迫取消会议,然后打电话给我的助理和副主任的助理,还有斯奎尔先生、英格尔先生和比尔森先生的助理,告诉他们,我们被羁押了,让他们继续各自的工作。"

"谢谢你,奈杰尔。"吉米·雷克轻轻地说。

哈克·福斯科说:"你们看,如果那该死的东西可能会沾上她的手指,那它应该已经沾到了谁的手指上——"

"你是对的,"查尔斯·肯宁顿大声说,"奈杰尔,你最好——"

"我同意,"主任说,"我想没有人反对吧?"

"如果你是说斯特雷奇威先生要来闻我们所有人的手指,我必须提出抗议。这是一场闹剧。"埃德加·比尔森说。

"一点也不,"梅里安·斯奎尔叫道,"这能把我们从痛苦中解救出来,除了我们中的那一个人。"他向奈杰尔伸出双手。

随后出现的小场面在某种程度上是很诡异的。奈杰尔·斯特雷奇威高大、灵活的身形对着他们一个接一个地弯下腰,就像在参加某种宫廷仪式一样。甚至连埃德加·比尔森也让步了,尽管他的态度很不好。最后,奈杰尔伸出了自己的手指,先是对着主任,然后对着查尔斯·肯宁顿。

"怎么样?"梅里安不耐烦地问,"谁是罪魁祸首?"

"没有人的手指有氰化物的味道。"奈杰尔回答。

所有人都松了口气。

"那我可以回去履行我的职责了吗?"比尔森问。

"恐怕不行。首先,这东西非常不稳定——"

"我就知道。"比尔森打断道。

"——而且已经有一段时间了——"奈杰尔叹了口气,"我们必须等等看。在等待的时候,我想我们不妨试着找一下斯图尔茨的那东西,看它到底发生了什么。"他故意说得漫不经心,想给人一种他已经放松的印象。如果人们有点放松警惕,那么他们现在所说的话和他们以后向警察提供的证词之间可能会出现有趣的差异,那时他们肯定会再次保持警惕——至少其中一人会。

"编好你们的故事,孩子们。"梅里安·斯奎尔说。

比尔森瞪了一眼奈杰尔:"我不同意这个程序。这件事应该暂缓,直到警方的专家来调查再,嗯,着手进行。"

"哦,得了,比尔森,"主任说,他恢复了正常的举止,半是哄骗,半是威严,"别这么古板,我们总要把时间打发过去。"

他们现在都坐在房间的一端,有些人靠着墙,有些人围着主任的桌子。爱丽丝·雷克坐在主任的椅子上,而他自己则侧身坐在桌子上,再次握住她的手。仿佛他们希望挤在一起保护自己,以抵御房间另一边的妮塔的尸体,她斜靠在桌子上,一只手向他们伸出来,摆出一个僵硬的指责的姿势。在他们和她之间,地板上的一堆照片像海洋一样将两者隔开,它们的布局被刚才在上面蹭来蹭去的脚步打乱了。

"我认为我们不需要讨论全部这些,"爱丽丝·雷克说,"当妮塔再次端着咖啡盘进来时——"

"是的,你丈夫和我去帮助她,我记得。"布莱恩·英格尔呆呆地说道。

雷克夫人继续说:"嗯,那时我正拿着那个东西。你把托盘放在桌子上,这里。"她把手指放在桌子的左手边,"我——让我想想,我是怎么做的?是的,我的右手拿着那个东西,然后把它放在我身后的桌子上。我当时站在桌子前面,在右边的角落里。我把它放在我身后,拿起我的咖啡杯。是的,这就对了。然后我丈夫拿出斯奎尔先生设计的封面,走到房间对面,把它们立在书柜上。"

"当你从抽屉里拿出设计图时,你有没有注意到放在那里的容器?"奈杰尔问主任,"是右上角的抽屉,对吧?"

"是的,我确实注意到了,它就在我的台历旁边。"

"你没有动它?"

"没有。"

"很好。"奈杰尔说,"那么,在那之后你又注意到那个容器了吗,雷克夫人?"

"是的，当查尔斯指着其中一幅设计图说'从九重葛中探出头来，看上去凶残成性的样子'，我想这是一种联想——无论如何，我瞥了一眼，那东西还在那里，在我身后。"

"之后有没有人碰巧注意到桌子上有这个东西？"

一阵沉默。

"还有人在其他时候看到那东西在桌上吗？"

"我看到了，"布莱恩·英格尔说，"我是说，我看到雷克夫人把它放下了。那是在妮塔让我们去拿咖啡之后。"

"还有谁？"

又是一阵沉默。

"唔，听上去像是在照料那管毒药。当时，妮塔的杯子在这里——"奈杰尔指了指桌子的右侧边缘，靠近主任的台历，"直到她的电话响起，她才把杯子拿到自己的桌子上。从那时起，她就在每个人的视线范围内，似乎不可能——"

"别忘了那时我们的注意力都集中在封面设计上。"哈克·福斯科提醒道。

"这倒是真的。但没有人靠近她的桌子，除了吉米——"

爱丽丝·雷克迅速插话道："当然，如果我丈夫当时把容器弄碎，倒进她的杯子，肯定会有人注意到。"

"没错，"奈杰尔说，"事实上，她本人肯定会发现的。所以我们只能……"

"不，"布莱恩·英格尔喊道，误解了奈杰尔的话，"她没有！我，我在那里看着她,我看到——再说,她不会这么做的,这不像她——"他哽咽了。

奈杰尔轻声说:"人们确实会自杀。还是你想不到的人。"

"但他们通常不会在一屋子的目击者面前这样做,"查尔斯·肯宁顿说,"奈杰尔,你说杯子里只有四分之一的咖啡?"

"是的,如你所见,这非常重要。这意味着在她喝下至少一半的咖啡之前,毒药还没有放进去——对这种快速起效的毒药来说是这样。这就把凶手的作案时间估算得更具体了。"

奈杰站在地板中央,所有人都在他那双灰蓝色眼睛的视线范围内,这双眼睛看起来心不在焉,但什么也没放过。他继续说:"让我们回到杯子的问题上。妮塔的杯子在主任的桌上,吉米的肯定就在旁边。当电话响起时,妮塔问:'哪个是我的杯子?'而你,布莱恩,回答:'是这个吗?'妮塔说:'不,那是雷克先生的。'"

"你是说,有人选错了杯子下毒?"梅里安·斯奎尔问道,一边斜眼瞥向爱丽丝·雷克和布莱恩。

"我只是想把杯子的位置弄清楚,"奈杰尔说,"你什么时候又拿起了你的杯子?"他问吉米。

"当我要过去坐在妮塔的桌子上时。"

"放下和拿起之间有多长时间?"

"几分钟。不,更短,大约一分钟,我估计。"主任回答。

"而且我们有证据,"梅里安·斯奎尔嘲笑道,他那张长长的小丑脸从他坐着的椅背上对他们笑着,"就在案发前半小时,主任与斯奎尔先生发生了激烈的争吵。根据这些事实,精明的斯特雷奇威以他众所周知的心算天才能够推断——"

"亲爱的,"查尔斯·肯宁顿打断了他的话,声音很尖锐,"我亲爱的,在目前的情况下,我们还是尽量避免粗俗的滑稽逗趣吧。"

奈杰尔注意到,查尔斯精致的小手在颤抖,指关节处发白。显然,妮塔的死对他的影响比他愿意透露的还要深。

梅里安·斯奎尔的头猛地一震,好像脸上挨了一记耳光,他正要做出愤怒的回应,走廊里传来了脚步声。

"是警察。"奈杰尔说着走到门口。

眼下,一位法医正弯腰检查妮塔的遗体,一位穿制服的警察静静坐在她的桌子旁,而奈杰尔在前厅与布朗特警司进行了简短的交谈。几分钟后,他把布朗特和他的随行侦探巡佐带进了主任的房间,并做了介绍。这个房间似乎变得更狭小了。吉米·雷克一定也注意到了这一点,因为他问他们能不能把地上的照片清理掉,这些照片挡住了每个人的路。

"还是让现场保持原样吧,先生,就一会儿。"布朗特用那舒缓的声音说,这让许多罪犯对他产生了非常错误的看法。他停下来,转而和法医轻声交谈几句,后者拿起包走了。

"滴答滴答,时间紧迫,"布朗特咯咯笑着,再次转向他们,他的光头、闪亮的眼镜和仁慈的微笑,让他看起来几乎是个匹克威克式的人物,"斯特雷奇威先生告诉我,先生们,你们都不反对搜查。"

主任谨慎地扫视了一圈他的同事,就像一个女主人在收集目光:

"的确。"

"嗯，非常好。我们马上就办吧。梅塞尔巡佐将负责此事，一位女搜查员将从苏格兰场赶过来，夫人。"他向雷克夫人鞠了一躬，"现在，让我看看，你们都是大忙人，我知道，但恐怕你们仍要呆在这个房间里，直到……你们有屏风吗，先生们？"

"我的房间里有一个大的，我去拿，好吗？"副主任说着开始向门口走去。布朗特警司举起了一只肥大的手。

"不劳烦您，先生，"他说，"如果你能告诉我它在哪里，我外面的人会把它拿过来。"

"我的房间就在这个房间的正对面，穿过前厅。"

布朗特走到门口，发出指示。很快，屏风就被固定在主任房间的一个角落里，巡佐开始工作。按照吉米·雷克自己的意愿，他是第一个被搜身的人。当他从屏风后面出来时，奈杰尔觉得他的脸色相当苍白。梅塞尔巡佐走了出来，对着布朗特几乎难以察觉地摇了摇头。

"你看起来有点晕了，先生，"布朗特同情地说道。"对你来说是个可怕的打击，我敢肯定。这位年轻的女士——可怕。"

主任点了点头，无言以对，掏出一块丝帕擦了擦脸，然后说："嗯，警司，我想你还会安排审讯，一起还是分开？我希望你能尽快把这个房间还给我，亲爱的伙计，我有很多工作要做。"

布朗特警司点了点头，笑了起来："太不幸了，太不幸了，大忙人，部门的头儿，国家的重要工作，滴答，滴答，滴答，时间紧迫啊。不过必须仔细检查一下这个房间。现在，先生，你有什么建议？"

吉米·雷克最终在副主任的房间里继续工作，直到他自己的房间被检查完毕，而布朗特则在每个人通过搜查后，在当天休假的一名工作人员的房间里逐一讯问当事人。

那天晚上 11 点，奈杰尔·斯特雷奇威和布朗特对坐着喝了一瓶威士忌酒，于奈杰尔在俱乐部的一间卧房里，自从他的妻子乔治娅在 1941 年 4 月的闪电战中驾驶救护车而牺牲后，他就一直住在那里。

"不，我真的不能，"奈杰尔在说着，"这些人毕竟是我的朋友，这不像其他那些案件。此外，在某种程度上，我太了解他们了。我已经和他们一起工作了五年，该死的，我再也不能客观地看待他们了。"

"为你的健康干杯，斯特雷奇威。"警司皱着眉头望着他的杯子，"我现在非常缺人手，否则也不会问你。"他停顿了一下说。

"我疲惫不堪，没有任何想法了，我只有反射动作。"

"嗯，我们来玩一局扑克牌吧？"

"当然可以。"奈杰尔取来了牌，布朗特一边发牌，一边说："肯宁顿少校应该被起诉为过失犯罪，这是肯定的，他根本没有必要带着那个容器，然后还把它展示给别人，让它离开自己的视线——这是不可原谅的。"

"他不可能想到在他的亲朋好友中会有一个潜在的投毒者，伺机——我要放松一下了，"奈杰尔丢出一张牌，"哦，这把手气真不怎么样！"

"这表明，是他自己——"

"我亲爱的老警司，你和我一样清楚，这没什么用，你只是想提起我的兴致。好吧,我甚至宁愿讨论犯罪,也不愿意玩这种讨厌的牌。"奈杰尔把他的牌甩在桌子上,给布朗特的酒杯重新斟满,"好吧,那么,你们在哪里找到它的?"

"我们没找到,它不在任何人身上。这让我感到意外,但我们今天下午把那间屋子拆得七零八落,也没闻到一丁点儿毒药的味道。你怎么看?"

"但它一定在那里。"

"不是的。你相信我,斯特雷奇威,我们不会错过任何东西,而且这是个光秃秃的房间。你的同事一定是在用过之后立即把它从窗户里丢了出去。当然,我们在下面的街道上也找过,但——"

"不可能。直到那女孩死后,窗户还一直关着,然后,布莱恩·英格尔打开了一扇。哦,上帝!"

"啊哈!"布朗特说。

"不可能。布莱恩对妮塔很爱慕,他从未——"

"我们一直假设凶手想毒死的是妮塔,但是桌子上有好几个紧挨着的杯子。"

"听着,布朗特,如果我们要讨论这个不愉快的话题,最好以一种有序的方式进行。你先告诉我你从讯问中得到了什么。"

"那就更好了。"警司喝了一大口威士忌,示威性地咂了咂嘴,有些自得地想,自己知道怎么接斯特雷奇威的这个茬。他从口袋里掏出一叠文件,是与不同证人谈话的书面副本,他又瞥了几眼,然后把这份证词概要递给奈杰尔。奈杰尔在心里把它们整理了一下,大概是这样：

首先，毒药容器。据查尔斯·肯宁顿说，吉米·雷克曾建议他把它带到部里去给他的老朋友们看。据吉米·雷克说，这是查尔斯的主意，但吉米也承认，昨天他给住在克拉里奇酒店的查尔斯打电话，邀请他到部里来，很可能在那时他向查尔斯提了一下要带容器的念头。"当我给他打电话时，"吉米的证词说，"我祝贺他抓住了斯图尔茨，并在电话中提到我想看看'通往天堂的路'——他在给我的信中是这样描述这个东西的。然后我让他今天早上来一趟，给我们讲讲这个故事，而且——是的，我确实说过，'把你的战利品都带上'。"再次被讯问时，肯宁顿坚持说他的姐夫让他来时拿出容器："'把你的战利品带上'，他是这么说的——反正我认为他是这么说的。"

第二，聚会。在主任房间里的人中，除了爱丽丝和埃德加·比尔森之外，其他所有人都说在前一天收到了主任的邀请，并听他说肯宁顿要带毒药容器来。他们说，部门里到处都是这个消息。然而，比尔森否认听说过任何关于聚会的事情，直到普林斯小姐在当天上午不到11点时打电话给他，让他到主任的房间去。雷克夫人说，她弟弟前一天刚到伦敦，就给她打了电话，这当然不是个打击，而是个惊喜，她从来不信查尔斯已经死了。他告诉她，他可能要到第二天才能来见她，因为他要和一些达官贵人在一起。她丈夫吉米告诉了她这个聚会，但没有邀请她，反正她不常去他的办公室，她也宁愿在第一次见到查尔斯时和他单独在一起。然而，当查尔斯第二天早上10点出现在她家时，他坚持要她和自己一起去部里。他和吉米都没有向她提到他要带着容器。雷克夫人的证词有她的丈夫和弟弟佐证。

第三，咖啡杯。几位证人的证词虽然补充了他们在事件发生后立即告诉奈杰尔的内容，但似乎没有任何矛盾之处。布朗特警司煞费苦心地研究了这些杯子的历史：普林斯小姐推着手推车时，芬利小姐紧跟在她身后，证实她是拿着托盘直接进入前厅的。前厅的一名打字员看到她直接进入了主任的房间。普林斯小姐不可能在离开手推车时将一些私藏的毒药放入其中一个杯子，也有目击者证明这点。此外，布莱恩·英格尔一直非常坚定地认为她没有用"斯图尔茨的东西"往自己的咖啡里投毒。在主任房间的所有时间里，他的目光几乎没有离开过她："我非常喜欢她。但她看起来如此奇怪，有点跟平时不太一样，非常兴奋和美丽，但不知何故，我觉得她非常不快乐——不，也许不是不快乐——是不确定，处于深藏着的某件事情的边缘。"

第四，分组对照。布朗特在这一点上做了大量的工作，反复检验从妮塔·普林斯端着托盘回来的那一刻起，每个可能和主任与普林斯小姐的咖啡杯有关联的人的动作。结论是，除非雷克夫人和她的丈夫以及布莱恩·英格尔都在撒谎，否则不可能在托盘放在主任的桌子上之后，毒药才被使用，而且妮塔已经告诉他们都来喝咖啡了。那时爱丽丝的证词说她将容器放在她身后的桌子上，而吉米的证词是他从抽屉里拿出设计图时注意到了它。除非他们俩都在撒谎，否则毒药不可能在那时还没被使用。如果他们是在撒谎，根据布朗特对这组人的分析，在吉米把设计图放在书架上的时候，每一个人都在桌子附近，足以对妮塔的杯子或主任的杯子下毒。但是，为什么吉米和爱丽丝都要撒谎，而撒谎只会给其他人开脱罪责？最后，爱丽丝重复了她的陈述，说她看到了桌子上的容器，当时她弟弟正说"从九重葛中向外凝视，看上去嗜血成性的样子"。如果她说的是实话，这就证明了主任的清白，他从那时起就一直站在房间中央，直到妮塔的电话响起，她才把杯子端到自己的桌子上。这也证明了查尔斯·肯宁顿的清白，根据哈克·福斯科的证据，他当时已经远远地移到了桌子的左边。这并不能完全排除其他人的嫌疑，因为他们都在转移自己的位置，靠近桌子，以便看清封面设计，而且任何一个人都可能在吉米或妮塔的杯子里下毒，因为这两个杯子是并排放在桌子上的。另一方面，从查尔斯说这句话到妮塔的电话响起，这段时间非常短，据布朗特估计，不到半分钟。但话又说回来，爱丽丝·雷克为什么要撒谎呢，因为这个谎言只会让人注意到她自己离那两个杯子很近，并缩小了投毒的时间范围？

第五，动机。在第一轮讯问中，布朗特只提出了一个正式的问题：有没有人知道为什么妮塔会被谋杀或自杀？答案很含糊，或完全是否定的。布莱恩·英格尔重复了他的说法，即她似乎处于某些事件的边缘。梅里安·斯奎尔说，那天早上和前一天晚上，她一直"焦虑不安"。主任坦率地承认妮塔是他的情妇，他说当查尔斯·肯宁顿来信时，她非常不安，担心她的前未婚夫要如何接受这件事，她觉得他们应该告诉查尔斯真相，但他试图劝她不要冲动，他说，毕竟自查尔斯再次服现役以来，已经四年了，她在那之后再也没见过他，还有各种理由都让人相信他已经死了。查尔斯现在不可能对她提出任何要求，也很可能已经对她失去了兴趣。肯宁顿少校承认，他在部里工作时，和妮塔

"算是订婚了",但他说,在他被伤亡名单宣布"死亡"之前,他们的通信已经中断了一段时间,而且他肯定没有想到他回来时她还会"重回怀抱"。他知道她另有新欢了吗?"不,不确定,但我觉得像妮塔这样一个迷人的女孩不会没有追求者。"

爱丽丝·雷克说她知道妮塔和她丈夫的事已经有一段时间了,事实上,是吉米告诉她的。她已经接受了,只要能让他高兴,她就会忍耐。

"所以你看,"布朗特说着,反复拍打他的光头,这表明他很困惑,"这是一桩谋杀案,也可能是一起自杀案,但没有一丝自杀或谋杀的动机。一个女孩在八个人的注视下被毒死,包括你自己。装毒药的容器凭空消失了——我们在那个房间下面的街道上拉起了绳索,搜查了50码内的每一寸土地,但都没找到。当然,这是个小东西,可能被路过汽车的轮胎粘住了。我已经在广播里呼吁,看有没有人发现它,但我并不乐观。而且,我们甚至不知道凶手是否杀死了他想杀的人:他很可能把那个可怜女孩的杯子错当成雷克先生的杯子而下毒。而且,最糟糕的是,这起犯罪的性质是临时起意的。"

"临时起意的?"

"直到前一天,都没人知道主任的房间里会有装毒药的容器。"

"除了查尔斯·肯宁顿。"

"同意。没人能指望肯宁顿会把容器双手奉上。所以几乎可以说这起犯罪是毫无预谋的——'天哪,'有人说,'桌子上是那个毒药容器!好吧,既然它没人要,我不如把它倒入某杯咖啡里。'"

"是的,这似乎确实是临时起意。"奈杰尔附和道。

"问题在于，我们应该知道所有关于容器来源的情况。正如你所知，我们通常是通过供应源来抓捕投毒者的——某个嫌疑人被卖给他除草剂的药剂师认出。但是你们部门的这起案件——"布朗特停了下来，烦闷地举起双手。

"当然，这是对自杀有利的一点。我的意思是，一个处于有自杀倾向的精神状态中的人，当她发现手段很方便时，就更有可能屈服于这种冲动。但一个蓄意谋杀的人不会只等着凭运气出现的机会。"

"你是说这是自杀，要不然就是肯宁顿少校干的？"布朗特透过他的钢框眼镜精明地看着奈杰尔。

奈杰尔不置可否地凝视着对面墙上勃纳尔的画，说："我想知道肯宁顿昨天在什么地方、什么时候见过她。"

警司从椅子上弹了起来："你到底是什么意思？他没说过——"

"这就是了。他为什么不说？当他今天早上出现在主任的房间时，他非常活泼地和我们所有人打招呼，就像久违的朋友一样。然后妮塔对他说：'你穿上制服看起来很不一样。'1940年到1941年间，当他在部里工作时，他总是穿着制服。如果妮塔从那时起就没有见过他——事实上，如果她最近没有见过他穿着便服的样子，她为什么要这样说？肯宁顿立刻想掩饰过去，便又开始喋喋不休，说：'我似乎有好几年没见过你们了。'妮塔明白了这个暗示，赶紧说，她最后一次见到他时，他只戴了一条绶带。我建议，布朗特，你应该特别留心一下妮塔和查尔斯昨天的行动，这很值得。我敢说他们在什么地方见过面，而且他还穿着便服。"

"哦，你这个鬼家伙！"布朗特叹道，兴奋地搓着双手，"这就是欲盖弥彰！例行调查，注意，是例行调查——我们当然调查了那个女孩的行踪，还有她的历史。今天晚上我们已经检查了她的公寓，有一两个非常有趣的小发现。"他暗示性地停顿了一下，但奈杰尔并没有上钩，"现在你已经打开了自己的话匣子，你还有什么要告诉我的？"

奈杰尔讲述了主任和妮塔之间的对话，梅里安·斯奎尔在前一天偶然听到的，以及芬利小姐向他报告的哈克·福斯科和埃德加·比尔森之间的争吵。有几个小迹象和预兆在他脑海中存档了，但他还不打算告诉布朗特。

"哦，好吧，普林斯小姐似乎是一只——一只暴风雨中的海燕，"警司说，他又给自己调了一杯威士忌，把它举到灯光下，喝了起来。"令人振奋的饮料。最令人振奋的是……你对她有什么看法？"他突然大声问道。

"我希望你不要在我身上使用你的三流技巧，"奈杰尔抗议道。"我的神经受不了。我不在同事身上大费思量。谁会呢？你怎么看梅塞尔巡佐？"

"一个好男人，精力充沛，有雄心壮志，有点势利眼，聪明，但他太容易下结论了，因为他还年轻。你看，当你年轻和聪明的时候，会对常规的细节不耐烦，你只看到远处的逻辑结论，所以很容易在通往它的路上跳过一些阶段。"

"你是说他不缜密？"

布朗特看起来很震惊："我亲爱的先生，他是一个受过训练的人。

我们的人总是很缜密。我说的'不耐烦'是指非常细枝末节的事，否则他在我这里待不过一个小时。"

"好吧，就说他是一个被训练成机器的人吧。这就是我要说的，我们这些在战时宣传局的人，我们都是人，相当聪明和不寻常的人，在大多数情况下，我们被训练，或不得不训练自己，在一个高度技术化、高度机械化的常规下工作。我们这种宣传的首要原则是人情味，但是，为了跟上需求的步伐，我们不得不将其机械化——制定出一种详细的、非人类的常规流程，以便准时和大量地提供人情味。"

"一个大规模的情感工厂？"布朗特形容道。

"你可以这么理解。而工作人员的活儿是用人为的方式产生自然情感。这是有损害的，你可以理解为这可能对他们的私人生活产生了影响，导致他们在普通人际关系中的某种不真实，因此也导致了某种不负责任。"

"你说的是妮塔·普林斯？"

"不，事实上，我说的是主任。"奈杰尔停顿了一会儿，"梅里安·斯奎尔把妮塔描述成一朵食肉兰花。他太喜欢华丽的词藻了。她——她比那要复杂得多。但从某种程度上说，梅里安的想法是对的。我认为她的外表是非常具有欺骗性的。'一个美丽的金发女郎'——我这么说，你会想到什么？——一个随便的、花瓶般的、头脑简单的生物：一个有着闪光的牙齿和一英里长的腿的画报女郎，这种形象只意味着一个光滑的、金色的、矫饰的、原始的幻象。现在妮塔就是这样。从表面上看是这样。但还有更多的东西。她的眼睛和她的声音都在说："我的内在真的很不一样。是火,还是冰,你难道不想知道吗?来看看吧。"

"那你看见了什么?"

"我可没有接受这种邀请。我不知道谁接受了,除了肯宁顿和主任。布莱恩·英格尔认为她是个女神;梅里安·斯奎尔认为她完全是个婊子。无限多样。我敢说,他们只是在那光滑、洁白的表面上描绘自己的幻觉。假设,只是假设,布朗特,在这表面之下,她不是火,也不是冰,而是一个普通的女人,脆弱、愚蠢、精明,对自己的感情是个现实主义者,对别人的感情是个自欺欺人者;想要一个家和孩子,也许是一种舒适、平淡的生活,丈夫下午 5 点从办公室回来,夏天在斯凯格内斯呆上两周。假设她讨厌成为一个闪亮的人形剧场,一座快乐的宫殿,一个神秘的寺庙——"

"你最好明天早上到她的公寓来见我,如果雷克先生准你假的话。"布朗特说。

"假设那是她想让人发现的,"奈杰尔追问,"不是会有一个有趣的动机吗——"他停顿了一会儿,说道:"这提醒了我。一个奇怪的小口误,可能没什么关系。我告诉过你,查尔斯·肯宁顿对斯奎尔的一个设计的说法是'从九重葛中向外凝视,看上去嗜血成性的样子'。几分钟后,雷克夫人准确地重复了这句话。还有个温和的笑话——副主任说这个设计适合用于一卷布鲁姆斯伯里的纯文学。好吧,事情发生后,我想知道容器在哪儿,雷克夫人说,她最后一次注意到它是在桌子上,当时查尔斯说'从九重葛中向外凝视,看上去凶残成性的样子'。有一个词变了,她之前是对的,这可能纯粹是个意外。另一方面,这证明了她丈夫的清白：如果当时容器还在桌子上，你记得吧，他不可能在妮塔的咖啡里下毒。但是，如果她看到他这么做了，或者怀疑他可能这么做了，并希望包庇他，一个聪明的女人会说出这种谎言，而她把'嗜血'说成'凶残'[①]，这个口误就暴露了她真实的内心。"

"呃，好吧，这对我来说太虚幻了，"布朗特说，起身要走，"太晚了，我得走了。真是有趣的谈话，斯特雷奇威，我很感激。如果你明早10点刚好在狄更斯街19号……"在门口，布朗特再次转身，"别忘了，雷克夫人的丈夫并不是房间里唯一被她的证词排除嫌疑的人。"

[①] 凶残，原文为murderous，亦表示"蓄意谋杀的"。

第四章

参考资料：妮塔·普林斯小姐

第二天早上，奈杰尔比往常更早地去了部里，埋头苦干，完成了前一天未完成的几个工作。然后他去找主任，发现主任在房间里和部里的调查官员阿德科克先生谈话，阿德科克先生是个胖胖的、开朗的、昏昏欲睡的前警察，自从他被任命为部里的官员以来，除了去年冬天发生的神秘的割大衣事件外，他手上没有什么比通常的丢东西和小偷小摸更糟糕的事情。

"什么事，奈杰尔？"吉米·雷克低声问。他看起来很疲惫，心事重重。奈杰尔告诉他布朗特警司的要求。

"当然了,"吉米说,"请一天假,就算值班假吧。如果可以的话,我想借用你的房间和你的助理。我觉得这个房间现在不是很合适。"他们又说了点别的。主任说,埃德加·比尔森正在大发脾气,因为他原本要在本周末休假,但警方要求前一天早上在吉米房间里的人都不要离开伦敦。部门的工作将因警方的调查而受到严重影响,尽管布朗特警司看起来很圆滑、很通情达理。除此之外,还有一个愚蠢的小麻烦,那就是一份丢失的秘密文件。不过,吉米现在不会用这个问题来烦他,阿德科克先生和书记处将解决这个问题。

奈杰尔在出门时停下来,告诉芬利小姐,主任将使用这个房间。

"你最好现在就要求把他所有的电话都换成我的分机。照顾好他,好吗?他现在正忙着呢。"帕梅拉·芬利今天上午比较低调,事实上,整个楼层都给人一种不安和沉寂的印象,好象有人得了重病:说话声音更小,脚步更谨慎,打字机突然发出的响声听起来像病室里的争吵。

"有些打字员在闹情绪。"芬利小姐说,她费了很大力气才弱化了她一贯的风趣语气。

"怎么,她们害怕成为下一个遇害的人?告诉她们别犯傻。"

"我会的,"芬利小姐肃然地说道,"我很乐意。流言蜚语满天飞,在那些女孩中间。是真的吗,斯特雷奇威,你和警察在一起?他们说——"

"警司是我的一个老朋友。顺便说一下,关于秘密文件丢失的事情,你有什么消息吗?"

"没有。哦,等一下,是主任昨天下午吵着要的文件吗? Q 文件?

他们还没有找到吗？我敢打赌，副主任正坐在它上面。"

奈杰尔现在依稀记得了。梅里安·斯奎尔昨天在5点左右进来，问他要一份文件，登记处声称这份文件是要给主任的，但主任并没有收到。奈杰尔当时并没有注意到这一点，只是让芬利小姐确保文件不在他们的房间里。但他记得她震惊的表情，当梅里安·斯奎尔说："秘书来了，秘书走了，但文件是永远存在的。"

"爱尔兰人，"眼下，奈杰尔说，"不太有我们这样对人类生命神圣不可侵犯的概念。"

芬利小姐的眼睛瞪大了："原来是梅里安·斯奎尔。警察逮捕他了吗？"

"天哪，不！我在说爱尔兰人的性格，而不是——你真的不能这样下结论，否则你会让我卷入一场诽谤官司。"

"抱歉，"芬利小姐说，没有任何明显的悔恨迹象，"算了。我看他也不像会做出那种事的人——如果他和普林斯小姐之间没有感情瓜葛，这你得承认吧，斯特雷奇威。"

"我亲爱的好姑娘，我和比尔森先生之间也没有感情瓜葛，但我们要非常克制自己才不谋杀对方。"

帕梅拉·芬利张开嘴，发出她一贯的笑声，然后用手捂住嘴，责备地看着奈杰尔，仿佛他应该为她这种不谨慎的行为负责。奈杰尔把话题转到今天的工作上，给芬利小姐一些指示。不久，他坐上了一辆公共汽车，向东行驶到布鲁姆斯伯里大道的尽头，那里是狄更斯街。

"原来这就是爱巢，"他对布朗特警司说，"嗯,我是怎么告诉你的？"

"也许你以前来过这里？"

"从来没有。"

"那么，被你敏锐地猜对了。"

妮塔·普林斯的公寓位于狄更斯街 19 号的顶层。奈杰尔注意到，底楼是一个律师的办公室，二楼和三楼是一家小型出版公司的办公室。还有一个地下室，大概是一个看门人住的地方，因为当他爬上楼梯时，一只狗从下面狂吠着。他想，这很方便，当他看着一楼平台上出版商谨慎的铜牌：这家伙和律师晚上五六点就收拾好了，之后整个房子就空了：没有人看到谁来拜访过妮塔，除非看门人是个多事之人。对妮塔来说非常方便。不过，对布朗特来说，可能非常不方便。

警司让他进了门。"嗯，你可以触摸任何东西。我的指纹检验员助手已经检查过这些房间了。"他一开门便这么说，"这是起居室，卧室和浴室在那里。厨房在那扇门后面。一个温馨的小地方。"

布朗特已经说过了，没有什么地方比这更不像一个电影制片人想象中的爱巢了。没有诱人的沙发，没有闪闪发光的鸡尾酒柜，没有装满吊带裙的衣柜，没有签名照，没有令人心动的组合镜子。根本没有任何魅力。甚至空气中也没有异国情调的香水味。如果说整个屋子是古板的，那也是一种近乎咄咄逼人的体面的古板。在铁制的四柱床上躺着一件普通的白缎子睡衣，整齐地叠起来。梳妆台上也有这种严肃的气息，没有通常会有的杂物。

"在象牙和彩色玻璃的小瓶中

潜藏着她奇异的合成香水,

药膏,粉末,或者液体……"

奈杰尔发现自己在喃喃自语,当他注视着那些普通的木背发梳、商务感的发插、简单的手帕——有各种味道,也包括薰衣草的味道。他发现妮塔的美容用品被藏在一个抽屉里面。在他的脑海中,一个关于妮塔的新想法开始形成——一个关于她和吉米的想法,这最终使他改变昨晚的决定,那时他决定不会进一步卷入这个案子中。

他徘徊着回到起居室,心不在焉地拿着他在妮塔的床头椅上发现的一只破旧的羊毛兔。

"我觉得这一切都很可悲,"他对正在衣柜抽屉里翻找的布朗特说。他把兔子放在壁炉架上,旁边放着一个石楠根烟斗,毫无疑问是吉米·雷克的,"需要的仅仅是——哦,我真是幸运,看看这个!"他从一张铺着印花布的扶手椅上拿起编织针、毛线和一只男人的袜子。

"你觉得,这是个很有教养的小姑娘,"布朗特说,"但来看这个。"他向奈杰尔展示了一叠剪报。最上面的一张,是死去的女孩穿着浴衣,露出上镜的微笑,周围是一群搔首弄姿的、假笑的仙女。下方写着标题:"妮塔·普林斯小姐,18岁,克拉里昂日报海滨美女大赛冠军,和其他一些竞争者。"报纸的日期是1936年8月。

"我知道你也会发现这些藏在抽屉最深处的东西。"奈杰尔说。

"事实上,当然。你怎么看?"

"哪个抽屉?"

布朗特指了指。"这是唯一一个上锁的。你会明白为什么。"

奈杰尔直接把抽屉从衣柜里拉出来,放在地板上。他翻开了里面的东西:一捆捆的信,用鲜艳的丝带系着;一个大的傻瓜式信封,奈杰尔从里面倒出一些照片,这些照片上也是妮塔·普林斯,但这次没有穿着泳衣。照片的背面盖有印章"福斯科摄影工作室"。

"你也注意到了这一点?"他问。

"是的,她曾经为他们所谓的艺术研究做模特。福斯科先生亲自告诉我的。"

"唔,'一个营养状况良好的年轻女人的身体',"奈杰尔嘟囔道,"警察用的都是什么龌龊词句。信里是什么内容?"

"恐怕这位小姑娘年轻时生活得相当——呃,相当快活。"布朗特严肃地回答。

"你是说没有最近的信件?"

"嗯,有几张雷克先生的便条,但没有肯宁顿少校的任何信件。我觉得这有点奇怪,因为她保留了那么多东西。你会在废纸篓里发现一条丝带,和其他那些丝带是同一种。"布朗特深深地瞥了一眼奈杰尔,"一条丝带,但没有与之配套的信件。"

"我明白你的意思。但是,一个人拿走一捆信,而把丝带留下,这相当奇怪,不是吗?"

"人们会做傻事的。笨蛋警察就是这样追上他们的。"

奈杰尔又开始在房间里徘徊。他在壁炉对面墙上马修·史密斯的静物画前停了下来。他的视线移向印花罩布和深栗色窗帘,移向留声机和旁边的唱片专辑——贝多芬四重奏、莫扎特、西贝柳斯交响曲、埃尔加的《谜语变奏曲》。妮塔,或者说吉米,一直在提高她的品位。他走到了书架前,的确,被归入最底层书架的是普林斯小姐未经改造时看的浪漫小说、破旧的电影杂志、侦探小说。在这些书的上方,是更严肃的读物、必读书的范本:一排英国诗人,其中吉米·雷克最喜欢的维多利亚时代的诗人占了很大比例;还有 E.M. 福斯特、D.H. 劳伦斯、亨利·格林的小说。

奈杰尔拿起在扶手椅旁桌子上一本绿色封面的书,《A.H. 克拉夫诗集》,扉页上写着:1945 年 7 月 28 日,给 N,来自 J 的爱。"奈杰尔翻到书签所在的页面,有一段话被铅笔标记了——在它的边上有一条线,还有一个问号。

可怕的词,义务!你不应该,尤斯塔斯,你不应该。
你不应该使用它。但是,哦,伟大的天堂,我排斥它!
我取消、拒绝和否认所有这类罪责,拒绝所有索赔和耻辱,
我自谱心曲,自署灵魂的签名!啊,不!
在这一点上我是自由的;你不可以,没有人能束缚我。
我的朋友,如果你想知道,这是最重要的事情,
是最让我着迷的事情,是的,她无法对我掌控。
我可以随心所欲地索取,迫近,想要捆缚得更紧;
深陷其中——然后,在第二天早上,
一切都和以前一样,就像输了没有代价的游戏。

是的，当我来时，只剩一半的灵魂里充满了卑鄙的恐惧，

一上来就在可怜的逃避角色中崩溃了，

我是来洗牌，妥协，而非相遇，订约，

她用她平静的眼睛看着我，却什么都不知道，她不知道，

只是站着，不期待，无知觉。她并未谈及义务，

对罪责一无所知——啊，不，我相信你，以充足的理由。

"听听这个，布朗特，"奈杰尔说，并大声念出了这段话。

当他念完时，警司拍了拍自己的光头："哦，饶了我吧，饶了我吧。我不喜欢这作者。一个自负的人，严重的消极主义，不愿意接受挑战，只要享受。"

"不过，他对自己很诚实。"

"利己主义者往往是这样。他们承担得起。我的意思是，他们非常看重自我诚实，以至于对他们来说，诚实所揭示的自己的不愉快的形象也被遮蔽了。但这对我们来说没有任何好处。"

"我不这么确定。这是吉米·雷克几天前才送给妮塔的一本书。他或她在上面画了问号——看，这是什么？"

奈杰尔把书凑近面前。接着他走到窗前，向布朗特招了招手，向他指出了之前没有注意到的、诗的最后几行旁边空白处的一个淡淡的铅笔标记。

"一个大写的'A'，"奈杰尔说，"可以代表爱丽丝。自满的爱丽丝·雷克，她没有让吉米履行他的婚姻义务。再读一遍这段诗，布朗特，

看看其中的'她'多么符合雷克夫人的身份——这个宽容的女人，她不要求丈夫做任何事；当他以'可怜的逃避角色'出现时，她平静地迎接他，不注意他的尴尬，不提他欠她的任何罪责。顺便说一句，这个'他'也不失为吉米的形象。我想他是很难捉摸的，你知道，在心事方面。"

"你要告诉我的是，"布朗特缓缓地说，"当一个男人有一个容易被满足的妻子时，他不会谋杀他的情妇。"

"正是如此。或者假设空白处的这个问号是讽刺性的，假设爱丽丝·雷克实际上非常嫉妒，一直在大吵大闹，而且行为举止完全不像诗中的女人。好吧，一个男人可以谋杀一个嫉妒的妻子，因为她妨碍了他，但是——"

"——但他只在他的情妇与别人发生关系，或无法满足她的过分要求时才会谋杀她？"

"能从这愉快的家庭场景看出妮塔是个反复无常的女人吗？当然不能，她显然已经安稳下来，成为吉米的港湾。"

电话铃响了，布朗特去接电话。在简短的谈话之后，他放回了听筒。"他们已经做了尸检，"他说，"毒药容器不在身体里，这似乎排除了自杀的可能性。有极小的可能是她在咬碎那东西之后把它吞下去，尽管那样的话，就很难解释她杯子里的毒药痕迹了。"

"那这个容器究竟到哪里去了？"

"好吧，要么是英格尔先生把它扔出了窗外，要么是——"

"要么是你的一个搜查员疏忽放过了。"

"我认为这不可能，"布朗特有些勉强地说，"我承认，从我的角度来看，搜身只是个形式。毕竟，一个凶手在把容器打开往杯子里投毒后，最不愿意做的事情就是把它放在身上。他只需要把它丢在那个大房间里的任何地方，而且在你告诉他们必须搜身之后，他有足够的时间这样做。但是，我仍然不相信我的人会犯错。"

"在我看来，你似乎陷入了一个困境。手段：房间里的任何人都有；机会：房间里的任何人都有，除非雷克夫人说她在女孩被杀前一分钟看到桌子上的容器时说的是实话。所以你就剩下动机了。"

"相当经典的劳而无功的案例，"布朗特干巴巴地说道，"这就是为什么你必须加入。你比警察更有资格从动机的角度来处理本案。"

奈杰尔站在壁炉边上，凝视着那只毛茸茸的兔子。"我不敢说我不会改变主意，我不喜欢这一切——这个可悲的小家庭被打破了。肯宁顿在事情发生前一天的动向如何？还有妮塔的？"他突然问道。

"肯宁顿回到伦敦后的行动一直到当晚10点30分都有记录。他是在10点20分离开陆军部的。一辆陆军部的车把他送到克拉里奇酒店，在那里他直接进了自己的房间。所有这些都核查过了。他不可能在那之前见到普林斯小姐。他声称自己去睡觉了。不管怎么说，夜班门卫说他没有再出去。现在说说普林斯小姐。她在傍晚6点30分离开宣传局，直接回到了这里。大约6点40分，她进来告诉汉博夫人——就是看门人——她稍后会有一个访客，门铃声响起时汉博夫人不用管，她会自己打开前门。晚上8点过后不久，汉博夫人听到有人进来。看来，这就是雷克先生。他主动交代，他当时去了狄更斯街，打算在这里过夜，但妮塔·普林斯似乎很反常,不太欢迎他,所以他大约9点离开,回到部里,工作到很晚,然后在那里睡觉。汉博夫人猜想他一定是普林斯小姐所说的那个访客。因此,当前门的门铃再次响起时,那是11点过一点,她上去开门。但她听到普林斯小姐在往楼下跑,所以她就从地下室楼梯和大厅之间的门里探出头来。她看到普林斯小姐打开前门,让一个女人进来。"

"一个女人!"奈杰尔惊呼。

"嗯哼。她看不太清楚这个女人——大厅里只有一盏昏暗的电灯,但她认为再见面她也许能认出她来。接着,汉博夫人去睡觉了。她是被她的狗叫声吵醒的:只要有人出去或进来,它就会吠叫。她听到前门关闭的声音,看了看她的闹钟,当时离1点还有十分钟。那晚狗只叫了四次——雷克先生的到来和离开,以及第二个访客的到来和离开。所以她没有任何其他访客。

奈杰尔思索了一会儿。第二个访客。妮塔的女性朋友正常来拜访她的话肯定不会这么晚。而且,妮塔为什么这么明显地希望在这位访客到来之前摆脱吉米·雷克——除非她有什么话要对她说而不想让吉米听到?而且,第二天,妮塔就被谋杀了。似乎是为了回应奈杰尔的下一个想法,布朗特说:"汉博夫人确实说过,那个访客——那个女人,个子不高,反正不像普林斯小姐那么高。"

"你向爱丽丝·雷克询问过此事了吗?"

"我正在这里等她,"布朗特看了看手腕上的手表,"五分钟左右她就到。今天一早我就给她家打了电话,我和汉博夫人一聊完,就给她打了电话。"

"她没有反对来这里？"

"完全没有。汉博夫人会带她上来。如果认出她是那个人，会向我点头；如果不确定，她会摇头。"

"嗯。还有相当长的时间，就目前而言。"

奈杰尔转身回到了书架前，发现妮塔·普林斯的教育中似乎没有包括爱丽丝·肯宁顿的小说：也许这些小说对她的口味来说太讽刺了，甚至对吉米来说也是如此。如果爱丽丝就像她用婚前姓氏写的小说那样，人们就能理解为什么吉米会和非常通情达理的妮塔在一起了，那个传统的家庭女主人妮塔。

"我想，你把他们的指纹都取走了？"

"是的，昨天下午，"布朗特回答，"没有人反对，除了比尔森，他似乎在原则上反对一切。但他很快就回心转意了。昨晚，指纹鉴定师在这些房间里到处检查过，我们将在中午时分知道结果。当然，"他面无表情地补充道，"女士们在应酬的时候往往会戴手套。"

"没有杯子或东西乱放？"

"汉博夫人昨天早上把所有东西都洗干净了。她说，只有普林斯小姐吃早餐的餐具。如果有哪位访客喝了酒，普林斯小姐一定是自己洗了杯子。反正喝得不多，厨房橱柜里有一瓶杜松子酒和一些青柠汁。就这些了。"

几分钟后，铃声响起，脚步声从陡峭的楼梯上传来。起居室的门打开了。爱丽丝·雷克站在那里，有点胆怯地瞥了他们一眼。她身后是一个长相邋遢的女人，咧着嘴笑着，对警司使劲地点着头。布朗特的脸色相当无动于衷，但当肯宁顿少校跟在他姐姐身后走进房间时，他的眉头瞬间皱了起来，很是苦恼。

"亲爱的，我希望我不是多余的人，"他轻快地说道，"但爱丽丝觉得她需要精神上的支持。"

"行吧，"布朗特说，"可以。我很抱歉把你喊到这里来，雷克夫人，但这样比较简单。请坐下，好吗？"

奈杰尔很熟悉布朗特警司让证人放心的场面。彬彬有礼、体贴入微的态度，匹克威克式的欢乐，略带愚钝的外表。他见过聪明人上当受骗——见过他们放松下来、一种智力上的优越感在他们的脸上或话语中悄悄出现。啊，是的，毕竟不是那么可怕，我想我可以拿捏他。而奈杰尔曾见过这样的人悲惨地被打倒。爱丽丝·雷克是个聪明的女人，他想，在布朗特施展他自信的伎俩时，他从窗边的座位上悄悄地打量着她。她也是个聪明的女演员——也就是说，如果她两晚前还在这个房间里——带着恰到好处的好奇心和淡淡的尴尬扫视四周，仿佛在说："原来她和吉米住在这里。"这是个有魅力的女人，以她严厉、沉稳的方式。奈杰尔注视着她小巧而整齐的轮廓：头发以新爱德华时代的方式从后面梳起；精致的五官——长而薄，略带反翘的鼻子，讽刺的嘴，光洁的小耳朵；黑色的大衣和裙子，打褶的白丝上衣；小巧的脚和戴着白手套的手。与大多数经过六年战争的伦敦妇女相比，她是如此利索和时髦。

"是的，恐怕毫无疑问，这个小姑娘是被谋杀的，"布朗特用他最有风度的语调说,"糟糕,糟糕,真是令人惋惜的事情。现在我相信你会明白,雷克夫人,这在很大程度上取决于你的证词。"

爱丽丝·雷克扬了扬她修剪过的眉毛,什么也没说。

"关于容器的问题,你说它还在桌子上——在普林斯小姐把她的杯子拿到她自己的桌上前不到一分钟。你很确定是这样吗?"

"哦,是的。非常肯定。"

"没有可能是已经用过了,又放回去了?你能看到它的全部,还是只看到它的一小部分?它就躺在你丈夫的台历旁边,不是吗?"

"是的,我可以看到这一切。当然,我不知道如果使用了它,看起来会有什么不同。"

"哦,你会注意到区别的,"查尔斯·肯宁顿插嘴说,"它们是脆弱的、易碎的东西。它会被打碎的。"

"是这样,"布朗特说,"你要知道,你的证词为你的好丈夫洗清了嫌疑。"

"我很高兴听到这个消息,"雷克夫人冷冷地回答,"而且这恰好也是事实。我可以向你保证,我不会为了保护任何一个人而撒谎。我不是那种人。"

"我姐姐是一个疯狂的维多利亚式女孩,"查尔斯说,"她真的相信,真理必须永远占上风。她是那种女性知识分子。"

"安静,查尔斯。"爱丽丝不耐烦地说。

布朗特接着说:"但是,你的证词当然不能证明你的清白。你当时离毒药容器和普林斯小姐的杯子很近。"

"我也意识到了。"爱丽丝说。奈杰尔给她记下了——不知是好还是坏的标记,他不确定——一个杀人嫌犯会如此轻易地主动提供让自己陷入危险的信息。

布朗特挠了挠鼻尖:"在任何情况下,你都不会有保护你丈夫的强烈冲动?"

"哦,我可能也会。我非常喜欢吉米。如果就因为我让他过他自己的生活——"

查尔斯·肯宁顿叹了口气,揉了揉眼睛,戏剧性地举起了手,显然不认同爱丽丝对丈夫的放任。

"——是的,查尔斯,让他过他自己的生活,这并不意味着我对他漠不关心。但他给那个女孩下毒就没有意义了,你不明白吗?因此,我试图包庇他也没有意义。"

"完全正确,"布朗特说,并赞许地点点头,"那么,你丈夫最近有没有向你表示过他与普林斯小姐的关系正在淡化,或者她对他不太诚实?也许是有其他男人?"

"哦,确实没有。事实上,一两个月前,他跟我说过离婚的事,以他相当迂回的方式。"爱丽丝·雷克淡淡地笑了,"我想她对他有点唠叨了。我很能理解。对她来说,这不可能是完全令人满意的生活,所有这些——"她戴着手套的手在狄更斯街19号的顶层做了个轻微的手势。

"唔,说到最有趣的部分了,你是怎么说的?"

"我告诉吉米,如果他非离不可,那就离婚吧,我会非常难过,"

她以高亢而冷酷的声音继续说,"但他必须自己决定,我不打算为他做这件事。如果你想知道接下来的事,我会说他直接冲到了这里,告诉她,他无法对我施加离婚的压力,这会让我心碎。"

布朗特稍稍眨了一下眼睛:"这真是非常坦率,雷克夫人。普林斯小姐不愿意接受这种情况?这就是她要见你的原因,要私下里谈一谈?"

"私下里谈?"

"是的,当你那天晚上来到这里的时候。"

雷克夫人绿色的眼睛睁得大大的:"但是——这一定有什么误会,我这辈子都没来过这里。"

肯宁顿少校从姐姐坐着的椅子扶手上站起来,背对着壁炉,快速、幽默地瞥了瞥爱丽丝和布朗特,仿佛他们在为一些抽象的话题进行决斗。

"好了,雷克夫人,"布朗特说,"我有一个证人,她看到普林斯小姐在前门迎你进来,就在前天晚上 11 点之后。"

"但那是胡说八道,"她尖锐地回答,"当时我在床上,在我自己家里。"

"你——嗯,能证明这一点吗,雷克夫人?"

"不一定。让我想想。10 点 30 分,我丈夫给我打电话,说他要在部里工作到很晚,在那里睡觉。但是,不,我想我不能证明。我当时一个人在家里。"

"你的这个证人是谁?"在尴尬的停顿中,她弟弟问道。

"汉博夫人。这里的看门人。"

"我们能不能和她谈谈？身份有时会被搞错。"

"当然可以。"布朗特向地下室打了电话。

汉博夫人来了，咧嘴笑着，气喘吁吁，不修边幅。

"这就是你两晚前看到普林斯小姐放进来的那位女士吗？"布朗特问道。

"没错。你没看到我点头吗？这就是她。"

"你确定你不会弄错？"布朗特小心翼翼地问道。

"我想我的眼睛还能用，"汉博夫人不耐烦地说，"还是那位女士，一样漂亮的小脸蛋。我敢说，是一位真正的淑女。这就是她，好吧，得啦，我发誓。"

"你注意到她的穿着了吗？"查尔斯·肯宁顿问。

"长及小腿的黑色大衣，非常时髦。白色上衣。白色小手套。"

"我戴的是什么样的帽子？"爱丽丝问道。

"是戴在你的头上哟，女士！好像你不知道一样！黑色的草编帽，斜斜地遮着你的脸。"

似乎没有什么可说的了。布朗特告诉那个女人她可以走了。但是，当门在她身后关上时，雷克夫人悄悄地说了一句："恐怕一定是认错人了，警长。你看，我从不戴帽子。我没有帽子，大家都知道。"

警司接受了这一点。他咯咯地笑着，摩挲着他的光头，说："好吧，哎，哎，哎，这正好说明人不能太小心。你真聪明，雷克夫人，关于帽子的问题。聪明，大写的聪明。这就一锤定音了，对吧。"他笑着说,带着苏格兰人对自己俏皮话的由衷欣赏,"看来你一定有一个替身,雷克夫人。"

自从访客到来后,这是奈杰尔第一次开口说话。"查尔斯,"他说,"昨天早上我们在吉米的房间里见面时,妮塔对你说,'你穿上制服确实看起来不一样',暗示她最近看到过你没穿制服的样子。你在给吉米的信中说,为了抓住斯图尔茨,你一直在女扮男装。你和你姐姐一样高,五官也和她很像。不要告诉我她还有另一个替身。"

奈杰尔说话的时候,查尔斯·肯宁顿把脸埋在了自己的手掌里。现在,他又抬头看了看他们所有人,笑得前俯后仰。

"哦,天呐!"他咯咯笑着,"哦,真是太过火了!我的'漂亮的小脸蛋'!太丢人了!英国少校伪装成女性——我知道有一天会让我惹来警察的麻烦。"

"这一切是怎么回事?给我正经点,查尔斯。"他姐姐尖锐地问道。

"我是人①,"查尔斯回答,"意思是,当然,'我就是那个人'。是的,我将坦白,以我最大的歉意。"

根据他的说法,妮塔在他到达伦敦那天的午餐时间给他打了电话。她非常苦恼,说必须单独见他。他对她说,他必须在陆军部待到深夜。因此,他们约定,他当晚从陆军部出来后到她的公寓去。

"但为什么要乔装打扮呢?"奈杰尔问。

他解释说似乎妮塔一直很害怕,生怕他来时被人认出来。她说

---

① 原文为拉丁文 Homo sum,意为"我是人"。

87

看门人是个可怕的、多管闲事的人,到处传扬妮塔在午夜时分接待男性访客。

"我告诉她那都是胡说八道。但是,这个可怜的女孩在这样的情况下——好吧,我突然想到,我带着我的女装,为什么不穿上它?好让她放心,也许还能让她高兴起来。因此,当我的会议结束后,我赶回克拉里奇,换了衣服,化了妆,打车来到这里。"

"那你做到了吗?"奈杰尔问。

"做到什么?"

"让她高兴起来?"

"说实话,没有。你看,我在德国的工作要求我很好地扮演女人的角色,否则可能会丢了性命。所以,当我再次穿上这些装束时,我发现自己自动地扮演了这个角色。妮塔对此并不满意,她认为当我安全地进入她的房间后,我就应该变回自己,而我却一直在扮演伯莎·博登海姆——事实上这是个没意思的笑话,总之,这不是一个有女人味的女人会欣赏的那种笑话。"

"她要见你干什么?"布朗特相当冷淡地问。

"哦,你肯定能想象得到。"查尔斯在抗议时,高亢、清晰的声音与他姐姐的声音如出一辙,"你不明白吗?我们曾经订过婚。她后来和吉米在一起了——完全正确和恰当——但她很害怕我会对她提出要求。她想第一个告诉我发生了什么事,而不是让真相在我们第二天见面时悄悄浮现出来。当然,她还想让我站在她这边——这太奇怪了,女人是多么的天真,当——"

"站在她那边？对抗你的姐姐，你是说？"奈杰尔问。

"我亲爱的，当然了。她知道我很宠爱爱丽丝。她希望在两件事上得到宽恕：抛弃我；抢走爱丽丝的丈夫。哦，是的，我们研究了整个事情。"

"那你原谅她了吗？"

"我想我让她安心了，可怜的甜心，"查尔斯说，并快速地、隐晦地看了一眼奈杰尔，"并不是说我赞同爱丽丝的生活被打破——"

"并没有被打破。"雷克夫人打断了他的话。

"好了，你知道我是什么意思。被人闯入，亲爱的，如果你一定要迂腐和骄傲的话。但是，从她告诉我的情况来看，我认为情况很清楚了，三角关系基本是很明确的。而且她显然被吉米深深吸引，并完全改头换面了，这让我很惊讶。"

"你能说得再具体一点吗？"

"她变得太满足、太驯服了。与我在部里工作的那一年相比，她变得完全不同了。她说话时——我该怎么说呢？嗯，就像一个呆板的、可敬的已婚妇女。这种反差很有意思。说实话，我发现她变得相当沉闷了。"

"她到底有没有谈及离婚？我是说雷克先生和夫人离婚的可能性？"布朗特问。

"没有。"

"她的谈话中没有任何可以帮助我们的东西？仔细想想，肯宁顿少校——没有任何东西表明有其他男人，或女人，可能有谋杀她的动机？"

"没有。我必须说我发现这个'其他男人或女人'的说法相当可怕。意思是说我姐姐和我姐夫是明显的嫌疑人？"

"不，肯宁顿少校。像你所说的，是你姐姐和你，"布朗特用平缓的语调说，"你们俩比其他人更有理由嫉妒，就目前我们了解的情况看。"

爱丽丝·雷克并未被这种说法扰乱，优雅的发型纹丝不动。她只是瞥了一眼她的弟弟，嘴角讽刺地扭了一下。查尔斯·肯宁顿研究了一会儿他的手指甲，然后说："除了嫉妒，警司，还有其他原因可以导致激情犯罪。"

"比如说？"

"哦，别来这一套！"查尔斯回答说，又恢复了他的轻浮态度，"重点嫌疑人才不会用猜测别人动机的损招来使自己陷得更深！"

爱丽丝正用一种疑惑的表情审视着他，由于他不再说什么，她转向了布朗特："但肯定有一种可能性，就是在错误的杯子里下毒？我是说，毒药是为我丈夫准备的？"

"有这种可能性。是的。"

"哦，我明白了，"她说，停顿了一下，做了个鬼脸，"我也有同样的动机来杀他？又是妒忌？被蔑视的女人？查尔斯，你愚蠢地把诱惑放在了我的手边。"

"什么？哦，是的，斯图尔茨的那东西。是的。但我怎么知道展示它将导致——啊，好吧，这是个教训。我可怜的犯错的姐姐，我将带着精神上的安慰陪你上断头台，我将——"

"我认为这次谈话不需要再延长了，"布朗特严厉地打断了他的话，"你俩必须意识到，犯罪是一件严肃的事情。你已经知道我的态度了，少校，对你把那个容器带到雷克先生的房间，然后，显然，把它忘得一干二净。"

"我知道，这是我的心不在焉。我万分歉疚。但所有那些照片和事情让我忘了它。我发现照片是如此迷人，你看，而且——"

"与此同时，"布朗特继续说，"你和你姐姐应该意识到，当时房间里的每个人都值得怀疑。警察并不满足于只探究明显的动机。我对你们很坦诚，因为你们自己提出了'重点嫌疑人'的问题。"

"你的看法很有说服力，警司，"查尔斯忍不住由衷地说，"我觉得，在更愉快的情况下，你和我可以相处得很好。好吧，我的小羊羔，我们最好让侦探们去做他们的侦探工作。"

"当然，我们必须核实你们两个人的证词。"

"证词？哦，为了确定那晚来这里的人是我而不是爱丽丝？是的，好吧，爱丽丝不戴帽子的事应该很容易确定。克拉里奇酒店的夜班门卫可能记得有一个迷人的女性溜上楼，大约在凌晨 1 点 30 分——我不得不穿着夹脚的小高跟鞋一路走回来。或者他可能不会注意到。不过，等一下，我真是太傻了。你在废纸篓里发现了一条丝带吗？"

"我们看到了。"

"啊，这可省了不少麻烦。妮塔把我之前写给她的情书还给了我，它们是用丝带绑起来的。她要我把它们带走并销毁，我照做了。所以我一定来过这里。"

"为什么拿走了信,却留下了丝带?"奈杰尔问。

查尔斯·肯宁顿的脸色变得十分难看:"我亲爱的!你居然还问?你没看到那条丝带吗?洋红色!我不能带着一条洋红色的丝带到处走,那会对我的仪表造成死亡性的打击!"

"哼!"当这两人离开后,布朗特说,"真是个难缠的家伙,那雷克夫人。圆滑的家伙,他们俩都是。非常圆滑。唉。"

"我倾向于认为他说的是实话。"

"嗯,他最好如此。他的故事很容易被推翻,如果——"

"我不是说来这里的事。我确信他来了。我是说当他说他的姐姐总是说实话——相信真理必须获胜。我想我得好好了解一下她。"

"还有其他直觉吗?"布朗特讽刺地问。

"有一两个奇怪的小地方,来自查尔斯。"

"啊,你是说当你问他是否原谅了妮塔,他回答'我想我让她安心了'。"

"你很有洞察力,布朗特。是的,那话听起来相当阴险、冷血,不是吗?但我想的主要是——嗯,首先是他提到毒药容器时的一种反常说法;其次是他在某个话题上缺乏聊天的兴趣,这实在反常。"

第五章

主任：紧急

那天深夜，奈杰尔·斯特雷奇威回到了部里。他度过了一个毫无收获的下午：先是在妮塔·普林斯的公寓里，沉闷地阅读她保留的信件，这些信件除了证明她年轻时的不检点行为外，毫无用处；然后，和布朗特一起，试图从妮塔的几个女性朋友那里获取信息。很显然，她和吉米·雷克在一起后，已经疏远了昔日密友，变成了一个家庭妇女。妮塔最近似乎只向一个女人倾诉过——斯普罗尔小姐，另一个部门的初级专员，她说妮塔一直在担心战争结束后会发生的事：士气部会关闭，因此她和吉米在一起的机会就要减少。没什么新鲜的。主任在昨天与布朗特的谈话中也承认了这一点,天生的谨慎无疑使他当时没有谈及离婚的提议,但他说他和妮塔对未来感到担忧。奈杰尔想,目前,人们沉溺于偷情是很正常的,因为战争使人看不到未来,或者使人无法想象自己的私人行为会有什么后果;现在肯定有不少情人在想他们的私情能否保持到战后,甚至担忧起恢复和平后的日子。斯普罗尔小姐告诉他们,妮塔似乎决心不放弃吉米,她说,"如果他必须在我们之间作出选择,我得确保他选择的是我。"

奈杰尔走进了士气部的大厅。为了向接待台的人表示敬意,他向胸前的口袋做了一个敷衍的手势,但那个人正在看一本杂志,甚至没有抬头。奈杰尔沿着空荡荡的走廊向电梯走去,很快就到了顶楼。他去自己的办公室看了看,没有给他的留言。他走到副主任的办公室,发现哈克·福斯科像往常一样在工作。

"休息一下,"他说,"到食堂来吧。"

在台灯的绿色光影下,副主任的脸看起来很憔悴,因疲惫而凹陷。

"好吧。"副主任说,"该死的,这样的一天!让我们看看吉米是否也会来。"

刚回到自己房间的主任拒绝了邀请。他说,警方的调查已经耽误了他一整天的工作,上级领导也一直在唠叨,部员们尽了所有努力都没能找到丢失的秘密文件,而且会有人付出惨痛的代价——所以奈杰尔和副主任自己去吃夜宵去了。

"他很难受。"下楼的时候,哈克·福斯科说。

"嗯,自然。毕竟,妮塔——"

"哦，我不是指那个。虽然毫无疑问是这样，但这个老男孩整个下午都在找那个文件。"

"我想这是让他忘记那件事情的一种方式。"

"也是让我们所有人都不去想它吧。"哈克面无表情地说，"我告诉你，奈杰尔，这是个肮脏的行业。你先请——"他们从电梯里走出来，向地下室的食堂走去，"在警察查出真相之前，会有很多垃圾被翻出来。"

"确实如此。"

"你在为他们工作吗？"

"嗯，不全是。和他们一起，但不一定是为了他们。"

"唔。我想你知道你说的是什么意思。反正我不知道。总之，那就像噩梦一样。我是说，我以为我认识部门里的每个人——我知道我们中不会有人做这样的事情。但现在事情发生了，人们花了一半的时间告诉自己这不可能发生，掐自己的脖子，发现自己毕竟是清醒的；还有一半的时间试图避开同事的眼睛。一个人在犯了谋杀罪之后，看起来会有什么不同吗？应该会。但是——"

"别说了，哈克，"奈杰尔善意地打断了他，"你太紧张了。你需要的是一盘美味的午餐肉和泡菜。"

副主任猛地打了个寒噤，要了一杯他常喝的牛奶。他们来到食堂的一个角落里，那里现在空荡荡的，只有几个电报员女孩，几个像多米诺骨牌一样靠在一起打着哈欠的信使，以及一两个等待下一份官方文件的新闻代表。空调设备嗡嗡作响，裸露的电灯照射着茶几、柜台、金属椅子和桌子。

"竟然把这个地方称为食堂,"哈克喃喃自语,"这更像是一艘开往地狱的航船上三等舱的客舱。"

"你今天晚上充满了幻想。"

"只是打发时间,老伙计,这漫长的时间。"

"哦,好吧,好吧,说说你和比尔森的争吵是怎么回事。"

"哪一次?"在刺眼的灯光下,副主任的脸看起来毫无表情,像一张画在羊皮纸上的粗略地图。

"上上周四,在午餐时间,关于妮塔·普林斯。芬利小姐隔着墙听到了你的声音。"奈杰尔又往嘴里塞了一块面包,重复了他的助手听到的那些话,"'最后的机会'——他给了你什么最后的机会?还有,他为什么'进退两难'?"

哈克·福斯科撇着嘴,一副不可置信的样子。"你的芬利小姐是一个非常轻率的人。你为什么不把她训练得更好呢?总是妄下结论,而且通常是错误的结论。"

"事实上,你只是和比尔森进行了一次友好的小打小闹?"

"我没有这么说。我只是说我们没有谈及普林斯小姐。"

"但帕梅拉·芬利听到你——"

"她听到一个词,就以她一贯的不准确,说那是'普林斯'。这个词是指印刷品。我是训斥他的部门在提供照片复印件方面的拖延行为。"

副主任注视着奈杰尔,就像一个人讲了一个特别微妙的笑话,正在等着看它的重点是否被领会了一样，充满期待。奈杰尔盯着他的鼻子。

"但是，如果你是训斥他，为什么他说要给你最后一次机会？"

"我亲爱的老朋友，你肯定知道比尔森是什么样的人，对吧？他是个好诡辩的人。他是个终身公务员。在原则问题上，他每一次都要抗争。他拒绝接受责任。当我开始挑剔他的时候，他却对我发了一大通对粉色表格的牢骚。他说这个系统是不可行的，他告诉我，我必须重建这个程序，他给我这个最后的机会来做这件事——否则他就申请调到另一个部门。他很生气。我承认，我也是。比尔森总是让我很不快。"

"所以你告诉他尽管'去找狗吧'？可真是言辞激烈啊，哈克。"

副主任对奈杰尔淡淡地笑了笑。"我想我真的要解雇你的芬利小姐了，她什么都听岔了。我说的是他可以去码头①。战时运输部的码头部门有一个财务官员的空缺，他威胁要调到那里去。希望他能去。不过，如果他真去了，上帝保佑可怜的战时运输部。"

"我明白了，所以这就解释得通了。"奈杰尔轻轻地叹了口气，"战前你对妮塔有多了解？当时她为你的机构工作。"

"不了解。她只是偶尔当我们的模特。我从来不是一个喜欢和模特约会的人。虽然我必须说她在那时是个奇才。"

"你知道吧，警察会非常仔细地调查每个人与妮塔的关系，而且会查到过去的事情？"

---

① 原文为 Docks，与"狗"（dogs）读音近似。

"哦，是的，'例行询问'？我知道。好吧，我的过去是一张纯粹的白纸——在这方面。下一个问题？"

"你觉得，为什么有人要杀妮塔？"

哈克·福斯科冷酷的眼睛仔细地打量着奈杰尔，没有眨眼。停顿了很久之后，他说："纯粹从抽象的角度讲，杀死一个美丽的女人有三个可能的理由。"他举起三根手指，慢慢地把它们勾起来，"一，嫉妒；二，欲望满足后的厌烦；三，如果她是那种做得出的人，可能她勒索了某人。"

"你认为妮塔是那种女人吗？"

"她是一个改过自新的浪荡子。改过自新，你记住。我想我们在这一点上是一致的？所以她不会为了钱而勒索。但是还有其他因素，一个女人会为之进行勒索。"

"继续。"奈杰尔说，他灰蓝的眼睛睡眼惺忪地望着远处桌子旁一个电报员女孩的金发，她正和她的同伴们喋喋不休——无疑也在讨论战时宣传局的丑闻。

"作为她的防卫措施，"哈克·福斯科说，"一个改过自新的浪子会不惜一切代价来捍卫她的改过自新——我是说，不惜一切代价的情感勒索。她会对体面非常坚持，像一个受人尊敬的女人其实会贪求所谓的浪漫爱情一样。"

"这一切，'纯粹是抽象的'？"

副主任点了点头。

"嗯，非常有趣。"奈杰尔又叹了口气，"现在，在我给你拿另一杯牛奶的时候，你可能会想出——纯粹是抽象的——你和埃德加·比尔森之间的争吵的一些稍微不那么荒谬的版本。"

奈杰尔·斯特雷奇威站起身来，走向柜台，留下福斯科在后面目不转睛地看着他。食堂的电话响了，柜台前的一个服务员接了电话。

"福斯科先生？福斯科先生？"她用歌唱般的声音喊道。

副主任大步走向电话。食堂里的谈话声停了一会儿，接着又喧闹起来。下一刻，哈克就向奈杰尔招手了。"吉米！吉米！你在吗？"奈杰尔听到他说。

"怎么了？"

"他听起来病了。该死的，电话挂了！"哈克愤怒地晃动着听筒。

"别管这个了。快！我们上去吧！"

奈杰尔·斯特雷奇威在餐桌之间狂奔，福斯科紧跟在他身后。人们茫然地转过头来看着他们，就像看着火车经过时的羊群。他们匆忙的脚步声在长长的地下室走廊里回荡。奈杰尔用手指揿了揿电梯的按钮，然后按住了。

"他说了什么？"他问道，等电梯显示器闪烁着6、5、4——

"他只是说，'哈克，是你吗？来 —'然后他的声音就消失了。他听起来真的很奇怪。"

电梯门滑开了，他们急忙进入。奈杰尔按了一下顶楼的按钮。电梯本应不停地往上走，但到了一楼却停了下来，门滑开了，在规定的30秒内保持开放，然后自动关闭。在二楼也是这样。哈克开始咒骂，但奈杰尔把他推出了电梯，急切地说道："跑到接待处去！在那里看着，确保没有人离开大楼。我再给你打电话。快点！"

奈杰尔待在电梯里。之前电梯一直下到地下室时没有停过，现在它似乎要在每一层楼都停下。没错，三楼，停下，暂停，门滑开，暂停——该死的，这意味着某个楼层的人按下了外面面板上的每个按钮，就在我们进入电梯之前。有人想拖延我们。显然，我们应该出电梯，跑上楼梯，但也许有人想让我做这件明显的事，不这样做恐怕更安全。为什么这个该死的电梯没有一个不停留的主按钮？

在下一层，奈杰尔把头伸出来，向上看，顶楼似乎很暗。他关掉了电梯里的灯，他不想在到达那里时，成为一个显眼的目标。我和芬利小姐一样坏，他想，妄下结论，幼稚。可能吉米刚刚消化不良发作，或者割伤了手指，或者找到了丢失的文件。好了，到了，六楼，停下，暂停，门开了……他迅速走出去，一片黑暗。该死的灯火管制[1]，他的手指在墙上摸索着，找到了开关，把它们都按下去。走廊，相当熟悉，相当空旷。门都关着，那就安静地沿着它走吧。在我的左边，布莱恩的门，梅里安的门，我的门；在我的右边，照片资料库的两个门。一切都井然有序。现在，前厅，打开。在我的右边，是吉米的门，关着，下面有灯光。

奈杰尔转动门把手，走了进去。有那么一瞬间，他的目光自然而然地直奔吉米的办公桌，他认为这个房间没有人。但只是一瞬间。他的目光移向左边，在妮塔·普林斯去世的那张桌子旁，是吉米·雷克。

---

[1] 为防空袭而实行的措施。

让奈杰尔喘不过气来的是，主任似乎正在祈祷。他跪在桌子前面，头埋在他伸出的双臂之间，几乎就像是他在向曾经坐在那里的妮塔的鬼魂祈祷，恳求她回来。然后，奈杰尔注意到从他背上伸出来的东西。情况又变得正常了，因为如今在这个房间里，谋杀成了一件正常的事情。

奈杰尔·斯特雷奇威三大步跨过地板，走到吉米身旁，站在那儿，低头凝视着从吉米背上伸出的刀柄，然后他托住主任，让他脸朝下躺在地上。他跪在地上，将手伸进吉米的衣服里——心脏还在跳动。奈杰尔拿起电话听筒，它已经从电话座上掉了下来，躺在吉米伸出的手旁边。他打通了接待处的电话，要求找福斯科先生。

"哈克？我是奈杰尔。听着，你得动作快点。吉米被袭击了，还有呼吸，刀子捅得有点高。给急救站打电话，让他们马上派人过来，叫医生来。然后打电话给控制中心，让刘易斯上来。你把所有人都扣在接待处？很好，那就没人能从那儿出去。重复一遍，不能放人出去，甚至部长也不能。联系今晚信使的负责人，他要召集所有信使，把他们从曼宁街的侧门带出去，让他们把整个大楼围住，每边都要有尽可能多的人，如果他们看到有人从一楼的窗户出去，就把他抓起来。当然，那扇侧门必须再次上锁。我要有个人确保其他所有的侧门都锁上：如果他发现有一扇门是开着的，必须马上向我报告。你都记下来了吗？好的。先等医生来，记住，他一来你就亲自带他上来。"

奈杰尔挂断后，又拿起外线电话，按了布朗特警司家的号码。警司正准备睡觉，奈杰尔告诉他发生了什么事以及自己采取了什么措施。

布朗特同意马上过来，在路上接几个警察。

走回门口，奈杰尔关掉了灯的开关。主任桌上的阅读灯和天花板上的中心灯都熄灭了。房间里一片漆黑。他再次打开开关，走到办公桌前。没有混乱的迹象，也没有打斗的迹象。书桌很整洁——记事本、台历、笔筒、墨水瓶，一盘盘的文件整齐地摆放在宽阔的桌面上。他试了试抽屉，都被锁住了。他直起身子，向妮塔的桌子走去，并低头看了看地毯。这时，他发现地毯上有一些新鲜的血迹，在她的桌子和门之间。他趴下，眼睛几乎与地板持平，再仔细看，地毯上有一些模糊的痕迹，好像有什么东西被拖到了门前。他用报纸盖住了这些痕迹。

这时，急救站的护士来了。她是一个冷静、理智的女人，奈杰尔立即把情况告诉了她："雷克先生被刺伤了。护士，有医生来吗？"

"有的，他将在五分钟内赶到。"

"干得好。请来照顾一下他，他还活着。在医生来之前，我们能为他做什么吗？"

护士试了试脉搏，向奈杰尔点了点头，又尽力让昏迷的人更舒适一点。"可能有一些内出血，"她说，"但那把刀肯定没有刺中心脏。如果肺部没有受到影响，他应该能挺过去。怎么会——"

"万幸。哦，你来了，刘易斯先生——"

门打开了，控制中心的官员走了进来，一个身材矮小、警觉的红发男子。

"我的天啊，这是怎么了？雷克先生，是吗？"他问。

"雷克先生被袭击了。攻击他的人可能还在楼里。福斯科先生正在查看所有的出口是否被封锁。今晚有消防员值班吗?"

"对不起,斯特雷奇威先生,我们只有三个人。自从对德战争结束后,我们就裁员了——"

"三个就可以了。你对这栋大楼了如指掌,我想让你从上到下开始搜索。从这层楼开始,往下搜,会有一些警察来帮助你。把你找到的每个人都列在名单里。如果有人表现得很可疑,马上抓住他。如果有必要,我会事后向他们道歉。要仔仔细细进行搜查:男人或女人可以藏身的任何地方。你能认出本单位的英格尔先生、斯奎尔先生和比尔森先生吗?"

"能。"

"还有肯宁顿少校?他曾经在军事检查部门工作。"

"能。"

"如果你找到他们中的任何一个,直接把他带到这里来。不要在意公务员的礼节,我会协助你。都明白了吗?"

"明白。如果可以的话,我就用这个电话,把我的同事们叫到这里来。我又有点激动了。"

刘易斯先生和他的消防员刚刚离开房间开始搜索,副主任就带着医生赶来了。

医生进行了简单的检查,说:"是挺严重的。不过,幸运的话,他会没事的。我先把这把刀拔出来。护士,你准备了一些纱布垫和绷带?很好。"

"请用我的手帕包裹手柄。"奈杰尔迅速说道。

医生好奇地看了他一眼，然后接过手帕。他和护士在主任身旁跪了下来。哈克·福斯科把头转向一边。医生用力把刀拔了出来，护士赶紧敷上纱布垫，吉米·雷克呻吟了一句。

"他说什么？"奈杰尔急切地问。

医生说："我不确定。听起来像是'爱丽丝，她不会让我走的，亲爱的'，你听到了吗，护士？"

"我想他就是这么说的，先生。"

"这提醒了我，"奈杰尔嘀咕道，"必须给他的妻子打电话。护士，如果他还说了什么，请告诉我，这可能是至关重要的。"

奈杰尔在吉米的通讯录中找到了他的家庭号码。爱丽丝·雷克接了电话。她已经睡下了，但会马上坐车过来。哦，天呐，奈杰尔想，我早就应该这样做。离吉米给食堂打电话过去多久了？——10分钟到15分钟。奈杰尔把哈克·福斯科叫到一边，让他给肯宁顿少校、梅里安·斯奎尔、布莱恩·英格尔和埃德加·比尔森家里打电话。最后三个人，住得离部里太远，还没有到家，如果——

"他醒过来了，"医生说，他已经给病人上了药，"不，请大家往后站。"

奈杰尔看着主任毫无血色的脸在颤抖，他的眼睛微微睁开，什么也没看进去，闭上，然后又睁开，以一种困惑的表情打量他们。

"灯灭了，"他有气无力地嘀咕道，"你好，奈杰尔老伙计。"

"别说话，"医生说，并对奈杰尔说，"他还不能接受询问。"

"那好吧，"奈杰尔说，"有一件事是非常肯定的，他没看到攻击自己的人。"

"你怎么知道的，先生？"医生问，他从病人身边站起来，把那把长刀放在桌子上，刀柄被奈杰尔的手帕包着。奈杰尔没有回答。他盯着那把刀，眼里满是惊愕，他把手帕抽出来：是的，那是一把刀，尖尖的，薄薄的，18英寸长，在美编室里用来切画纸的，是现代刺客希望找到的有效替代尖刀的工具。

"先生，"医生正在对哈克·福斯科说，"如果你用完了那个电话，我必须打电话叫救护车，将这位先生送往医院。"

"不，"吉米说，他一直闭着眼睛躺着，"不，不去医院。带我回家。叫爱丽丝来。"

"但我亲爱的先生——"

"她在路上了，吉米。"奈杰尔打断道。他把医生带到一边，急切地对他说了几句话。

"不，我不能承担这个责任。他必须保持清醒。"

奈杰尔耸了耸肩。吉米又说话了，他的声音让奈杰尔吓了一跳，它恢复了正常的、相当疲惫的、非常耐心的、冷酷而坚定的语调："我不打算去医院，所以别费功夫了。爱丽丝，我的妻子，受过护士培训，她完全可以胜任。我很抱歉，医生，但是——"

后者看了他一眼，然后转身去打电话叫救护车。

"怎么样，哈克？"奈杰尔问道。

"他们都在家里，除了梅里安。"

"我是说，是他们本人接的电话吗？"

"布莱恩和查尔斯·肯宁顿是的。比尔森是妻子替他接的,说他整个晚上都在家里。"

奈杰尔的眉头皱了起来。他开始用口哨吹起沉闷的小曲子。走廊里传来了坚定的脚步声,布朗特警司来了,两个穿制服的警员和一个便衣在他身后。

"嗨,嗨,嗨,"他轻快地问道,"他怎么样了,医生?"

"他会没事的,只要——"

吉米虚弱但坚定地打断了他的话:"警司,请告诉这位优秀的医生,我不去医院。"

"嗯。天呐!"布朗特拍了拍他的光头,"现在这是一个僵局,嗯?一个僵局?"

"我们要不要等雷克夫人来了,再作决定?"奈杰尔把布朗特拉到一边,跟他说。两名穿制服的警察马上就去协助搜查大楼了,而哈克·福斯科则被派回到接待处,如果大楼外围的信使们抓到了什么人,他就打电话回来;他还会向接待处的职员了解,是否注意到有任何其他战时宣传局的人在当晚早些时候进入部里。

"现在,医生,"布朗特说,"我必须问你的病人一个问题。"不顾医生的反对,他在吉米身边跪下,"就这一个问题,雷克先生。你是否看到了那个袭击你的人?"

"没有。我说过,灯灭了。"

"你有没有想过可能是谁?"

主任疲惫地摇了摇头,然后头歪到了一边。

"他晕倒了,"医生愤怒地喊道,"我必须强调,不能再——"

"我问完了,"布朗特说,然后转向奈杰尔,"你是对的。但我只是不明白怎么——"

"我以后再解释。嗨,这是什么?"

红头发的刘易斯先生进来了,满脸兴奋之色。他举着一件白色的长外套,奈杰尔一眼就认出这是美编部门的人穿的那种衣服。刘易斯先生把衣服扔给他:"在五楼的男厕所发现的,塞在一个洗手盆里。我想你可能会感兴趣。看看右边的袖子,斯特雷奇威先生。"

奈杰尔抖了抖正在滴水的外套,袖口上有一块红色的污渍。布朗特摸了摸,这块污渍还是湿的;袖口的其他部分没有被浸泡过,是干的。布朗特翻开大衣领子,用手指展开那里的标签,抿了抿嘴。奈杰尔的视线越过布朗特的肩膀,读到标签上不可磨灭的标记:梅·斯奎尔。

布朗特发出搜索继续的指示,以梅里安·斯奎尔为主要目标。五分钟后,雷克夫人到了。再次清醒过来的吉米·雷克在她进来的时候,向她投去一个奇怪的恳求的眼神——奈杰尔想,就像一个小男孩在父母禁止的某些活动中受伤时,可能给他母亲的眼神:一种混合着感伤、逞能和不确定的眼神。爱丽丝·雷克相当冷静地接受了这一切:没有发抖,没有大哭,没有质问。她的丈夫再次坚持要回家,而不是去医院。

"好吧,吉米,"她用她高亢、客观的声音说,"如果你真的想这样做,而且医生也同意的话。"

医生既然已经见到了雷克夫人,就比较顺从了。在和她说了几句后,他同意了,条件是他会在早上派一个训练有素的护士来协助她。

救护车刚刚到达，吉米被放在担架上带走了，雷克夫人和医生跟在后面。房间里只有布朗特和奈杰尔两个人，那个便衣已经被派到梅里安·斯奎尔的住处去盯着，假如后者已经从大楼里逃出去了。

根据已知的事实，奈杰尔向布朗特更全面地讲述了今晚的事件。他说完后，布朗特问他是如何知道主任没看见攻击他的人。

"首先，因为电梯按钮；其次，因为吉米没有死。"

"别这么跳跃，慢慢来。已经过了午夜，而且这里真是太冷了，我的大脑都没法很好地运转了。"

"好吧。电梯到达地下室后，所有的电梯按钮都被按下，这一事实表明，罪犯希望拖延我们，以便自己逃跑。"

"是的，我能理解。"布朗特干巴巴地说。

"除非他知道我们正在赶过去的路上，否则他不会试图拖延我们。毕竟，如果他认为这层楼有人，他根本就不敢袭击吉米，因为通常在晚上的这个时候，这层楼是没有人的。然后，他怎么会知道有人要从地下室上来？除非他听到了吉米给地下室食堂打的电话。"

"到目前为止，还不错。"

"对。所以罪犯在刺伤吉米之后，听到了吉米的电话。这个罪犯不可能还在这个房间里，否则他就会阻止吉米打电话。但是，当他听到吉米在打电话，并且知道自己没有成功地杀死吉米时，他为什么不回去做个了结呢？唯一可能的原因是，他害怕被认出来。他知道我们正在上来。如果他第二次袭击吉米，吉米能否活到我们赶来，否则就会说出他的名字，他对此并不确定。此外，当然，他把他的刀留在了吉米身上。但是，如果吉米在第一次遇刺的时候看到并认出了他，那么，绝对有必要——无论冒多大的风险——他都应该回来，在我们到达之前把吉米干掉。但是他没有这么做。因此，吉米没有认出他。"

"是的，你的推理——嗯——十分巧妙。那么，你是如何重建犯罪现场的？"

"罪犯打开这扇门，把手伸进去，关上灯，一切都在眨眼之间。顺便说一句，其中一个开关控制着吉米的台灯。我试了一下，房间里一片漆黑。你还记得吉米刚才说'灯灭了'吗，吉米自然会去找开关，他以为这是哈克或其他人的一个孩子气的玩笑，但那个罪犯已经溜进了房间。他走到吉米身后，刺伤他，然后走出去。在离门几英尺的地方，地毯上有血迹，那是吉米倒下的地方。在那里的报纸下面还有拖拽的痕迹。吉米还没有失去意识，他自己爬到开关处，打开开关，又爬到最近的电话那儿，在妮塔的桌子上。我推断罪犯看到了门下缝隙漏出的灯光，或者听到吉米的动作。在不被认出的情况下，做任何事情都太晚了。他只能冲进走廊，按下电梯按钮、关走廊的灯——如果他在进来的时候没有这样做的话，接着跑下一层楼梯，把他的外套藏在男盥洗室里，然后——"奈杰尔打了个响指。

"然后，很可能跑下剩余的楼层，试图离开大楼。"

"他没有时间在哈克到达之前通过接待台。"

"一楼有很多窗户。我注意到，你们的信使走得并不快。嗯，我不认为我们今晚会在这里找到你的斯奎尔先生。"

"我的斯奎尔先生？不，我想你不会的。"

奈杰尔的语气中有些东西使布朗特敏锐地瞥了他一眼。

"我注意到你一直在谈论'这个罪犯'。非常正确。但我怀疑它不像你的推理这么正确。"

"嗯，我问你——"

"哎呀，我知道你想说什么，"布朗特笑着说，"一个人不会用一把很容易被追查到的刀子杀人；而且，就算他这样做，他也不会把刀子留在受害者身体里让我们找到；他不会穿一件清楚地标明他名字的白外套，在一个黑暗的房间里试图谋杀，因为这很容易被看到；他也不会把外套塞进下一层楼的厕所里，小心翼翼地避免把沾着受害者的血的袖口泡进水里。这一切都做得太明显了，可不是嘛！但是，你的斯奎尔先生在哪里？他为什么不在家里？"

"布朗特，"奈杰尔叫道，"有些时候，我几乎要误判你了。"

"我没有看起来那么好骗，"布朗特承认说，"至少，我希望不是。好吧，我们不久就会知道——辛普森到了斯奎尔的住处，会从那里给我打电话。现在，我们把这个房间检查一下。"

奈杰尔坐在布朗特腾出的扶手椅上，半闭着眼睛，看着警司工作。警司坚定地、有目的地从房间的一个地方移动到另一个地方，把地上的报纸拿走，凝视地毯，测量，用白色粉笔做标记，做笔记，退后几步，好像要从不同角度看这个难题，时而喃喃自语。这样过了一刻钟后，整个房间看起来好像战战兢兢、精疲力竭、心怀愧疚。

"你应该去拍电影，布朗特。"

"怎么说？"

"而且，这个国家的每个人都要强制性地去看这电影，作为预防性措施。很多人如果能够从头到尾看一次警方的调查——真正的调查——那么他们就会永远对犯罪产生免疫。"

"逍遥法外系列，哈？"

"不，那太戏剧化了，太叫座了。这是调查中缓慢的、孜孜不倦的、谨小慎微的、积少成多的无聊的一面：一个强壮的、慈父般的绅士，戴着圆顶硬礼帽，在整个海滩上不放过任何一块卵石，这场面才会让任何误入歧途、想要犯罪的人感到不安。"

"专业的罪犯没有那么多想象力，会是一个愚蠢的家伙，总的来说，是单线思维的家伙。"

"但我们现在不是在和专业罪犯打交道。你有没有想过，布朗特，这次袭击吉米的方法，与上次相比——"

电话铃响了，布朗特拿起听筒。

"是的，我是布朗特……他不在他家？10点25分出去了？很好，辛普森，在那里等我的消息。"

他转向奈杰尔："我们如何看待这个问题？"

"我不知道。呃，坐在这扶手椅上很冷——一定是因为黎明的风。坐在这儿就像一个人坐在山崖上等待救援人员的到来。哦，我的天啊！"

布朗特正要说话，奈杰尔站了起来，转过身来面对扶手椅后面的窗户。他不发一言地走过去，打开窗帘的一个缝隙，向外看去。

"布朗特，这扇窗户没有上锁。这就是气流的来源。"

"好吧，那就把窗户关上。"布朗特烦躁地说道。

"不，我想今晚也许真有个人坐在山崖上。"

奈杰尔直接拉开窗帘，把窗户开大，伸出头，向黑暗中呼喊："梅里安！梅里安，你这个白痴！你是不是最好进来一下？"

"他在吗？你能看到他吗？"

"不，但以前他经常坐在他房间外面的窗台上，当流弹飞来的时候。布朗特，去把窗帘拉开，把这边所有房间的灯都打开，好吗？如果他在外面，我就去找他。"

"不，那是我的工作，斯特雷奇威。"

"请照我说的做吧。我了解他，他可能需要一些帮助。"

"好吧。不过你要小心。"

奈杰尔已经从窗口爬了出来。窗台至少有两英尺宽，但外面的黑暗使它看起来更像是两英寸。当他的眼睛适应了黑暗，可以看到左下方远处拐角处的交通灯时，哈克·福斯科房间的灯光突然亮起，在夜色中扩出一个小海湾，使周围的黑暗更加漆黑。然后，从他自己的房间、梅里安的房间、布莱恩·英格尔的房间都射出灯光。现在窗台全部被灯光照亮了，似乎空无一人。有一两声愤怒的叫声从下面的街道传来：人们早已习惯了停电，虽然已不再必要，但他们仍然不假思索地抗议。奈杰尔发现自己对街上这些好事的人充满了没来由的愤怒。"该死的傻瓜。"他低声咒骂，然后在愤怒的刺激下，开始身手矫健地沿着窗台向前走去。

如果梅里安在那里，他一定是在建筑物的拐角处，也就是窗台的尽头。从中间的房间里射出的灯光,就像完全的黑暗一样有效地将他隔绝在视野之外。奈杰尔走过一排排的灯光,希望梅里安(如果他在那里的话)没有发疯,希望他不在那里;但在某种程度上又希望他在那里,这样自己的猜想可能被证明是正确的。

一阵风吹动了对面的树梢,刮到这幢建筑的高墙上,不怀好意地抽打着奈杰尔。他正经过布莱恩·英格尔的窗户,那里是窗台的尽头,没有蹲在上面的人影,外面除了黑暗,什么都没有。

然后,怀着由恐惧、解脱和恼怒混合起来的奇怪情绪,奈杰尔看到墙沿上发白的手指关节。他从容地走到边缘,跪下来朝下看。

他看到梅里安·斯奎尔那张仰起的脸,比以往任何时候都更像小丑,死一般的苍白,仿佛整张脸涂满了白色液体。他用双手吊着整个身体悬挂在窗台边。下面的远处,交通灯从绿色变成了红色。

"所以你在这里。"奈杰尔没好气地说道。

"不要试图碰我,否则我会放手的。"

奈杰尔积累的烦躁情绪在体内迸发,他愤怒地说道:"好吧,那就放手吧。把你那该死的脑袋摔下去——这对我来说并不重要。"哪怕他思考了一个小时的对话开场白,也不能找到一个更成功的说法。梅里安发狂的、上翻的眼睛里没了疯狂的神情,取而代之的是不满。

"这真是一种和老朋友谈话的好方式。"他喘着气说。

"如果你不尽快上来,"奈杰尔冷冷地说,"你会没命。"

"好吧,谁在乎呢?你不在乎。"

"吉米被刺伤了,而且——"

"是的,我知道,用的是我的刀。所以我最好现在就跳下去,不是吗?"

"你最好上来告诉我你所知道的情况。"

一双眼珠在小丑惨白的脸上滚动,它们又开始露出疯狂的神色:"我什么都不知道。我——"

"在这里聊天真是太荒唐了。我越来越冷了,我想去睡觉。吉米没有死,他不会死。你会的,如果你试图在那里多呆一会儿。在你松开手之后,只消15秒,你就会掉到街上。整个过程你会一直保持清醒,而且感觉上比15秒长很多很多。但当你真的落到街上时,你不一定会马上死去。有人曾从更高的地方跌落,之后在极度痛苦中存活了好几天。你为什么要经历这一切呢?不管是我还是警察都不确定是你攻击了吉米。"

梅里安·斯奎尔脸上挂着汗珠,抬头看着奈杰尔。最后,他说:"你能发誓吗?"

"是的。"

"好吧,拉我上去。"

奈杰尔整个人趴在窗台上,抓住梅里安的手腕。梅里安的脚在光滑的墙上乱蹬。他抽噎起来:"我不行了!我没有力气了!我——"

"使劲拉,该死的!别像个哭哭啼啼的孩子!"

这种侮辱似乎刺激了梅里安,他愤怒地回骂奈杰尔,做出了新的努力,从黑暗的深渊中爬到了光亮的窗台上。他倒在那里,几秒钟后,再次抽泣起来。

"你现在准备好了吗？"奈杰尔尖刻地问，"我们得爬回吉米房间的窗口，其他的窗户都从里面锁上了——"

梅里安·斯奎尔表情异样地打断了他："奈杰尔，你刚才问了我一个问题。"

"是啊，你准备好了吗？不着急，慢慢来——"

"不是那个。你问'为什么要经历这一切？'"他的身体抽搐地颤抖着，"我告诉你，因为我不知道。我都不知道是不是我刺伤了吉米。"

第六章

斯奎尔先生：请发表您的意见

"我知道这看起来一定很糟糕，在我为太平洋地区工作的排版而与主任发生冲突之后。"梅里安·斯奎尔说。

"你不一定会因为老板让你不爽就杀死他。"

梅里安瞪了奈杰尔一眼，半是挑战，半是防备："啊，但想想爱尔兰人的脾气，报复心强，有仇必报。"

"好吧，如果你有什么要坦白的，最好把它留给警司。他随时会来的。"

奈杰尔·斯特雷奇威从早餐桌前站起来，开始在梅里安的房间里徘徊。这是吉米·雷克被袭击后的第二天早上8点45分。梅里安从窗台上被救下来后,精神状态已不适合接受审问了。奈杰尔征得了布朗特的同意,用一辆警车把他送回住处,并在那里过了一夜。警司坚持让便衣警察留在那里,在吃早餐时,才由另一个便衣换下他。对士气部大楼搜查后的结果是,只发现一楼有扇窗户没有上锁,这可能意味着什么,也可能不意味着什么。毫无疑问,警察现在正在研究这个问题。

"我必须说,把你当成一个侦探,感觉上非常怪,"梅里安·斯奎尔说,"我不确定我是不是更喜欢你平时的角色——编辑部里严厉但公正的耶和华。你不觉得在你的老同事身边窥探很尴尬吗?"

"我其实更喜欢这样。换句话说,我确实很喜欢打探消息。我想,是天生的好奇心作祟。我收集人类的弱点,就像哈克收集……哦,这是一个非常好的、相当令人陶醉的作品。"

奈杰尔举起梅里安的铅笔画,带着一种发现的喜悦,这有效地掩盖了他其实已经发现这幅画的事实。今天早些时候,趁着梅里安还在睡,奈杰尔在他喜鹊窝似的堆积着杂物的起居室里寻找线索。

他问道:"这画的是雷克夫人吗?"

"这就是你收集的那种'人类的弱点'吗?"梅里安反问,声音尖利。

"为什么要如此回避呢?为一个漂亮的女人画一张头肩部的素描,在道德上没有什么可责备的,不是吗?"

梅里安停顿了一下,闷闷不乐地说:"是的,她确实来过。我不能凭记忆来画。"

"你很了解她？"

"我挑逗过她一两次，如果你是这个意思。"

"我根本就没有这个意思。然而，由于你从这个角度接近这个问题——"

"你还乐意从什么角度接近一个漂亮的女人？"

"——结果呢？"

梅里安·斯奎尔回避的目光从奈杰尔身上闪到他手中的画像上，似乎在考虑是否应该恼怒。然后，他气急败坏地大笑起来："没有什么特别的。我并没有像你说的那样轻薄她，只是吻过几次。她像一个很深很冷的小池塘。"

"那你们一定是交往颇深了。你说，她还爱着吉米吗？"

"我怀疑她是否能心无旁骛地爱上任何一个人，除了她自己。"梅里安现在说得很认真，"不，在他们两人中吉米是那个爱得更多的人。"

"是的，可怜的妮塔似乎已经——"

"可怜的妮塔，根本算不了什么！他的感情一直投注在爱丽丝身上，我的孩子，你不要搞错了。"

"那么，他真是采取了一种奇怪的表现方式。"奈杰尔十分惊讶。

"啊，别这么天真了！妮塔是一个替代品——女人的爱慕和钦佩，所有这些他在家里得不到的。她很聪明，看出了这是他想要的东西。但当然，他并不真的想要——他的内心深处并不想要。而他也开始意识到这一点。"

"他想要，而又不想要吗？"

"是的，我天真无邪的朋友。吉米没有能力维持一种深刻的、全心全意的情感关系。他是那种在最后关头想要抽身的人。我知道，我自己就是这种人。现在，爱丽丝从不对他提要求，给了他呼吸的空间。这就是为什么我说他的情感都投注在她身上。他和妮塔在一起是因为他的天性中总有一种该死的二元论。有一半想将自我彻底沉湎在别人身上，而另一半想要保持自身的完整性，不想担负责任，这两者是相抵触的。吉米与妮塔在一起是由于前者，使得他全然为情感责任而猛冲，但另一半总是会更强大，往回拖拽。事实上，妮塔能坚持这么久是个奇迹。仔细想想，这个女孩真是了不起。"

"这些是妮塔告诉你的吗？"奈杰尔沉思了一会儿之后问道。

"哦，天呐，不！我很高兴地说，我与死者的关系远非亲密无间。"

"'高兴？'你总是对她很苛刻，不是吗？"

"我看到了吉米的命运，我对自己说，'上天保佑，斯奎尔先生可别这样。'"

"嗯，你是怎么知道这一切的？纯粹的推理吗？"

"哦，不，"梅里安说，"爱丽丝告诉我的。总之，她给了我线索。"他的声音变成了对雷克夫人高亢、冷静的音调的惊人模仿："'我知道他会后悔的。他不喜欢苛求的女人。过不了多久，他就会发现她绝对是个地狱，梅里安。'"

奈杰尔心中闪过一个念头：如果梅里安和雷克夫人一起参与了一个阴谋，这可能是梅里安的一个非常微妙的手法，把怀疑从他们身上引开——假如说他们曾参与过针对妮塔的阴谋。另一方面，如果吉米·雷克是要被下毒的人，那么梅里安为什么要承认与雷克夫人有哪怕是轻微的亲密关系呢？而且，在中毒事件发生后不久，就有人企图谋杀吉米，说明吉米也是被毒杀的真正目标。

奈杰尔没有时间推进这个想法，因为布朗特警司来了。

今天上午，布朗特非常公事公办，不苟言笑。他对梅里安·斯奎尔发出了正式警告，然后要求他说明前一天晚上的情况。斯奎尔狡黠地看了一眼正准备记下证词的警长，开始说话了。

按照他的说法，前一天午饭后，他在桌子上发现了一张奈杰尔写的纸条，让自己晚上 11 点回到部里，在自己办公室等他，有重要的事情要讨论。他照做了。他一定是在奈杰尔和副主任下楼去食堂后几分钟才到的。不，他进来的时候没有看到该部门的任何其他成员。大约 10 分钟或 15 分钟后——梅里安无法确定——他听到脚步声经过他门口向楼梯跑去，过了一会儿，他从门缝看到走廊的灯已经熄灭了。他离开自己的房间去查看，结果被主任房间里传来的奇怪声音所吸引。他走了进去，发现吉米·雷克就像奈杰尔发现他时一样，跪在妮塔的桌子旁，身体匍匐在桌子上。从吉米的背上伸出来的是一把刀的刀柄，梅里安认出这是他自己的刀，或者是一把相同样式的刀。他认为吉米已经死了。但当他走近尸体想确认一下时，他听到了电梯上升的呼啸声，听到了电梯门打开的声音和从走廊里传来的脚步声。他被困在房间里了，尸体显然是被他的刀刺伤的。没办法，他只能从窗户爬出来，从外面关上窗户，躲在窗台上，等待事态的发展。

"当然，我失去了理智，"他总结说，"如果我有理智的话，我就会拔出刀子，把它带走。"

"你没有这样做是非常幸运的。"奈杰尔说，这句话让布朗特向他投去不悦的目光。

"我想你没有给斯奎尔先生写过这样的纸条？"警司问奈杰尔，后者摇了摇头。"那张纸条在哪？"

"我把它揉成一团，放进了我的口袋。就在这里，"梅里安·斯奎尔说，"啊，是打印的。我看到上面有你名字的首字母，斯特雷奇威先生。"

"这很简单，"奈杰尔说，他越过布朗特的肩膀看着那张打印着字的纸，"公务员系统中所有文件的签名都用名字的首字母，包括考勤本。当你每天在零星的纸上看到别人的名字缩写时，没有什么比伪造它们更简单的了。"

布朗特又带着梅里安·斯奎尔复习了一遍他的故事，问了一些看起来无关紧要、实际上很关键的问题，能够拆穿这个故事是否是编造的。但他根本无法撼动斯奎尔。尽管梅里安那双滴溜溜的眼睛常常让人怀疑他讲话的真实性，但现在看来他确实是在说实话。

"部里的人都知道雷克先生昨天晚上工作到很晚吗？"

"我说不上来。我自己也不知道。当然，他经常这样。"斯奎尔回答说。

"那副主任呢？你知道我想说什么吗，斯奎尔先生？不管你所说是否属实，我得问问自己，罪犯怎么能确保会在雷克先生的办公室里找到他，同时确保这里没有其他人？"

"这个问题我帮不了你。我不是罪犯,就是这样。"梅里安·斯奎尔回答说。

"哈克——副主任——他的习惯很有规律。当他工作到很晚时,总是在 11 点左右去食堂,"奈杰尔说,"而且据推测,罪犯已经以某种方式确保了吉米会在现场,也许和他约好了。"

"如果是这样的话,我们很快就会知道是谁了。我今天下午要去见雷克先生。医生说他可以接受询问了。"布朗特用一种坚定的眼神看向斯奎尔。

"不,你不用这样试探我,"梅里安说,涨红了脸,"如果我刺伤了吉米,那是完全没有预谋的,我向你保证。昨晚我到部里来的时候,绝对没有这样的念头,"他举起一只手,阻止布朗特要问的问题,"而且,如果我能对人类知识做出微薄的贡献,那就是很明显罪犯会在照片资料库等着——资料库的门正对着主任的前厅——他在黑暗中等待,门微微打开,直到他看到哈克离开去食堂吃夜宵,然后溜进吉米的房间。"

"很有道理,斯奎尔先生。你昨晚进你自己的房间时,有没有丢失你的白外套?"

"我没注意到它没了。我当时有点心不在焉。"

"如此心不在焉,以至于你不确定你是否攻击了雷克先生?"布朗特尽全力问出了这个问题,就像一个橄榄球前锋冲进了一场松散的争夺战。

梅里安·斯奎尔沉默了。他的目光不安地打量着他房间里的杂物,书架上的书乱七八糟,吉他靠在角落里,墙上钉着铅笔画和水彩画,地板上散落着杂志、鞋子和画具,他似乎在向它们寻求建议或支持。

"行了,斯奎尔先生,"布朗特断然说道,"你昨天晚上——应该是今天凌晨——告诉斯特雷奇威先生,你不知道你是否刺伤了雷克先生。你刚才又说了同样的话。很明显你——"

"好了,好了,不要唠叨了。是的,你最好知道最糟糕的情况。你知道'精神分裂症'吗,有没有这个可能,警司?"

"我们在法庭上经常听到这种说法,"布朗特冷冷地回答,"从辩方律师的嘴里说出来。"

"你还记得去年冬天部里的割大衣案件吧,奈杰尔?"

"是的。"

"好吧,我就是那个割大衣的人。"

这一案件在部里引起了短暂的轰动。战时宣传局,也就是案件发生的地方,几位女性发现她们挂在房间里的大衣,被人从领口到下摆用刀割开。在配给券如此短缺的情况下,这种肆意、恶意的破坏自然是很过分的,一种不良的怀疑之风蔓延开来,在恐慌的边缘颤抖着,并差点被芬利小姐那句得罪人的话掀起轩然大波:"总有一天被割的是大衣里的人。"但这次事件就像它神秘的开始一样突然神秘地结束了,普林斯小姐的大衣是最后一个受害者。始终没有发现肇事者的线索。不过,两星期后出现了一个奇怪的尾声,三个受害者都在她们的桌子上发现了一个信封,里面有足够的钱和配给券来购买一件新大衣。

梅里安·斯奎尔看起来很自责,他以一贯的骑马姿势坐在椅子上,双手颤抖地放在椅子背上,透露是他做了那一切。他说,他根本不知道自己是罪魁祸首，直到一名同事在他忙活的时候抓住了他，他手里正拿着刀。

"就好像我一直在梦游，有人把我叫醒了。我的意思是，我不知道我拿着刀在房间里做什么。我最后记得的是我坐在自己的桌子前，在做一些粗略的排版。但是那把刀，还有那件被损毁的大衣，都是真实存在的。我可以告诉你，那是一个相当糟糕的觉醒。"

梅里安接着说，他认为那颗把他从窗台上炸下去的流弹，一定给他的潜意识造成了相当于地质断层的效果。然而，在行动时被发现的冲击效果似乎已经重新建立了平衡。或者说他希望如此，因为再也没有发生过大衣被割的情况——直到昨天晚上整个噩梦再次降临到他身上。

"你可以想象我是什么感觉。在同样的房间，盯着同一把刀。但这一次，大衣里确实有一个人。当我坐在自己的房间里，等待奈杰尔出现时，我已经感到很困了。哦，上帝，我真的不知道！我是又被可怕的东西控制了吗？"

梅里安·斯奎尔把头埋在他的手掌里。警司用他最亲切的声音问道："那一次是谁发现你的呢？普林斯小姐，是吗？"

"哦，不。是比尔森。"

布朗特和奈杰尔交换了怀疑的目光。

"比尔森？但我认为他是那种会立即报告的人。"布朗特说。

"我也是。但我们的埃德加其实是一个相当见风使舵的人，或者说相当有人性，如果你愿意这样说的话。"

据梅里安称，比尔森曾向他承诺，如果他做出赔偿，事情就不会再有下文。他提出补齐所需数量的配给券，即使梅里安手里的都差点不够。比尔森甚至好心地提议，如果梅里安给他一些面额一英镑的钱，他就把钱和配给券一起装进三个信封，并亲自把它们放在三个受害者的桌子上，这样就不会有人怀疑，一件新大衣的价格实际上是分给了每个受害者。

"好家伙！"奈杰尔惊叹道，"这让我对比尔森有了新认识。"

"是的，确实如此，很有启发性。但我必须说，对于一个财务官员来说，他的这种简单平均分配金额有点不妥。"

"哦？"

"他向我要了200英镑。每个女孩都在自己的信封里找到了25英镑。确实，25英镑足够买一件新衣服了。但剩下的125英镑在我看来是相当多的一笔代理费。"

"这纯粹是讹诈！"布朗特生气地说。

"确实是。但我能做什么呢？即使我愿意让割大衣的事曝光，我也没证据说比尔森勒索了我。他这种安排很狡猾。事实上，是我在某些方面太天真了——当他要200英镑的时候，我真的以为他会把全部的钱分给那三个女孩。我还以为是作为一种甜头，给她们多于大衣价值两倍的钱。"

"但是——但是比尔森先生是个捧着铁饭碗的公务员。"布朗特说。

"因此是不会贪污的？我知道。我不能指望你相信我的故事，而且我没有办法证明这一点。"

"此后他是否试图从你那里得到钱?"

"事实上,他有。上个星期。不过,他没得逞。你看,我突然想到,虽然我无法证明他的勒索,但他同样不可能证明是我割了大衣。不管是哪种情况,都只有我们相互矛盾的说法。"

"我们可以回到割大衣的问题上吗?"奈杰尔问,"你知不知道为什么你要割开那几个人的大衣,而不是其他人的?"

梅里安·斯奎尔的手又开始颤抖,他的眼神在房间里不安地扫来扫去。"你知道,她们是三个相当漂亮的女孩,"他最后痛苦地挤出这句话,"而且——哦,见鬼去吧!这么说吧,不久之前,我和妮塔吵了一架:她拒绝了我的追求,正如他们所说的那样。而其他人……"他明显地耸了耸肩,"不过,你知道我昨晚为什么会这么狼狈吗?几天前,如你所知,奈杰尔,我和吉米吵了一架……"

十分钟后,奈杰尔和布朗特乘坐一辆警车向埃德加·比尔森家所在的平纳方向疾驰。在与斯奎尔的谈话中,一个想法已经在奈杰尔的脑海中形成,他希望验证一下这个想法。

"你对这一切是怎么看的?"他问。

"嗯,还很不清晰。可能是真的。当然,我们无法证明这一点。比尔森不太可能招供。"布朗特的眼睛在钢边眼镜后面闪闪发光,"但假设这不是真的,假设不是比尔森,而是妮塔·普林斯抓住了他割她大衣的行为,假设是她控制了他——也许是在勒索他,就有了可能谋杀普林斯小姐的动机了。而且可能是斯奎尔事后发现她把自己的秘密出卖给了主任,所以雷克先生也必须被除掉。如果这是事实,那么斯奎尔的整个故事将是一个非常巧妙的计划，把我们从危险区域——从他毒死那个女孩的隐藏动机引开。"

"某种程度上，这话说得很有道理。我必须承认，在你来之前，他一直在说一些话，这些话可以被解释为试图把妮塔之死的嫌疑推给其他人。"奈杰尔给布朗特复述了谈话的内容。"但是，"他继续说，"如果梅里安是罪犯，为什么他要承认在上次割大衣事件之前与妮塔吵了一架？他的其他供词倾向于把对吉米的攻击独立出来——无论梅里安是否真的做了这件事。但是，一旦他自愿承认与妮塔的争吵——她拒绝了他的求爱——这可能是他无意识地割她大衣的动机，那么，他就直接进入了你所说的危险区域：他把对吉米的攻击与对妮塔的谋杀联系起来了。"

"我觉得他有点傻,你的斯奎尔先生。我不喜欢他的眼睛。很滑稽。"

"好吧，但据说投毒者通常执着于使用相同的方式。"

"但这个案子是不同的，只有一个毒药容器，由肯宁顿那个笨蛋免费提供。它恰好很方便，就像昨晚斯奎尔的刀碰巧很方便。你可以说，斯奎尔刚才用精神分裂症来搪塞我们是明智之举；你可以说，当他割大衣时，他是真正的受害者。假设他被抓的话，他也会在雷克先生的事上使用同样的说辞，他的辩护是成立的。"

"那他为什么不对妮塔使用同样的方法呢？对了,说到毒药容器，"奈杰尔低声说，"我看你换了一个新巡佐。"

布朗特看起来十分阴沉："是的，梅塞尔巡佐被停职了。我不会容忍粗心大意的行为。"

"他没有好好搜查他们?"

"他忽略了仔细检查一些可能的隐蔽场所——身体的隐蔽性。"布朗特回答。

"但是,该死的,我们都在房间里,没有人脱衣服,怎么可能有人以这种方式藏匿容器?"

"梅塞尔也是这样推理的。但推理不是他的工作。无论如何,你不必为了把一个东西放进嘴里而脱衣服。"

"没有人会疯狂到把毒药容器放进嘴里,不是吗?毕竟里面很可能还留有几滴毒药。而且,那毒药产生的烟雾——"

"这都是事实。尽管如此,梅塞尔还是在他的工作上栽了跟头。"

"那你的女搜查员呢?"

"她做得很彻底。"

"嗯,好吧,我还是不明白为什么罪犯要费力地带走容器,不管他怎么做,都有可能被发现,而他只需要把它扔在地上,或者——"

"也许他是怕上面会留下指纹。"

"那样的小东西?"

"在这之前,由于有了照片显微术,罪犯的身份已经能由一部分指纹碎片识别出来。我们的嫌疑人不可能知道这些——毕竟他们是业余爱好者。"

"除了一个人,布朗特,"奈杰尔慢慢地说,"我想没有什么是查尔斯·肯宁顿不知道的——嗯,隐藏,诡计,还有诈术,毕竟,他确实抓住了斯图尔茨。"

"现在说这些只是白费力气。当我们到了比尔森家，我提议——"警司概述了他的计划……

门铃声响起时，比尔森夫人正在前厅打扫灰尘。她把薄纱窗帘拉到一边，侧身向外看去。外面来了两个人，一个胖绅士，戴着圆顶礼帽、穿着蓝色西装；一个高个子，没戴帽子，混色的头发。不可能是推销员，他们不会成双成对地出现。她急忙脱下她的花围裙，把它塞在沙发后面，拍了拍她那灰白的卷发，走到门口。迟早要面对的，她心烦意乱地想，当法警，不管怎么称呼，当他们在你的房子里安营扎寨时，你必须要招待他们。

"早上好，先生们。如果你们是为了肖布里奇的那个账户而来，我可以向你们保证，比尔森先生很快就会寄出一张支票。"

"夫人，我想你搞错了。我是一名警官，想和你谈谈。我们可以进来吗？"布朗特出示了他的警官证。比尔森夫人几乎没有看它一眼。哦，天哪，她想，现在我已经泄露了，埃德加会很生气的。我为什么要说出来？

"当然。请进来吧。请原谅家里乱糟糟的。现在的人别想用爱情或者金钱换来一个女仆。"她的口音如此矫揉造作，听得奈杰尔都快把牙齿咬碎了。

"现在，夫人，我有一个严肃的问题——不，我站着就行，谢谢你——我希望你能照实说。"

"我可以向你保证，我——"

布朗特举起一只手，在这个心慌意乱的女人看来，这只手就像厄运一样巨大。

"请允许我继续说吧。昨晚我们逮捕了一个扒手,除了其他东西,我们还在他身上发现了一个钱包,可能属于你丈夫。该男子承认偷钱包的地方在——"

"哦,老天,埃德加可没有说什么关于——"

"我注意到,昨天深夜,士气部的一位官员打电话到府上,你告诉他,你丈夫整晚都在家里。夫人,你明白,这使警察处于一种尴尬的境地。我们希望能归还比尔森先生的钱包;另一方面,如果他一直在家里,怎么可能会在离这里很远的地方被偷呢?"

"哦,我可以解释。埃德加——比尔森先生——不愿意让部里的先生们知道他去了赛——"

"偶尔会玩一下,嗯?"布朗特像一只被安抚的鲨鱼一样对她微笑,"这很好理解。在政府部门做事,自然要小心谨慎,所以如果有人打电话来,他让你说他整个晚上都在。福斯科先生打电话来的时候,他实际上已经回家了吗?"

"不,他大约半小时后才回来。他在路上去了一个朋友家。"

"很好,很好。我很高兴把事情搞清楚了。这年头丢不起钱包了,是吧?顺便问一下,他是在哪个赛马场[①]?"

"哈林盖,他说要去那里。"

"希望他有收获。"

[①] 赛马可作为一种赌博活动,因此赛马场也意为赌场。

"我不清楚,他回来的时候我已经睡了。我们——嗯——有各自的房间。今天早上他睡过头了,连早餐都没吃就去上班了,所以我几乎没跟他说过一句话。"

在驶向伦敦市中心的警车上,奈杰尔说:"我只希望我们对比尔森的看法是正确的,为了你编出的这套说辞,否则,他一定会对我们套他妻子的话大发雷霆的。"

"走着瞧吧。你注意到了吗,斯特雷奇威,他的妻子一开始把我们当成了讨债的?这一切都说得通了。"

"是的,而且这似乎佐证了梅里安的说法。如果比尔森一直在赌博,并陷入债务,这就解释了为何他向梅里安索要125英镑,而不是向当局举报。毫无疑问,他将这些额外配给券花给了某位非法的黑市朋友。好吧,知道正派的比尔森一直在过着双重生活,这让我很兴奋。"

布朗特看起来很忧虑:"但这并不能说明他企图谋杀雷克先生。"

"你认为是他?"

"我不确定。我们需要更多的事实。但我承认:如果斯奎尔先生说的是真话,那么最有可能对雷克先生进行攻击的,就是那个知道斯奎尔割大衣的人,因此他利用斯奎尔的外套和刀来试图陷害他。但为什么比尔森要试图杀死雷克先生呢?假设雷克发现了他的债务和他的赌博行为——你不会因此而杀人,即使在政府部门也不会。毕竟,这并不能阻止比尔森的债主继续来找他麻烦。"

"布朗特,我有一个想法,已经成形有一段时间了。来听一听。"

随着奈杰尔展开他的理论,警司的脸开始像黎明一样轻快地亮起来。在某一时刻，他甚至还想摘下他的圆顶硬礼帽，去拍打他的光头——现在这是兴奋的表现，而不是疑惑。

"啊，很好，很好！这很有趣，很有启发性。希望雷克先生的身体状态适合陈述。嗯，假设他——"

他们开始制定计划。其中，作为内部职员，奈杰尔对部里的了解起了很大作用。他们商定，除了由布朗特对每个嫌疑人的行踪进行例行调查（表面上确认昨晚福斯科的电话给他们提供的不在场证明）外，不再对昨晚的事件进行询问。缓和比尔森的疑虑是个难题。他俩决定让布朗特对他昨晚的不在场证明进行质询，因为比尔森的妻子几乎肯定会打电话告诉他警察来过了。这样一来，比尔森可能就会退回他的第二道防线——他当时在赌场。布朗特显然准备接受这一不在场证明，但要经过例行检查。如果比尔森还有什么疑虑，那么下午晚些时候发生的事情应该会打消他的疑虑。

他们一到部里，奈杰尔就直接去了副主任的办公室。他注意到一名警察呆呆地坐在主任的门外，成为前厅打字员们嬉笑打闹的对象。奈杰尔问福斯科是否可以让他的秘书离开几分钟，自己有一些私人性质的话要对他说。秘书离开后，奈杰尔靠坐进扶手椅，开始说："哈克，我们希望你能提供一些合作。你必须在今天下午召开一次紧急工作进展会。别担心，是关于吉米出事后他的工作分配等等。"

"更不用说编辑部主任忙于和警察周旋，当他本应该——"

"随时关注事态发展。我知道。在会议中，你必须说两件事：第一，因对主任谋杀未遂而进行的抓捕行动随时可能发生，而且警司已经保证，一旦抓捕完成，警察将全部撤离大楼，我们可以不受阻碍地继续进行工作。"

"这是真的吗？"

"从某种意义上说是的。第二件事是，你必须透露，明天要做的第一件事，就是对 Q 照片档案进行检查。"

哈克·福斯科冰冷而呆滞的眼睛里亮起了一点生机。他抚摸着自己的下巴，打开一个抽屉，拿出一包烟，递给奈杰尔一根，然后点燃了自己的烟，或者说试图点燃它，但他的打火机似乎不听话，最后奈杰尔不得不给了他一根火柴。

"那是要干什么？"他终于问，"你的一个机智的花招？"

"不完全是。对 Q 档案的检查当然必须尽快进行。"

"但是，该死的，伙计，现在不行。这个部门现在人手不足；如果你今天晚上为了吉米的事拖走我们中的一个人——"

"你只需要提出检查。军情五处的人也许会帮你做。"

副主任若有所思地看着奈杰尔。

"哦，这样吗？好吧，我祝他们好运。你知道吉米一直大惊小怪的那个 Q 秘密文件吗？它仍然下落不明。它包含了完整的清单——唯一一份完整的清单——包括 QW 盘上的封存照片。没有它就无法好好检查。"

"是的，我知道。你必须说，文件已经找到了。"

见哈克仍然相当不合作，奈杰尔补充说："今天下午早些时候我们要去见吉米，如果有必要，我会向他要一份通知，要求你在明天早上检查 Q 档案。"

"我亲爱的奈杰尔，没必要这样针对我。我当然会宣布，不过，我很乐意收到吉米关于此事的指示。这么说来我想他已经在康复了？"

"是的。"

当布朗特和奈杰尔出现在吉米·雷克家时，他正躺在床上，肩膀上缠着厚厚的绷带，他的脸色仍然像绷带一样苍白，但显然已完全恢复了知觉。护士说他们可以和他谈 15 分钟，然后轻快地看了一眼手腕上的手表，离开了房间。爱丽丝·雷克就坐在床边。布朗特首先要求主任告诉自己前一天晚上发生了什么。吉米说他当时并没有和任何人约好要见面。当门打开时，他没有立即抬头（这一点，奈杰尔完全可以想象：当吉米沉浸在工作中时，你经常可以在他抬头之前走进房间，坐下并点上一支烟）。吉米说，下一刻，灯就灭了。他静静地坐了一会儿，以为是哈克从食堂回来了。他说了句话，类似于"再把它们打开，你这个傻子"，但什么也没发生。于是他站起来，走到了开关旁边。是的，他曾认为房间里有人，但仍认为是哈克。当他接近门时，他感到一只手从后面落在他的肩膀上，然后一击得手，将他向前扑倒在地。他蒙胧地意识到有人从房间里溜了出去，在他身后关上了门。他没有叫喊，因为担心袭击者会回来，而是拖着身子到门口，打开了灯，然后在他昏迷之前设法让哈克接通了电话。

所有这些似乎都与奈杰尔对现场的还原相吻合。但布朗特的进一步提问证明，吉米根本无法提供任何关于袭击者身份的线索；还有一个棘手的事实，虽然并不意外，那就是他当晚没有约见任何人。袭击者怎么会确定他在那里？这一点很容易回答。布莱恩·英格尔和埃德加·比尔森下午都给他打过电话，要求见他，说他桌上有他们的某些工作需要审批。他告诉他们俩，他还没有处理这些工作，但希望当晚就能完成，并在第二天早上准备好。

当主任在提供这一证词时，奈杰尔在仔细观察他的脸。吉米·雷克看起来很无辜，毫无防备，就像人们卧病在床那样。他端正英俊的头颅；声音微弱，但很有条理的话语；说话前舌头在嘴唇内侧转来转去的熟悉的举止，仿佛这是对深思熟虑的一种帮助——所有这些都没有改变。然而，奈杰尔似乎察觉到这背后有一种不经意的焦虑气氛。他隐隐约约地感觉到，吉米·雷克竭力想要从警司的问题中捕捉一些暗示，但同时他又是从字面意思上回答这些问题。吉米的眼睛不时地转向他的妻子，他们的身上似乎有不同的焦虑。奈杰尔想，他就像在梦中一样，试图摸索着走到她身边，却无法接近她。爱丽丝·雷克一如既往地冷静和安定，她丈夫呢，如此虚弱和可怜，却并没有改变她的冷漠态度。她坐在他的床边，更像是一个护士而不是一个妻子。当他的右手深情地伸向她时，奈杰尔几乎以为她可以为他把脉。

布朗特现在问的是失踪的秘密文件。奈杰尔已经向警司解释了Q照片档案的一般程序。在整个战争期间，来自国内和国外各个战区的照片都涌入了该部。每张照片都被提交给相应的审查员——海军、陆军或空军，如果有必要，则同时提交给三个审查员。所有通过审查的照片都被归档并按主题编入照片资料库的分类索引，将发给新闻界或用于宣传部的制作。任何被审查员拦截的照片都会和底片一起被存放在资料库的一个特殊门类中。这些被拦截的，或被"封存"的照片就是 Q 照片档案的内容。每份档案都包含一份封存照片的清单，包括编号、索引、相对应的 Q 部的托盘编号，这些托盘里放着底片和样本照片，同时还有关于其主题、收到日期、审查日期等的简要说明，以及关于它的任何内部通信。这些照片通常因安全原因而被审查：可能某张照片泄露了关于伦敦未爆炸弹的位置，或炸弹的损坏情况，或一艘船的编号，或某部门的肩章，或一些秘密仪器，比如雷达。

有时，这些封存照片比为一般宣传目的而发布的特定主题的照片更具戏剧性，或效果更好。而且还可能发生这样的情况：最初封存照片的原因不再有效，因此奈杰尔的编辑部有个惯例，在为新作品收集照片材料时，要检查 Q 档案中是否有相关照片。如果在那里发现了一张特别好的照片，他会重新提交给审查部门。一年前，在浏览 Q 档案时，他记下了一张最轰动的照片，编号为 QW5339，拍摄于太平洋战区。当他最近开始制作太平洋系列的新作品时，他想起了这张照片，并申请了六张粗略的复印件，希望能说服审查员将其发布。就是这张照片在妮塔·普林斯去世的那天早上引起了他与比尔森的争吵。

奈杰尔痛苦地意识到，如果与某组封存照片有关的秘密文件丢失了，那么要检查原件就会非常困难，甚至不可能。诚然，每组复印件都是按序列编号的，但是，偶尔会有一张照片被认为太过危险，甚至不能保存在 Q 部的档案中，那么审查员会要求将其连同底片一起销毁。如果没有相关的 Q 文件，就很难证明某张照片没有被销毁，而且，如果不是奈杰尔记下了 QW5339，就不会有任何证据表明这张照片和底片在一年前就存在，因此没有被官方要求销毁。

现在奈杰尔发觉，他并不是唯一一个为此担心的人。在妮塔·普林斯去世的那天，Q 文件被要求从登记处送至主任那里，但从未送达他手中。主任说，他是在那天早上要求送来的，希望与梅里安·斯奎尔讨论太平洋工作排版上的一些变化，并希望文件中的封存照片清单可以给他们提供一些新想法。该部的调查官一直追踪到主任前厅的收文盘里的文件，一个信使把它放在那里——他记得，因为信封上有红色的保密标签——就在 11 点之前，当时该部门的高级官员们正在吉米的房间里集合，迎接查尔斯·肯宁顿。在那以后，人们就再也没有看到过它。它不可能在聚会结束后被抽走，因为自那时起，一个打字员整个上午都在前厅，她坚持说假如有人想动收文盘，她一定会注意到的。但是在 11 点刚过的时候，有五分钟的时间她离开了前厅。

那天剩下的时间里，吉米·雷克一直心事重重，无法得出结论。然而，第二天，他想起了查尔斯·肯宁顿是如何让妮塔邀请埃德加·比尔森参加聚会的。那时候刚过 11 点，其他人已经在吉米的房间里见面了。从理论上讲，比尔森当时有可能从收文盘中取出文件，不被人发现地将其藏在自己的房间里，然后再来参加聚会。在吉米的建议下，调查官在昨天——也就是主任被袭击的那一天——对该部门进行了巧妙的调查，以期验证这一理论。吉米和奈杰尔都记得，在妮塔遇害前不到一个小时，吉米让她打电话给比尔森先生，告诉他必须在 24 小时内提供编辑部要求的 QW 照片复印件，可他一直在奇怪地阻挠。主任想知道，这一切是否有关联。比尔森是否以某种方式丢失了相关底片？或者它们被损坏了？否则，如何解释他对提供复印件的抵抗态度？或者是他对 Q 文件做了手脚——假设是他？

吉米同意第二天早上检查所有的 Q 档案，并给副主任写了一张纸条，指示他把这件事放在心上，最后用他的名字缩写签了字。

"现在，雷克先生，"布朗特说，"你的那个护士随时会把我们赶出去。但我必须再问你一个问题。你说这些照片可能丢失了，或者损坏了，你有没有想到其他的可能性？"

吉米皱起了眉头，他的脸上浮现出痛苦的表情："我不相信我们部里的任何成员会……"

"这对你来说是非常痛苦的，先生，不要以为我不明白这一点。但是那些照片，或者它们的底片，可能对敌方势力具有最大的价值。而且，让我们假设普林斯小姐服下的毒药是为你准备的，因为那把刀肯定是为你准备的——你看现在罪犯有了怎样的作案动机？为了逃脱叛国罪的刑罚，一个人可以不择手段，雷克先生。"

第七章

发件人：比尔森先生　收件人：副主任

工作进展会议正在紧张进行中。副主任坐在办公桌前，用手指着日程表上的下一个项目。

"这项工作似乎非常棘手，"他说，"上个月20日就已交给了美编组，但仍然没有得到一个通得过的排版。这真是令人震惊。梅里安？"

"主任不喜欢我的两张双联插图，"梅里安·斯奎尔说，他靠在椅背上凝视着哈克，"所以他把我的工作打回了，我一直在努力寻找一些新的照片。"

"这实在令人震惊。这是常规的工作——没有技术上的困难。海军部正吵着要它,而你却跟我谈起了新照片。标题呢?"

"哦,已经完,完成了,"布莱恩·英格尔急切地说,"而且奈杰尔已经通,通过了。我的意思是,除了两处修改,其他都通过了。"

"财务?"

"没问题。"负责印刷费用的官员奥迪先生说。

"嗯,似乎只有一个瓶颈,在美编组。让我想想,交付时间是 8 月 31 日,而现在——我说的是,我们必须开始行动了!上面的头儿给了这项工作 A 级优先权,必须按时交付。这是最基本的。奈杰尔,你应该把每个阶段的工作都快速推进。"他对着深色皮革扶手椅上明显心不在焉的身影大声说,芬利小姐在那身影旁边忙着做笔记。

"我们已经被照片资料库耽搁了。一个多星期前我为梅里安申请了一些新照片,其中一张来自 Q 档案,但到现在还没来。我怀疑比尔森的姑娘们把它弄丢了。"

"我不同意这句话,"比尔森先生冷冷地说,他那张苍白的脸上露出了同事们熟悉的表情,"我向斯特雷奇威先生质疑过提供六张复印件照片的必要性。这是原则问题。斯特雷奇威先生似乎没有领会,即使在五年的公务员程序经验之后,也没有领会节约的必要性。我是对财政部负责——"

"是的,我们都知道,"哈克·福斯科打断了他的话,"我还知道这是一项紧急工作,多印几张照片,预算不会失衡。你要拿它们做什么,奈杰尔?"

"同时提交给三个部门的审查员。"

"很好。赶紧把照片给他吧,比尔森。"

"市长要求杜绝繁文缛节。"梅里安·斯奎尔在自言自语,然而大家能听得非常清楚。

埃德加·比尔森给了副主任一个异样的眼神:"你确定如此吗?6张QW5339的复印件?"他的话中有一种奈杰尔无法理解的弦外之音。

"是的,"哈克不容置疑地说,"既然我们谈到了Q档案的问题,那么明天早上就要对它们进行检查,比尔森。"

"哦,不,恐怕这是不可能的。我的几个工作人员都休假了,我不能就像现在这样,在例行检查中浪费时间。"比尔森惨白的脸看起来像一团拒绝发酵的生面团一样顽固。

"没办法,"哈克说,"我这里有一张主任明确指示的条子,要看一下吗?"

他把这张纸递给了埃德加·比尔森,比尔森摘下眼镜擦了擦,然后看了看。

"我不接受,"最后他说,"我必须到主任那里去,坚决要求推迟,理由是——嗯,缺乏人手。"

"哦,上帝,现在我们出发了!"梅里安低语道,又换了台词。

"我很抱歉。必须这样做,"副主任冷冷地说,"所以,这事就这么定了。顺便说一下,失踪的Q文件已经找回来了。而且这不是一次例行检查,比尔森。据我所知,军情五处的一名代表可能会在场。"

奈杰尔睁大了眼睛。他并不打算让哈克抛出这个额外的诱饵，但是，当看到比尔森脸上的惊愕时，他非常高兴。房间里起了一阵小小的惊讶又好奇的嘈杂，但哈克的话很快又让人们陷入了沉默："好了，就日程表而言，这已经够糟了。我们现在来看看待定任命表。我的表在哪里？笨蛋！"他大声问坐在桌子远处的秘书。当她从一个文件夹中取出表时，哈克继续说："待定的任命，是的。我担心在主任缺席的情况下——告诉你们个好消息：他已经脱离危险，但还要休养一周左右才会回来——有些工作必须重新分配。还有一件事，警方通知我，他们随时会逮捕谋杀吉米未遂的人。希望，"哈克黯淡地说，"不是我们中的一个。如果是的话，我们的人手就更不够了。另一方面，警司承诺一旦逮捕了这个人，就会把他的人从大楼里撤出去，所以至少我们这些剩下的人将能够平静地继续工作。"

房间里的众人都陷入了震惊的沉默。最后，布莱恩·英格尔问："这是否意味着——嗯，妮，妮塔的死也会真相大白？我是说，是同一个人，人干的吗？"

"不能。我对警察还没那么有信心。现在，表上的第 368 项——"哈克以牧师朗诵赞美诗的方式念出了这个编号。

"'领导我们，天父，领导我们。'"梅里安·斯奎尔喃喃自语。

会议开始讨论由其他部门委托、但尚未进入制作阶段的工作。众人讨论了十分钟，布朗特警司进来了，身后跟着一个穿制服的警官。他威风凛凛地走到哈克的办公桌前，弯下腰，在他耳边低声说了几句话。哈克轻轻点了点头，布朗特转向其余的人。

"我必须请你跟我走一趟，斯奎尔先生。"他说。奈杰尔偷偷看着埃德加·比尔森，看到他的身体放松，额头上开始冒出汗珠。没有人说话。他们就像一场宴会上的客人，在那场宴会上珀尔修斯向他们亮出了美杜莎的头。梅里安·斯奎尔向奈杰尔投去无限责备的目光，然后，一言不发，大步走到门口，布朗特抓住他的一个肘部，警官抓住另一个。

副主任对奈杰尔质疑地扬起了眉毛。

"是的，"奈杰尔说，"恐怕是这样。"

"我想，女士们，先生们，这次会议结束了。"哈克说。

奈杰尔出门时，环顾四周，副主任的头埋在他的手掌里……

当晚10点，布朗特和奈杰尔坐在后者在部里的办公室里。他们坐在黑暗中低声交谈。布朗特已经卸下了他进入大楼时为了不引人注目所用的伪装。门是微微敞开的，这样他们就能听到另一边可能沿着走廊走向照片资料库的脚步声。

电话铃响了。布朗特拿起听筒，听了一会儿，说："好的。"

"是我的人，"他对奈杰尔说，"比尔森已经坐车离开了他的家。"

"希望他不是去了都柏林或什么地方。"

"不用担心，外面有一支流动巡逻队正在跟踪他。如果他试图逃跑，那我们会抓住他的；如果他回到这里，我们也会抓住他。他已经没有退路了。"

"怪不得哈克不久前和比尔森说了那一番话。有趣的是，如今人们说话总是话里有话。当时芬利小姐无意中听到哈克告诉他，如果他毫不在乎哈克怎么想,那就去找狗①吧,我从来没有想过字面的意思。哈克一定知道比尔森对赌博的热情。"

"是的,毫无疑问,事情就是这样开始的。比尔森负债累累,他的一个赌场朋友是个坏蛋,与敌方特工有联系,比尔森开始向他们出售你们那些秘密照片的复印件。我想他一定是在制作照片的时候不小心毁掉了你们想要的那张照片的底片,也许另有原因,他绝不会傻到让德国人拿到底片,因为他随时可能被要求在这里制作这些照片。好吧,我们会从他那里搞清楚的。"

"如果他没有受到惊吓的话。"

"他并没有。我们今天下午的小动作只会让他失去警惕。"

"可我们今天上午还去了他家呢。"

"哦,我今天早些时候和他谈了这个问题。如我所料,他和他妻子说的一样。他说他昨晚去了赌场,不想让事情传到部里。他给了我一两个证人的名字,说他确实在晚上早些时候去了那里,然后溜了出来。我假装相信了他,说我当然要核实一下他的说法。我为我给他妻子讲的关于钱包的故事道歉——是的,这家伙还大言不惭地告诉我,他想要对我的调查手段进行一次正式调查。在他那张苍白的脸上,颇有一些鲁莽的胆量。"

"好吧,我想知道他今晚会用他的胆量做什么,如果他来的话。"

"他会尝试临时伪造 Q 档案缺失的部分,这样军情五处就不会发

---

① The dogs,表示"赛狗",多用于赌博。

现其中的问题。"

电话铃又响了，是跟踪比尔森的机动巡逻队打来的，说他在一个叫索利·霍克斯的人家里停下了。布朗特解释说，索利是一个令人讨厌的人物，为警方所熟知，他曾是一个赌场团伙的老大，曾因严重伤害一名赌徒而服刑，现在与黑市活动有牵连。

"我们的埃德加交到了多么低级的朋友，"奈杰尔说，"你知道吗，布朗特，有一件事一直让我很困惑：那份秘密文件。秘密文件总是在掩护下流通的——装在信封里，上面有一个红色标签。比尔森到底是怎么知道吉米收文盘的信封里装着他想扔掉的文件？"

"是的，我想到了这一点。今天下午我和你们的调查官聊天的时候，他告诉我，事实上，那天没有其他人打电话来要文件，这有点奇怪。"

"确实如此，"奈杰尔说，"比尔森能知道文件正在送交主任的路上，唯一的办法就是他亲自打电话到登记处打听。"

"哦，好吧，毫无疑问，一切都会水落石出的。"布朗特说。

他们在黑暗中继续进行着随意的、低声的谈话。奈杰尔感到他的神经绷得更紧了，现在目标随时会出现。不过，他们设下的陷阱会被触发吗？如果比尔森真的进入了陷阱，他也不能像前一天晚上那样逃脱了，反正这次布朗特已经布置好了，整个部的出口都有人把守。

突然，毫无预警地，只一眨眼的工夫，走廊的灯就灭了。有人走上楼梯，在不可思议的寂静中。布朗特躲在微微打开的门前，奈杰尔只听到外面非常微弱的脚步声经过了这扇门。然后，在这个令人惊讶的夜晚，第一件意想不到的事情发生了。走廊尽头的一扇门打开了，他们听到闯入者在走动,不是在照片资料库,而是在副主任的房间,随后传来了类似抽屉被打开的声音。

"你看清是谁了吗?"奈杰尔在布朗特的耳边低声说。

"没有。"

一分钟后,他们听到脚步声又穿过前厅,再次进入走廊;钥匙转动的声音,另一扇门打开了。是的,那人现在已经进了照片资料库,从前厅对面的门进去了。按照他们预先想好的计划,布朗特和奈杰尔偷溜了出来。在走廊的另一端,还有一扇通往照片资料库的门,布朗特拿到了钥匙,并在当晚早些时候给锁上了油,以防万一会发出声音。奈杰尔蹑手蹑脚地走向闯入者进入资料库的那扇门,把耳朵贴在门上。如他所料,他听到了内室门关闭的声音。

闯入者进入了存放 Q 照片的资料库内室。奈杰尔一步一步,非常缓慢地沿着走廊往回走,摸到了布朗特,抓住了他的胳膊。布朗特非常、非常缓慢地将钥匙插入门内,转动钥匙,默默地、一寸一寸地将门推开。

他们脚上穿着厚袜子,蹑手蹑脚地走进照片资料库,在漆黑的环境中沿着最近的文件柜摸索前进。这些铁柜,它们的滑动托盘上都装着傻瓜式信封,里面是几套照片,在长长的房间里横向排列,中间有过道。布朗特和奈杰尔从他们的柜子末端望过去,看到了中央过道,正对面远远的尽头,是内室的门。他们可以看到这扇门下面有一丝光线。

他们在那里停了下来。然后第二件意想不到的事情发生了:那就是什么都没有发生。内室和资料库之间的隔墙非常薄，里面的任何动静都能被他们听到。然而，金属抽屉滑开的声音、走来走去的脚步声，这些预期的声音全都没有。奈杰尔烦躁地想，那个闯入者似乎就坐在那里，什么也不做，也许他在读一本进步书籍，或者干脆发起了呆。

布朗特碰了碰他的胳膊。他们开始蹑手蹑脚地向内室走去，各站在过道的两边，小心翼翼地摸索着穿过铁柜之间的空隙，以防碰到摆放的凳子。奈杰尔感觉自己仿佛经历了永恒的一大半，才走完了这个长房间的一半。这就像一场慢动作的音乐椅游戏。内室的门随时可能打开，一个火把被扔进资料库，如果发生这种情况，他们必须藏在某一排文件柜后面。

但仍然没有任何事情发生。内室里的人可能已经死了，没有任何有活动迹象的声音。这对搭档又开始悄然前进，只是下一刻又躲到了柜子后面，因为电梯运行的声音穿过寂静的大楼传来，然后是电梯门打开的声音，然后是脚步声，以正常的步调坚定地沿着走廊前进——新来的人肯定把走廊的灯打开了，进入了前厅，随后一扇门被大声关上了，不是吉米的门就是哈克的。

这让人非常不安——这个大大咧咧的新来者。奈杰尔想，这似乎是在胡闹，使他们目前的行动成为闹剧。但是，仿佛那些不合时宜的脚步声解除了魔咒，内室里的灯熄灭了，接着，内室门打开了，黑暗中传来轻轻的脚步声，朝资料库的门移动，门被无声地打开了。奈杰尔诅咒那个铁柜子，它阻挡了自己的视线，不然在走廊的光线下，他原本可以看到那是谁。大约30秒后，资料库的门又轻轻地关上了，然后是内室的门,在门下的那一丝光亮又出现了。是比尔森,奈杰尔猜想,他一定是悄悄地走出去了一会儿,去确认刚才进入主任前厅的是谁。谨慎的家伙,比尔森。不,他现在不那么谨慎了。最后,从内室里传来了期待已久的金属托盘滑开的声音,以及介于沙沙声和噼啪声之间的声音。底片,奈杰尔对自己说,在那声音的掩护下,他更加迅速地前进,走向内室的门,跟上过道另一边布朗特的步伐。

他们已经走到了他们和内室之间的最后一排柜子,布朗特正准备穿过中间的空间,这时,一种新的声音传来——令人震惊、满是恶意的噗噗和嘶嘶的声音——内室门下的光线突然增强了,就像一根白热的钢棒一样。下一秒,传来一阵剧烈的呼呼声和噼啪声,同时,内室的门飞快地打开了,一个身影出现在那里,在一片火光中被勾勒出来。

"埃德加·比尔森!我——"

布朗特及时躲到了一个铁柜后面。那个身影现在在资料库门口,已经挥舞着左轮手枪开枪了。子弹带着金属丝崩断般的呼啸声,斜斜地穿过房间,撞上了奈杰尔身后的一个柜子。资料库的门咣当一声关上了。

"得把这火灭了!我去跟着他。"布朗特喊道,飞快地跑到门口,打开了门,然后消失在走廊里。奈杰尔可以听到他嘹亮的警哨声,以及从右边的紧急楼梯上传来的脚步声,以前职员们经常在流弹飞来时匆匆下楼。他奔向副主任的房间,在门口撞上了哈克·福斯科。

"怎么回事?谁在开枪?"

"资料库内室起火了,哈克!把走廊尽头的那些消防水桶拿来!

我得去打电话！一会儿就来！"

奈杰尔扑向哈克办公室的电话。"空袭预警控制室！快点接通！刘易斯？这里是斯特雷奇威。六楼起火，火势猛烈。派一些信使上来帮忙拿水桶——这里只有我们两个人。派人去找消防队，把那台移动水泵搬到后院去——把水管接上——你会看到大火的，别担心。好的！那就快开始吧！"

他跑回了照片资料库，哈克·福斯科正在把一桶水倒进火焰的中心，这时，镁白色的中心似乎爆裂开来，迸得到处都是。

"我的上帝！"哈克喊道，从门口回过神来，"那是一个燃烧弹，我发誓！水是没有用的，去把沙桶拿来。"

他们飞快地跑到走廊的尽头，把沙桶拿了出来。但是大量底片燃烧的炽热使他们无法将沙子倒在起火的中心，而火焰现在正四处蔓延，被门和敞开的窗户之间的气流吹动，燃烧到家具和遮光窗帘上。

"这可不妙，"奈杰尔喘着粗气，把哈克拉回来，"刘易斯正派一些小伙子来帮忙提水桶。你留在这里指挥他们，好吗？如果在消防队赶来之前，你能阻止火蔓延到资料库，这就是我们能做到的最好的事了。"

奈杰尔知道他可以对哈克放心，在闪电战早期，他曾兼职过空袭预防措施教官。奈杰尔迅速通过走廊到达电梯，这时，刘易斯的增援部队正慢步走来——这是他见过的部里信使的最快步调了。

他乘坐电梯下到一楼，在接待台旁的大厅里，聚集着一小群部里的职员，他们兴奋地交谈着，挡住了刘易斯集结的消防泵队的去路，后者正试图挤出一条路冲进后院，移动水泵就放在那里。一名警察认出了奈杰尔，边艰难地穿过人群向他走来，边喊着："请站到一边！站到一边去！散开！"

奈杰尔问他："你看到警司了吗？"

"没有，先生。不过我听到了他的警哨声。我们所有人都处于警戒状态，守住了出口，巡逻车正严守在大楼前面。"

"好的，不要让任何一个人出去。"

奈杰尔跳上了接待台，大声呼喊让人群安静："这里有前消防值班员吗？部里的？"六七个人站了出来。

"跟着我。"

奈杰尔带领他们迅速走到地下室，沿着墓穴一样的走廊，一直走到紧急撤离楼梯的底部。他们现在是在大楼的后面。

"你们中的两个人留在这里，逮住任何想上去或下来的人。如果是比尔森先生——你认识他吗？对了——小心点，他有武器。其他的人都过来吧！"

布朗特的哨子又吹响了。奈杰尔朝那声音跑去，他发现布朗特在50码外的地下室宿舍入口处，气喘吁吁，衣衫不整，但没有受伤。

"我已经把他困在这里了！他往这边跑了，我们现在就把他抓出来。"

这些宿舍，在闪电战期间，是许多部里职员睡觉的地方。它们是一系列的房间，被防爆墙隔开，形成了一种地下迷宫。墙壁上仍然排列着两层木制床铺，其中有几张床铺仍然被那些还没有意识到战争已经结束的老住户占据着，或许他们自己的房子已经成了废墟，没有其他地方可以睡。这时，一张张脸从毛毯下露出来，对扰乱夜间休息的人嘀咕着恶毒的诅咒。奈杰尔的队伍现在得到了几个警察的增援，他们应布朗特的哨声而来，大家有条不紊地对迷宫进行搜索，有两个人留在入口处把守，如果比尔森试图折返就能逮住他。

怪不得布朗特会在这里跟丢了目标，防爆墙使这些地下房间像钥匙上的齿纹一样错综复杂。一个人可以在这里躲到天荒地老，但他无法躲避一整支搜索队。他们小心翼翼地向前行进，检查每一个铺位、每一个人，以确保猎物没有在毯子下打瞌睡；他们打开每一个隔间的灯，在没有遮挡的强光下，刷白的墙壁比以往更像迷宫般的墓穴的墙壁。

现在只是时间问题。但还有一个问题，就是在绕过其中一堵防爆墙时，你会不会被子弹打中。比尔森的左轮手枪大概至少还有五颗子弹，奈杰尔不安地想。但是，在布朗特非常谨慎地绕过防爆墙的一端后，一行人到达了最后一个隔间。里面是空的。

"该死，这不可能。他一定在这里。这是个死胡同。"

"不，先生，"一个消防值班员说，"墙上有紧急出口，就在那个床铺的后面。"

布朗特猛地冲向它。铺位被拖到一边，露出了刷白墙壁上的一块金属板，颇像烤箱的门。布朗特按下门把手，拉了一下，然后推了一下：门向着外面的黑暗打开了。

"外面是什么地方？"

"后院。"消防值班员回答。

布朗特艰难地穿过墙上的洞,奈杰尔跟在他身后,眼前顿时出现了一个壮观的场景。院子的中央矗立着移动水泵,刘易斯正握着水管喷头,将水柱射向六楼的一扇窗户,火焰仿佛正试图爬出窗户,而坚硬的水臂则将它们推回。与此同时,院子远处的街道上传来叮叮当当的声音,一名警察打开了十英尺高的铁栏杆院门的门锁,让消防车开进来。就在这时,奈杰尔意识到,从紧急出口出去的比尔森,一定是在等待这一刻。空气中充满了喊叫声和叮当声、移动泵发动机的击打声、水管的嘶嘶声。刘易斯的手下和赶来的消防员们,眼睛都盯着头顶的大火。接着,在消防车从街上转过来时突然射出的强光中,奈杰尔看到栏杆边有个身影正向敞开的大门溜去。布朗特在同一时刻看到了他,大叫一声,向大门跑去,准备关上它。但他们离大门有近100码远,而比尔森离它只有20码远,而且在这些喧闹声中,布朗特还无法向门口的警察示警。

奈杰尔从刘易斯手中夺过水管的喷头,当水的压力试图把他从水管上弹开时,他把所有的重量都压在上面,然后把水柱往下抡,划出一道流淌的弧线。比尔森现在离敞开的大门有十码远,在消防车头灯的照射下显得格外显眼。水柱似乎感觉到了他的存在,摇摆不定,然后向他跃去。比尔森被水柱的压力冲到了栏杆上,并被钉在那里,四肢摊开,像被钉在一根颤抖的水矛上。

十分钟后,他们坐在部里一楼的一间会议室里。埃德加·比尔森苍白的脸从包裹他的毯子中露出来,他的战斗力已经被浸透他衣服的水柱打倒了。他的眼睛平时很有神，现在似乎在疲惫和自责间游走。奈杰尔要求布朗特让副主任旁听对比尔森的审讯，表面上的理由是，部里的高级官员应该对 Q 照片档案的问题进行观察。

布朗特指控比尔森犯有纵火罪，并对他进行了正式警告。埃德加·比尔森——那个人们熟悉的老比尔森，作为一个无往不利的阻挠者、一个凡事争论的人、一个专业的程序维护者，和他们面前的这个颤抖的生物几乎判若两人，他甚至没有为自己要求法律咨询的权利，显然决心要做全面的忏悔。他宣布放弃权利时，恶狠狠地看了哈克·福斯科一眼，证实了奈杰尔心中已经成形的推理。

比尔森说，一年多以前，他在赌博中连连失利，陷入了严重的债务问题。不久之后，有一个人找到他，建议他不时地"借"给这个人 Q 档案中任何特别有趣的照片的底片，那人会为借出的每张底片支付少量现金，并在第二天归还。

"这个人的名字和地址？"布朗特问。

"我以后再谈这个问题。"比尔森用一种几乎是幸灾乐祸的语气回答。他继续说，起初他并没有怀疑有什么问题，因为那些底片是基于政策而非安全理由被审查的类型。

"你是说，一个官方摄影师拍下了某个盟军领袖脱裤子的样子？诸如此类的？"奈杰尔问。

"正是如此。但过了不久，此人要求提供另一类照片，显示机密设备细节的照片，比如飞机上的雷达装置等等。我提出了强烈的抗议。我指出，如果这种照片落入敌方特工手中，可能会泄露重要信息。先生们，当我告诉你们这个人是谁的时候，你们就会明白为什么我还没有意识到他本身就是一个敌方特工。"

"哦，别再绕弯子了，"奈杰尔不耐烦地说，"很明显，'这个人'就是我们尊敬的副主任。"

记录比尔森证词的警官折断了铅笔的笔尖，并暗暗咒骂。布朗特在椅子上跳了起来，仿佛下面有一个小炸药爆炸了。比尔森点了点头，龇牙咧嘴的样子像个老鼠。

哈克·福斯科的脸上还残留着救火时的污垢，他冷冷地注视着比尔森，说道："不要犯傻了。你看，警司，我最好解释一下——"

"我们以后再来找你，"布朗特面无表情地说，"我现在必须警告你，你说的每句话都可能被记下来，并作为呈堂证供。现在，比尔森，你是否愿意宣誓，哈克·福斯科就是你为之提供Q照片底片的人？"

"是的，很荣幸。"

"别管什么荣幸了，继续讲你的故事吧。"

比尔森继续说，当福斯科第二次要求事关安全审查的底片时，自己开始对他产生了最严重的怀疑。但他自己也陷入了困局，由于已经提供了一套底片，他让自己成了这一系列罪行的同谋。此外，他仍然负债累累，债权人正在施加压力，总之，他屈服了。有天他非常震惊，因为福斯科告诉他这些底片中有四张被毁了：一枚V2导弹落在福斯科家附近，震荡使他暗房里的一瓶酸液洒在了底片上。此后，福斯科再也没有索取过底片。比尔森认为他是被吓到了。因此，他们之间的交易就停止了，也没有人再提秘密照片的事。

"直到你开始试图用它们来勒索我。"副主任打断了他的话。

"我反对这个说法。"比尔森说。

"现在,我们终于知道三周前的午餐时间,你和他在他的房间里争吵什么了。"奈杰尔说。

"我的财务状况又变得——呃——有些尴尬。我决定向副主任申请贷款。"

"'申请贷款',很好。"福斯科抽了抽嘴角,"你威胁要让我曝光,而我指出,如果我出事了,你也跑不掉。你当时正处在进退两难之中,我可怜的比尔森,你也知道。即使事情没有到最严重的叛国罪的地步——而且并不会——你的行为也足够让你被政府部门开除。我不是一个终身公务员,所以我为什么要担心?"

"你——"比尔森脱口而出一连串辱骂,比起会议室更适合在赌场进行,"是你把我拖下水的!你为什么不自己去拿底片?本来再简单不过,你有一把Q内室的钥匙。"

奈杰尔急切地俯身倾听,十分好奇这个歇斯底里的问题的答案。

"有很多可能的原因,"哈克·福斯科抽动嘴角,他那双呆滞的眼睛冷静地盯着比尔森,"也许我担心你会抓到我借底片的事;也许我想测试一下我的一个下属官员的诚信;也许我就是想拖你下水。"

比尔森又对他恶狠狠地骂了一句。精明地让这对搭档撕破脸的布朗特现在插话了:"这一切都很有启发性。但我认为你最好继续说你的证词,比尔森。你是什么时候开始计划除掉雷克先生的?福斯科也是你的同伙吗?"

他们可以听到大楼后面消防员偶尔的喊叫声,以及设备的响声。当他们进入会议室时,火势已经得到了控制,现在看来应该不久就会被扑灭了。

比尔森说,事情变糟是在斯特雷奇威提出申请几张照片复印件之后,因为其中有一张秘密照片,其底片就是在福斯科暗室中被毁的四张底片之一。比尔森尽可能地拖延了时间,但是,当主任发出强制命令,要求在24小时内提供这些照片时,他陷入了最危险的困境。他也许可以解释一张底片的消失——它可能被误放或丢失。但是,对它的寻找将不可避免地带出其他三张底片的丢失。军情五处肯定会介入,比尔森承认他很恐慌,生怕调查会发现这些底片被用于叛国目的。

他首先想到的是销毁Q档案文件,没有它,对这些特殊照片的检查至少会受到严重影响,但他发现这份文件已经消失了。

"什么?"布朗特惊呼,"不是你自己拿的文件?"

比尔森极力否认,而布朗特在这一点上未能推翻他。奈杰尔确信比尔森说的是实话:他已经坦白了这么多,很难想象他在文件问题上会撒谎。而且,正是在妮塔·普林斯被谋杀之后,主任才开始对丢失的文件大呼小叫。奈杰尔没时间进一步追问这个问题,因为比尔森现在正指责福斯科拿走了文件。

"当然肯定是他拿的。如果整件事情暴露出来,他的损失和我一样大。"

比尔森继续说,在普林斯小姐去世的那天下午,他开始担心主任正在追查失踪底片的下落。整个部门中吉米·雷克是对这个文件盯得最紧的人，而且，秘书被谋杀这种可怕的事本会让人无暇他顾，吉米却在仅仅几小时后就忙于追查，这似乎表明，他对 Q 照片的事情已经产生了最严重的怀疑。在比尔森看来，主任是整个部门中会暴露真相的关键：他的机要秘书已经死了；副主任——如今他唯一能商议的人——不会透露任何信息；如果主任也被灭口，对 Q 照片的调查就无法进展下去。无论如何，还能把主任的死栽赃在别人头上。

比尔森据此制定了将梅里安·斯奎尔牵扯进来的计划。因为前段时间他发现是斯奎尔割了普林斯小姐的大衣，才产生了这个想法。他以奈杰尔的名义给梅里安打了一张字条，以确保他当晚会在部里，然后拿了梅里安的刀和白色外套；主任已经告诉他要加班，而部里的人都知道，当副主任加班时，他会在大约 11 点去食堂休息。比尔森说，他最初打算在攻击主任时穿上这件外套，但后来担心在漆黑的房间里太显眼，所以他把它留在了门外。当他听到吉米·雷克的动静，看到门下出现的光亮，意识到这一刀并没有致命时，他不敢再进去，只是在门口听着。他听到了吉米打的电话，然后就拿起外套奔向电梯，按下所有的按钮以拖延上来的人，再跑到楼下的厕所，在腿上划了一道口子，把血弄在外套的袖子上，把外套藏在那里，希望很快能被发现。因为他和主任都参加过卫生部的志愿输血计划，他知道两人是同样的血型。他终于走到了一楼，进入大楼正面的一个房间，然后从窗户跳到了街上。当他离开时，他看到信使们涌出来形成了一道警戒线。对他来说，这是一次惊险的逃脱。

比尔森供认时，在某些地方布朗特不得不大力施压，他才愿意说出事实，但总的来说还算顺利。奈杰尔认为，这是因为吉米·雷克现在已经脱离了危险，比尔森不用担心谋杀指控才承认了。而在照片的问题上，他的目的是要提供对同案犯不利的证词，从而能从宽判刑。他很有可能这么做，因为如果没有他的指控，福斯科的叛国罪就不能成立。但是，如果比尔森仅仅因为袭击吉米没有成功就承认了这件事，那么从逻辑上讲他就不会是谋杀普林斯小姐的凶手，因为如果毒药是为吉米准备的，那么比尔森最不会做的事就是在咖啡里下毒，然后轻而易举地承认对主任的第二次袭击。

布朗特现在正带着比尔森梳理今天的整个事件。主任指示要检查 Q 文件，并不让比尔森意外，这是不可避免的，因为吉米还活着；但是，假装梅里安·斯奎尔因袭击吉米被逮捕，以及警察从大楼里撤出，使比尔森相信自己在 Q 照片的问题上没有立即被怀疑。此外，副主任说 Q 文件又找到了，这样就能很容易地对照片进行检查了，因此他决定必须销毁 Q 档案，否则自己肯定经不起军情五处的调查。一场意外的火灾？这令他有了一个完整的计划。他知道哈克·福斯科的柜子里有一枚练习用的燃烧弹——这是他参加空袭预防措施教学的纪念品。是福斯科让他落到这种地步，他决定，如果自己被毁，也要把福斯科拖下水。

他去了索利·霍克斯家，为晚上安排了一个不在场证明，并借了一把左轮手枪，以防福斯科试图干涉。他之前已经确定福斯科会在部里睡觉，事实上后者通常会这样。他进了福斯科的房间，拿走了燃烧弹，还从福斯科的一个办公桌抽屉里拿走了一支钢笔大小的点火器，打算把它扔到照片资料库里，作为针对副主任的一条假线索。然后，他走进了内室，等待着，这就是让奈杰尔吃惊的毫无动静。在比尔森的计划里，火灾必须在福斯科走进自己的房间之后发生，否则他可能会有不在场证明。比尔森一直等着，直到他听到走廊里的脚步声，于是蹑手蹑脚地走进前厅，确定福斯科已经就位，然后回来，在一堆 Q 照片的底片中引爆炸弹。他希望借此一举摧毁针对自己的叛国罪证据，并将纵火的罪责推给副主任。在证据被销毁的情况下，如果对 Q 照片的调查有什么进展，那也只能是对福斯科不利，有证据表明是他放火烧的底片，同时比尔森则有索利·霍克斯提供的不在场证明。

"毕竟我只是服从他的指示，"比尔森总结道，"他曾告诉我，要把证据处理掉。"

"他在说什么鬼话？真是越来越发疯了。"福斯科平静地说。

"你很清楚，"比尔森回答说，瞪着眼睛看着他，"在工作进展会上，就在你宣布要对 Q 档案进行检查之后，你转而谈到了待定的任命。你重复了这个词，然后说警察今天下午就会从大楼里撤出，接着补充道，我们这些留下的人可以安安静静地继续我们的工作。我想，你会否认这是你以隐晦的方式向我示意，即我可以立即着手销毁 Q 档案。"

"我当然否认了，我这辈子都没听过这样的胡说八道。"

"不管怎样，"布朗特说，"在我看来，你有得好解释了。当然，在获得法律咨询之前，你有拒绝回答的自由。"

副主任平静地依次看向布朗特、奈杰尔，然后是埃德加·比尔森那张恶毒的脸。当他说话时，是以他在更正式的场合对下属讲话时惯用的那种尖锐的、近乎专制的方式："我完全可以否认整件事。这只是比尔森的一面之词，人们不可能相信一个自认是凶手或可能是凶手的人的话。除此之外，没有一丝对我不利的证据，也永远找不到。你和军情五处尽管去调查我通敌、传递秘密情报的证据，你们永远也查不到，因为都是子虚乌有。然而，我并不打算全部否认比尔森的陈述。我想知道的是，"哈克的眼睛闪了一下，"为何斯特雷奇威认为我就是比尔森一直暗示的那个人。"

奈杰尔靠在椅子上，似乎在研究对面墙上的一张图表，上面显示了公众对"多吃土豆"运动的反应。他的眼睛仍然紧紧盯着它，说："每个收藏家都是潜在的罪犯，这可能和任何其他的概括一样真实；更别说他们中的很多人是真正的罪犯。我不确定，布朗特，你最好请副主任就他那些肮脏的照片收藏说几句。"

如果可以大不敬地说刑事调查局的警司语无伦次的话，那么布朗特现在就是如此了。哈克抚摸着他那因为救火而变得灰扑扑的光头，嘴角抽搐了一下，说："斯特雷奇威是我的一位极其能干的员工。非常有幸，他拥有这么好的记忆力，这已经不是我第一次得益于它了。"接着，他讲述了比尔森所述故事的另一个版本。

在向警司解释了他所收集的"肮脏的照片"的性质之后——那是他在食堂向奈杰尔描述的大人物在不设防的时刻和考虑不周的姿势下被拍摄的照片组成的画廊——他继续讲述了他是如何想到用 Q 照片中的部分内容来充实这个画廊。他自己太忙了，没空去检查这些照片是否合适，所以他想，为什么不让比尔森来做这件事？一开始，这纯粹是一个幻想。但是，让正确而严格的比尔森在他的文件中搜索大人物的照片的想法，可以说再合适不过。

哈克受到这个想法的蛊惑，真的找到了比尔森，"其实只是想看看他到底会怎么说"，令他惊讶的是，比尔森同意了，并要求为每张照片支付一定的费用；他，比尔森，将自己制作照片，因为他要确保底片不脱离掌控。哈克没有告诉比尔森他为什么想要这些照片。经过一番讨价还价，交易完成了。

哈克想了想，发现他的怀疑被比尔森的爽快同意和他对钱的要求所激起。他委婉地询问了一下，得知比尔森是赌场的常客。严格来说，他的官员在业余时间做什么不关副主任的事，只要没有违法的事情。但他想到，一个部里的官员，如果他的行为表明他可能有债务，而他又负责保管秘密照片，那么可想而知他可能是一个不安的因素。因此，他决定测试比尔森的诚信，要求他提供一组安全审查的、展示某些秘密设备的照片。比尔森起初拒绝了，并表现出极大的义愤填膺。但后来他让步了，约定他并不自己制作照片，而只是"借给"哈克底片，而且后者必须为这笔借贷支付高价。

哈克说，此时，他突然意识到，从交易一开始，比尔森就怀疑他是敌方特工。他同意了比尔森的条件，"借"了两套底片。当第二套底片中的一些意外被毁，他意识到事情已经过头了。一开始是个玩笑，后来变成对比尔森的考验，但现在，如果事发，很可能会让哈克自己陷入尴尬的境地。他对布朗特说："收藏家狂热的迷雾瞬间散去，以旁观者的眼光看，这整件事是多么的奇怪。"

他立即取消了交易。他没有付钱，也不打算支付比尔森为最后两套底片索要的高额费用，是这拒绝导致了被芬利小姐听到的那次争吵。另一方面，他知道自己在交易中的角色很难解释，而且他觉得——尽管已经证明了比尔森是不可靠的——因此而揭发比尔森是"有点低级"的，所以他没有把这些事实告诉主任。

"啊，"布朗特打断道，"这是一个关键点。你没有向其他人透露过这些事实。"

"是的。我告诉比尔森，那是在芬利小姐听到我们的小争吵后的第二天，我告诉了他真相，为什么我向他要照片，并明确告诉他，他以后要多加注意。而那个傻子一个字都不相信——"

"唬人！谁会相信这样的狗屁故事？"比尔森恶狠狠地喊道。

"你看，他仍然不相信。在他顽固的脑袋里，我就是一个男版的马塔·哈丽[①]，无论如何也改变不了。"

"那你有办法证实你说的这些吗？"布朗特问。

"完全没有。我能做的只是给你看我私藏的照片，但毫无疑问，你会说这只是我想让你看到的一部分，剩下的那些我已经私底下给了敌人。"

警司很有威严地对他说："你最好不要轻率地对待这件事，福斯科先生。你说的可能是实话，也可能不是。可以肯定，如果你和敌方特工之间有任何接触，现在就会被揭露出来。我们将对你在整个战争

[①] 马塔·哈丽（Mata Hari, 1876-1917），荷兰舞女，富有传奇色彩的女间谍。

期间和战争之前的行为进行最严格的调查。但是，如果你被证明是无辜的，仍然必须认识到，你的行为已经间接地对一起谋杀未遂事件负责、对王室财产遭火灾破坏负责，可能还有普林斯小姐的死亡。"

"不是我干的！"比尔森突然喊道，"不是这样的！我和那件事没有关系！我发誓！我发誓！"

哈克·福斯科冷冷地听着比尔森的辩解，然后他说："在我告诉他事实——即我最初为何要他提供照片——之后，我不能为这只小老鼠所做的任何事情承担责任。我对发生的这些事情感到非常抱歉，但我不会在比尔森身上浪费任何同情心。一个试图构陷梅里安·斯奎尔的人，正如他所承认的——他是咎由自取。想到这一点，我就觉得恶心。至于我自己，你相信我吗，奈杰尔？"

"这都是如我所料的。是的，"奈杰尔不以为然地回答，"另一方面，哈克，你现在最好意识到其他人的看法。他们可能会反驳说，你收集的'肮脏的照片'从一开始就是间谍活动的掩护。你知道，这会是一个很好的掩护。他们会问，战前你在做什么，当你走遍欧洲，包括德国，找寻你的藏品的时候，你究竟在做什么。鉴于他们不知道你独特的幽默感，他们可能会怀疑，这样的爱好是否真的足以花费这么多时间和金钱。哈克，我担心的是军情五处将给你的故事打上一个非常大的问号。"

第八章

(1) 斯特雷奇威先生：待见面
(2) 英格尔先生：待讨论

那是在埃德加·比尔森被捕并供认不讳之后的一个下午：一个星期六的下午，部里的大多数工作人员都在一点钟前离开了大楼，以便尽可能地享受短暂的战时周末。就在奈杰尔准备离开时，布莱恩·英格尔走进了他的房间，在一阵脸红和结巴之后，他问奈杰尔是否能帮他一个忙。原来，布莱恩想要一个妮塔·普林斯的纪念品——他曾经送给她的一本书。他一直很喜欢她，但没有任何东西可以纪念她。这一老派的虔诚行为看起来是值得称道的，因此，奈杰尔打电话给布朗特，问他那天下午自己可否在妮塔的公寓里和布莱恩见面，并把书给他。布朗特同意了，还说，警方在查询妮塔的银行账户时发现，她的银行存款只有350多英镑，据警方所知，她没有留下遗嘱就去世了，而她的近亲是住在新西兰的一个已婚的姐姐。因此，凶手谋杀她的动机显然不是求财。

奈杰尔和布莱恩·英格尔约好了时间，下午3点在公寓见面。他自己则在附近的一家酒馆买了些三明治后，直接去了狄更斯街。邋遢的看门人给他开了门，因为上次她看到奈杰尔和布朗特在一起，便以为他也是警察局的人。在这个房间里，似乎妮塔还在，她像游荡在旧审判地的一个不愿消失的鬼魂，发出死亡拷问："到底谁杀了那个可怜的女孩？"奈杰尔好不容易才摆脱这种感觉，独自一人吃着三明治，陷入了心神不安的推测。

就所有的谋杀动机和目的而言，我们又回到了原点。当然，从表面上看，比尔森似乎是最有可能在咖啡杯里下毒的人。但是，还有很多疑点。首先，所有的证据似乎都表明，吉米是在妮塔死后才开始在Q文件的问题上发难的。

显然，比尔森只会在确信吉米正在调查自己之后，才会误将妮塔的杯子当作吉米的而下毒。因此，让吉米陷入危机的第一个迹象是他派人去找文件。但比尔森并不知道文件丢失了，也还没出于自保试图拿到它，因此他不可能怀疑吉米在调查自己，也不可能在妮塔中毒后才计划对他下毒。这完全是不合逻辑的,我知道这不符合逻辑。那么，让我假设一下，在下毒之前，比尔森确实陷入了无端的恐慌，生怕吉米发现他的秘密，因此计划要杀死他。你看，整个情况在"计划"这个词上一下子就站不住脚了。比尔森并没有被邀请参加吉米房间里的聚会，如果不是查尔斯·肯宁顿在喝咖啡前一分钟才想起来邀请他，他根本就不会去那里。犯罪发生的前几分钟，比尔森都还没看清犯罪工具，他怎么可能用一种他从未见过的毒药来策划一场谋杀？而且，如果是为了谋杀吉米，比尔森肯定不会傻到把杯子搞混吧？但是，假设比尔森知道他必须迅速干掉吉米，又发现他的下手对象和毒药在一个房间里，他不会临时起意吗？是的，这是有可能的，但这并不符合他的性格。看看比尔森后来的罪行：对吉米的第二次袭击，在内室焚烧 Q 档案，以及蓄意将罪责推给梅里安和哈克，为自己准备的不在场证明———一切都冷酷、谨慎、干脆利落，与下毒事件截然相反。此外，他用完毒药后把那容器怎么样了？

那么，如果毒药是为吉米准备的，还有谁有动机？哈克。但前提是：首先，他实际上是个叛徒，他昨晚在撒谎。我不相信这一点；其次，他知道吉米对秘密照片有怀疑。但是，我今天早上打电话给吉米时，他一口咬定在 Q 文件消失之前，他没有怀疑过 Q 照片有什么猫腻。在妮塔去世的那天早上，他派人去找这些照片，只是想看一下封存照片清单，如果审查制度取消的话，它们可能被用于太平洋地区的工作。他丝毫没有想到，比尔森在我申请 Q 照片复印件上的顽固态度，除了他一贯的官僚作风之外，还有什么别的原因；直到文件消失了，他才开始有别的想法。即使在那时，他也没有与副主任讨论过他的怀疑。而且，即使哈克拥有某种非凡的预知能力，能够看到吉米未来的心理状态，因此试图给他下毒，以阻止吉米尚未产生的怀疑，哈克在下了毒之后又对那容器做了什么？

那么梅里安·斯奎尔呢？他想除掉吉米唯一可能的动机是，他与吉米的妻子的关系比他承认得更深。如果有什么线索的话，布朗特会查出来的。但无论如何，这都是说不通的：因为爱丽丝·雷克可以自由地与她的丈夫离婚，吉米甚至还对她说过离婚这件事。对雷克夫人本人来说也是如此，试图毒死丈夫，以便能自由地与梅里安结婚，这是说不通的。

查尔斯·肯宁顿呢？一种异想天开的行为？谋杀吉米是因为他对自己的姐姐不忠？荒谬。因为他抢走了自己的未婚妻？不太荒唐，但也够荒唐的。

布莱恩·英格尔呢？因为他爱妮塔，而且，如果吉米不在了，她可能会来找他。不，这一切都太单薄了。

另一个假设是，凶手没有搞错杯子，妮塔·普林斯正是目标受害者。埃德加·比尔森，没有明显的动机；哈克·福斯科，也没有，布朗特没能找到哈克和妮塔之间的任何联系，只知道她在战前一段时间为哈克的机构工作。

梅里安·斯奎尔呢？他不喜欢妮塔。他向我们承认她曾拒绝他的追求，但梅里安几乎对任何穿裙子的人都有兴趣——这对他来说是很自然的。如果每个拒绝他的人都会被谋杀，伦敦就会到处都是女性的尸体。目前还没有发现他和妮塔之间的真正联系，暂时把他排除在外。

布莱恩·英格尔？他爱上了妮塔。一个好心的小家伙，心怀凄凉无望的希望，在认识妮塔数年之后，因为猜测到她与吉米的恋情，而突然毒死了她。这不太可能。

查尔斯·肯宁顿？从表面上看，他最有可能。我们只有他的一面之词：他准备把自己的未婚妻让给吉米，毫无微词。他有毒药。他的秘密特勤训练和经验使他最有可能在事后处理掉毒药容器。那个愚蠢的老信使在那天早上说了什么？"数以百万计的年轻人被训练成暗杀的高手。"确实是足够隐秘的，至少可以让一场精心策划的谋杀案看起来就像激情杀人。肯宁顿有很好的戏剧天赋，这很明显。现在，如果这些墙能够诉说那天晚上他到底跟妮塔说了什么就好了。那晚，妮塔向他坦白了她与吉米的关系——这就是她要他来的目的。他是否如他告诉我们的那样，只是给了祝福？还是他粗暴地干涉了？抑或是他假装很平静地接受了这一切，然后心怀杀机地走了？第二天早上，妮塔仍然心事重重——皱巴巴的手帕，精神恍惚的样子。但这里有一个巨大的矛盾之处，从任何迹象或行为来看，查尔斯·肯宁顿都不是那种善妒的人。只要看看他，稍微想一想他，你能想象他是一个奥赛罗①吗？

他的姐姐也是如此。他们都是高度文明化的生物。为什么爱丽丝·雷克在接受了丈夫的情妇多年之后，要去杀死她？如果爱丽丝是一个神经质或狂热的女人，如果她仍然疯狂地爱着吉米——那么，就在妮塔死前可能发生了一些事情，引爆了她积累的怨恨——但她肯定

---

① 莎士比亚悲剧《奥赛罗》中的人物，被人挑拨而怀疑自己的妻子不忠，在愤怒中杀死了妻子。

不是这样的人，想想那场景，她平和地坐在吉米的床边，握着他的手就像护士在诊脉，难道不是吗？尽管如此，我必须在下结论之前再对她多些了解，还有查尔斯。

吉米·雷克本人呢？由于他妻子知道他与妮塔的关系，并显然对此毫不在意，他唯一可能的动机就是想从妮塔那里解脱出来，但无法以其他方式做到这一点。不要低估这个动机，在某些情况下，它可能是非常强烈的。什么情况？首先，妮塔应该是一个会讨好人、爱撒娇、缠人的角色，有合理的证据表明她是这样的；第二，吉米对她感到厌倦。这完全没有证据，只有一两个非常朦胧的暗示，很可能会是完全不同的意思；第三，吉米没有其他办法从她的纠缠中摆脱出来。从表面上看，这很荒谬：他为什么不直接离开？或是给她钱？但从心理学上看，这并不那么荒谬：一个软弱的人，一个道德上不健全的人，除了通过这种暴力手段，可能没有办法结束一段关系。但吉米是一个软弱的角色吗？吉米到底是什么样的人？事实上，你不知道。那就去看看吧。顺便看看，他是否是那种在给自己的女友下毒后，会当众拍打她的背部并说"亲爱的,把它咳出来"的男人。这似乎是骇人听闻的，完全不可思议，此外，他是如何处理掉毒药容器的？

一次又一次，在这个难以解释的问题上，嫌疑都被推翻了？只有布莱恩·英格尔除外。布莱恩在打开窗户的时候有机会把容器扔到街上，然后它可能附着在行人的鞋底或汽车轮胎上被带走了。但布莱恩是唯一一个似乎没有足够动机来谋杀妮塔或吉米的人。从这个角度来讲，下一个最有嫌疑的人是查尔斯·肯宁顿，毕竟他有丰富的经验。

但是，即使是成功抓捕斯图尔茨的人，又怎么能把一个破碎的容器从那个房间里拿出去呢？布朗特对梅塞尔巡佐进行了非常严厉的处理，但事实上，奈杰尔现在知道，巡佐只是在搜查的一个地方犯了错。他让嫌疑人在屏风后面脱光衣服后，对他们的衣服进行了彻底的检查，然后搜索了他们身上可能的藏匿之处，尽管他们都没有机会以这种方式藏匿东西。他唯一可能失误的地方是对他们嘴巴的检查。他看了看他们的嘴，但没有用手指仔细摸过他们的牙齿。理论上说，容器可能被藏在后牙之间的缝隙里——正如查尔斯·肯宁顿那天早上告诉他们的那样，如果危险迫在眉睫，纳粹分子会把这种容器放在那里。但是，对这种可能性有两个有力的反驳意见。首先，除了疯子，谁会试图这样隐藏容器？他知道警察会进行严格的搜查，而且他只要用口袋里的手帕把容器擦拭后，再丢在房间的任何地方，这样他与容器的联系就会完全被抹掉；其次，假设真有人疯到把东西藏在嘴里，他就不可避免地出卖了自己：因为容器一定要被打破，毒药才能倒进妮塔的杯子里，而容器里一定会有残留的毒药，一旦放进嘴里，会让人严重窒息。事实上，正是因为确信这一点，聪明过头的梅塞尔巡佐在检查嫌疑人的嘴巴时才会麻痹大意。

奈杰尔又点了一支烟，再次陷入深思。他面临的是两个极其费解的问题。容器是如何躲开警察的搜查、被带出房间的？对凶手来说，为什么有这个必要把它带出房间？对于第一个问题，他苦苦思索，却一无所获。如果他能找到正确的答案——不，如果他能想出第二个问题的可能答案，就会对第一个问题有一些启发。

那么，为什么一个杀人犯要从犯罪现场拿走凶器呢？因为它可能会作为使他获罪的证据。但在本案中，我们都看到了那件凶器：它在谋杀发生前几分钟就已经被展示出来，因此，凶手没有必要把它拿走。但凶手又确实把它处理掉了。这是一个无解的死循环，无法打破……哦，我的天啊！我明白了！我知道如何打破这个循环了！

奈杰尔从扶手椅上站起来，开始兴奋地在房间里踱步，他的心被一句不经意的话所呈现出的画面充满了。一个清晰、直观的画面：简单得可笑，却彻底改变了他对这个案子的全部构想。这句话所暗示的完全合乎逻辑——是对他的第二个问题唯一合乎逻辑的答案。而且他越来越兴奋地意识到，这也给了第一个问题一个合理的答案。但他很快沮丧地承认，它并没有提供关于凶手身份的任何明确线索。不过，这可以等来。他拿起电话，接通了新苏格兰场的布朗特警司。

"布朗特？是我，斯特雷奇威。我脑子里有了一个最特别的想法……是的，关于妮塔·普林斯的中毒案。我想我知道凶手为什么以及如何把那个容器弄走了。不，我还不知道是谁……不，坦白说，我还没有任何证据，我是通过纯粹的理性推理得出的……别介意，布朗特老兄。获取证据是按部就班的警察的工作，也就是你的。我建议从这里开始——找出哪些嫌疑人能接触到毒药……是的，我知道，他们都能拿到，我不是傻子；我的意思是从其他来源获得氰化物……什么？……是的，总的来说，让他们知道你在查这个，一点坏处也没有。不管凶手是谁，都会被震慑住的，他可能会做出一些傻事……不，不仅仅是虚张声势，必须找出他们中的任何人是否有其他毒药来源。重要的是——"但奈杰尔没有时间阐述他的理论了,门铃响了,布莱恩·英格尔来了,奈杰尔不得不挂了电话。

布莱恩在奈杰尔腾出的扶手椅上轻轻地坐下来。他的眼睛在房间里四处打量,眉头紧锁,仿佛灯光或他看到的东西伤害了他。

"你以前没有来过这里?"奈杰尔试探地问道。

"哦,不。不,我不能,不是吗?我是说,像我对妮塔那样的感觉。"

顿了一下,奈杰尔说:"我希望你能和我谈谈她。"

"是的,我一直想这么做,但你很忙。还有——我说,奈杰尔,警察有没有——我是说,他们有没有特别怀疑谁?是比尔森吗?我看梅里安今早又回来上班了,所以不可能是他。"

"有趣。你几乎是第一个问我这个问题的人。我们同事的自制力是了不起的。"

"这不,不是自制力好,"小个子突然说,"这是纯粹的冷酷无情!他们在乎什么呢?不过是又死了个人。过去这些年,我们见了太多的死亡,已经麻木了,变得不感兴趣。"

"包括吉米?"

布莱恩·英格尔进入了一种恍惚的沉默状态。奈杰尔很清楚,不要打破这种状态,或试图催促他,即使这就像看着一只老鼠移来一座山那样令人着急。

"我不知道,"布莱恩最后说,"当然,他曾经爱过她。但是——如果我知道就好了。"

"'但是?'"奈杰尔提示道。

在又一次漫长的沉默之后，布莱恩脱口而出："最后那几天，她很不开心。"

"她向你倾诉了很多吗？"

布莱恩·英格尔的眼睛在房间里巡视，现在它们更大胆了。"他对她很好。是的，我必须承认这一点。"他停顿了很久，"你知道吗，奈杰尔，我根本不能忍受和那个警察多说话。哦，他是个非常正派的人，我肯定。但这一切似乎都无关紧要，她已经死了。谁杀了她又有什么关系呢？而且——嗯，'清扫心灵／把爱收起来／我们不会再想使用／直到永远'，我有很多事情要做。所有这些警方调查——讯问、讯问、讯问——就像被律师、电话和慰问信打断一样，当一个人——"他的声音有点哽咽，"当一个人试图重新振作的时候。"

"是的，我知道。但或许可以说：无论如何，可能她生命中最快乐的部分已经结束了。"

"我本可以让她快乐，"布莱恩回答，带着令人感动的单纯，他弯起嘴角，"你看，我可以接受任何程度的家庭生活。"

"而吉米却不能？"

布莱恩·英格尔又陷入了心不在焉的状态。当他再说话时，就像他经常表现的那样，似乎游离在主题之外。

"她曾经找过我几次，在我的住处，我总是拒绝来这里——大约是我唯一拒绝她的事情。她知道我可以让她依赖，去倾听、去安慰她，关于她和吉米的生活。"

"她的做法相当残忍，不是吗？"

"哦,是的,我想是的。一个人在恋爱时是很残酷的。我是说,如果一个人像妮塔对吉米那样爱得死去活来,对其他人就会很残忍。一心一意的人必然会践踏其他所有人对她的感情。而且我敢说,如果吉米离开了她,她会死的。"

"在吉米之前,她有过很多情人。"奈杰尔故意粗声粗气地说。布莱恩·英格尔没有畏缩。

"这就是原因,"他说,按照他自己的一些令人困惑的想法,"你看,他们都离开了她,迟早的事。没有人提出要娶她。"

"为什么?"

"因为她太漂亮了。她的美貌误导了他们,奈杰尔。他们以为自己得到了一个完美的——嗯,完美的女妓。后来他们发现这是个陷阱:你走进阿佛洛狄忒神庙,却发现自己在一个舒适的家庭里,到处是针织品,胡佛牌吸尘器在嗡嗡作响。就像这样。"他用手在房间里比划着。

"不过,这似乎很适合吉米。"

"妮塔起初也这么想。有相当长的一段时间,吉米也是如此,我想。他和他的妻子是复杂的人,他们是所谓的'现代人':来得容易,去得也容易。妮塔则完全不同。她对家庭生活的热情——嗯,这对吉米来说是一种新奇的、令人愉快的游戏,起初是这样。然后他开始意识到,对她来说,这不是一个游戏,而是认真的——"

"然后无法'去得容易'?"

"嗯,你能怪她吗?我知道大家常说一个女人把手伸向一个男人,使他窒息——哦,天呐,'窒息'这个词,它确实让我想起了我曾经评论过的某类女性小说家的所有小说。但是这样说话的人从来没有把事情的另一面放在自己面前——女人的一面。正因为妮塔过着一种无拘无束的生活，正因为所有那些男人都想让她当情妇，而不是妻子，她才对安全感越来越看重。当然，每个女人都想要安全感，这是生理上的，但妮塔在这方面却疯狂痴迷。我曾经嘲笑过她，当然，温和地。不过她没有幽默感，可怜的宝贝。她为什么总是执迷于此呢？哦，是的，她看起来是那么有风度，那么无懈可击，那么成功，不是吗？而在这之下，是恐慌和混乱。她不再相信自己，认为自己一定是出了什么大问题，才没有人愿意娶她，给她安全感。"

"但吉米做到了？我是说，给她提供安全保障？"

"他给了她所有的附件，是的，"布莱恩回答说，又长长地叹了口气，在房间里看了一圈，"因此，有一段时间就像——你知道女人必须如何欺骗自己，把影子当作现实——像制造情感的无米之炊。因为他给了她如此强烈的安全感——"布莱恩突然停住了。

"——当她发现他只是在玩一个建造家庭的游戏时，幻灭感使她更加痛苦了？"奈杰尔试探道。

布莱恩·英格尔似乎从各个角度考虑了这个问题，就像一个家庭主妇在摊位前翻看想买的商品一样，然后他才回答："我想就是这样，在我看来。我觉得曾经有一段时间，吉米只是在玩过家家的游戏。但后来到了某个时刻，他发现他和妮塔的过家家变得如此真实，以至于威胁到他真正的家和妻子，如果你明白我的意思的话。他的内心出现了冲突，是非常痛苦的冲突。他知道他必须在两者之间做出选择——

无法再保持平衡了。从那一刻起，他就成了一个分裂的人，而妮塔也变得不开心了。"

奈杰尔发现这一切都令人感兴趣。布莱恩的评论比梅里安·斯奎尔对这两个人的浪漫而肤浅的批评要实在得多。

"所以你认为吉米是在试图挣脱？"

"是的，不自觉地。对了，妮塔对他也有很大的身体上的吸引力。我得说他是个道德上的弱者：目标不明确，等着发生什么事情，来斩断他自己无法下决心解开的结。"

"既然如此，那么战争结束也属于这类事情？"

"毫无疑问。这将迫使他采取这样或那样的行动。我敢说他也不知道它会为他斩断哪个结。"

"妮塔结还是爱丽丝结？"

"正是。"

"妮塔知道他内心的这种冲突吗？"

"她知道他摇摆不定。她尽力把他拉到自己这边来。"

"因此要求离婚？"

"嗯，还有别的事。她毕竟是在为自己的人生而战，可怜的女孩。"

"别的事？"

"我不知道，我从来没有经历过，但我可以想象一个女人如何为她决心留住的男人创造一个炽热的炼狱，每句话都在煽风点火，每个眼神、手势和沉默都是责备或呼吁。每一招都用上了。我打赌她也有很多招数。"

"但是，如果她实际上是在给他制造麻烦，为什么他不直接分手？"

"哦，我亲爱的奈杰尔，生活并不是这么简单的。她已经深入他的血液，他爱她。哦，是的，他真的爱她。他无法只靠分手就摆脱她，他很聪明，知道这一点。"

"只有她死去，他才能摆脱她，摆脱他的问题、他的冲突？"奈杰尔故意问。

布莱恩·英格尔缩在椅子上，举起双手，似乎要抵挡这个问题。

"不，"他惊呼，"不，不！求你了。这真是太可怕了。这听起来好像我一直故意指责他——说实话，我没有。"

"但或许，你确实想到过这点？"

接下来是布莱恩所有沉默中最长的一次。他好像处于癫痫般的恍惚状态，呆呆的，毫无知觉。最后他说话了，几乎是自言自语："妮塔被吓坏了。"

又是一阵沉默。

"吓坏了？最近吗？"

"她被谋杀的那个早晨。"

"怎么回事？"奈杰尔问道，轻声细语地、小心翼翼地，就像在哄一个孩子。

"我没有告诉警司，"布莱恩慢慢地说，"他讯问我时，我没有心情，我不在乎谁杀了她，这似乎并不重要。毫无疑问，这是我的错。总之，她死的那天早上，她很早就来到了我的办公室。我发现她非常不安，几乎语无伦次，试图告诉我一些事情。'哦，布莱恩，我该怎么做？我应该怎么做？'她一直在重复，很疯狂。你知道，当那种女人陷入恐慌的时候，她就像一只动物。这是很可怕的。精神上的痛苦传递给她的身体：你看到她的身体，她的脸——就像陷阱里的动物——你看到它上一刻还在挣扎、抽搐，下一刻就完全丧失了活力、僵硬呆滞，处于一种昏迷状态，就像动物的假死。"

布莱恩·英格尔突然沉默了，因为回忆的痛苦而沉默了。

"她说了什么？"奈杰尔问。

"我一直在努力回忆。这是非常困难的。你看，她真的是——嗯，就像一个神志不清的人。她的话几乎毫无意义。她不断重复说，'这是我最后的机会。他说这是我最后的机会。''做什么的最后机会？'我问。'放弃他。''你是说，放弃吉米？'她点了点头。'但我不会，'她说，'我不会，我不会，我不会。'然后她爆发出一阵可怕的抽泣声。我试图安抚她，她确实安静下来一点。不知道为什么，我问她，他什么时候说的这话。'昨天晚上。他来到了我的公寓。布莱恩，我很害怕，我不知道该怎么做。'我不能再和她说话了，因为吉米进来了——我想他是在外面听到了她的声音——他说想让她马上为他打一些信。"

"你还记得她说过别的什么吗？任何话，不管它是多么离谱。"

"不……等等……是的，她说了一件非常奇怪的事——似乎真的很神志不清。她喃喃自语道：'见到他的时候我吓了一大跳。我本该知道他是这样的。但这太可怕了，布莱恩。虽然你不会明白的。'过了一会儿，她继续说，'我希望我能信任他。现在没有我能信任的人了。'所以我当然说她可以一直信任我，并试图安慰她。当然她说，'我知道，布莱恩，但你是不同的。'哦，是的，我总是与众不同，我只是在没有别人的时候带出去散步的那只忠实的小狗——"布莱恩没有接着说下去，显然他在为这一丝苦涩感到羞愧。

"她一直在说的这个'他'，给她最后机会的'他'，她希望自己能信任的'他'——你认为她是指谁？"

"嗯，这很明显，当然，"布莱恩惊讶地睁大了眼睛，"除了吉米，她还会说谁呢？"

"但为什么她看到吉米时会'吓了一大跳'？"

"我不知道。我想是她没有料到他会来，或者别的什么。还有谁会在晚上来到她的公寓——我是说，还有谁能有如此威力来扰乱她？"

"到底是谁？"奈杰尔自言自语，他低头看着自己的脚和脚下铺着的厚实的波斯地毯。可怜的、疯狂的妮塔所说的"他"——可能是吉米，也不一定是吉米；就这一点而言，她可能是在谈论两个不同的"他"。这要视情况而定。

但进一步的询问也没什么效果了，布莱恩·英格尔开始以他那种心不在焉、不耐烦的方式四处张望。

"你想现在拿你的书吗？"

布莱恩从椅子上跳起来，走到书架前，扫视着架上的书。

"啊，在这里。"他凝视了一会儿扉页上的题词，然后把书放进口袋。

"我不知道现在还有谁会读克拉夫的书。"他发现了那本放在奈杰尔椅子旁边的桌子上的克拉夫诗集，拿起来，并从书签处打开。"嗯，这段话很有意思，"他说，"他本可以成为一个好的小说家，不是吗？

'就像输了没有代价的游戏'。有趣的是,我们刚才还用了这个词。"

"哪个词?"

"'游戏'。反正就是这个意思。'玩过家家的游戏'。"

"哦,是的,是的。"

"我说,奈杰尔,你会认为克拉夫已经认识了吉米本人,不是吗?不可思议。这是一幅栩栩如生的吉米的画像,或者说,是妮塔对他的印象。

"但一定是这段话中的另一个相似之处引起了她的兴趣。是怎么说的?瞧,'她用她平静的眼睛看着我,却什么都不知道,她不知道,只是站着,不期待,无知觉。她并未谈及义务'。那是爱丽丝·雷克,我想是的。"

"嗯,是的,我想是的。但你为什么认为那是妮塔感兴趣的部分?"

"看看边缘。她在那里写了一个大写的 A。A 代表爱丽丝。是的,她确实写了,字迹这么淡,我一开始都没注意到它。不,不是的!这不是她写的。她总是写正体的 A。这是一个带钩的 A,你看。"

奈杰尔跳起来,几乎是从他手中抢走了那本书。

"是的,天啊,你说得很对。我居然没留心这点。我经常看到她的首字母 A。她在签署会议记录时用的是她的全名,安妮塔,不是吗?嗯,这真的很奇怪。唯一有可能在书上做标记的人就是吉米。"

"而他的笔迹与这个 A 是完全不同的。"

"是的,哦,好吧,这个标记可能并不意味着什么。我现在得继续工作了。你还有其他想带走的东西吗?"

布莱恩·英格尔说没有了。他的目光悲伤地在房间里徘徊了一分钟，然后转身离开了。门在他身后一关上，奈杰尔就回到了书柜前，开始翻阅书籍的扉页。最后，他找到了他想要的东西——一本写着妮塔给吉米的题词的书。他把它拿到窗前，与克拉夫诗集页边的字迹仔细比较。

他突然想到，如果在大写字母 J 旁边加上两笔，就会得到一个与页边的 A 完全一样的字母。而现在，在他找到的那本书的扉页上，写着"吉米，致以我所有的爱，妮塔"。吉米名字中的 J 在形状上似乎与页边的 A 左边那一笔完全相同。自然的推论是，妮塔最初在那里写了一个 J，因为这段话让她想起了吉米，而且估计也是她在旁边写下了问号。然后接下来有人把 J 变成了 A。是谁？为什么？奈杰尔还不能确定。而且，无论如何，这很可能只是一个毫无意义的涂鸦。但是，新苏格兰场的专业人员可能会检测出这是否是由两只不同的手所写的合成字母。确定这一点会对案件有帮助。奈杰尔离开公寓，胳膊下夹着两本书，朝新苏格兰场的方向走去。

几个小时后，当他在俱乐部用餐时，一个侍者把他叫到了电话旁。电话那头是布朗特。

"关于你留给我的那本书，我们的人告诉我，他们认为是合成的。总之，J 的部分要比其他部分稍平滑一些，而且在它的收笔处有轻微的加重，这是你以正常的方式写 J 所呈现的——我是说从顶部下笔，到弯钩处收笔。而要写大写的 A，你通常会从左侧的弯钩处开始往上写，然后在右侧收笔，而且——"

"好了,这我比你先知道。那么,第二个问题,毒药的来源呢?你有时间去处理这个问题吗?"

"是的,至少有四个嫌疑人可以通过某种方式获得氰化物。"

"太好了!现在我已经达到目的了!这就够了,布朗特。"

"比尔森把它用于摄影;雷克先生和福斯科先生也有,或者说他们曾经拥有过这种氰化物;雷克夫人可以接触到雷克先生的氰化物。比尔森曾以常规的方式签收过他的供货,我们正在核对他从药剂师那里得到的数量和他剩下的数量。雷克先生和福斯科先生说他们是在1940年秋天私下得到的,当时入侵的恐慌正在蔓延,他们都认为自己在纳粹的黑名单上,所以他们希望做好准备。"

"但他们声称现在已经没有毒药了?"

"福斯科先生声称,在欧洲胜利日,他——嗯,销毁了它,并独自一人举行了庄严的小仪式。雷克先生——我去找过他——说把他的毒药小心地锁了起来,至少他认为他锁了,但当我用他给我的钥匙打开抽屉时,它不在那里。雷克夫人说,她对这个毒药的存在一无所知,也无法解释它的消失。好了,这就是你要的全部信息。现在你最好告诉我你在想什么。"

"等一下,他们所有人都很自愿提供了这些信息?"

"是的,是的。雷克夫人有点紧张,我想是因为我问她丈夫的时候她正和他在一起。但她并没有试图推诿或隐瞒。"

"雷克和福斯科是否知道对方购买氰化物的事?"

"知道。"

"福斯科没有其他来源吗？他不是也用氰化钾来拍照的吗？"

"他说没有。当然，我们将调查这一点。"

"你发现了吗，布朗特，就 Q 照片而言，福斯科承认毒药这点是对他有利的。如果他是纳粹的一个特工，他几乎不需要给自己配备毒药。"

"在德国人占领英国的情况下不需要，我同意。但如果英国的反间谍组织抓住了他，他就会需要它。"

"如果是这样的话，他为什么要在胜利日销毁毒药？他很可能还需要它。"

"他说把它销毁了，这只是他的一面之词。"

"当然，但如果他还有氰化物的话，现在拿出来是对他有利的。然而，我目前唯一的观点是，哈克声称曾拥有并销毁了毒药，这在 Q 照片的嫌疑上对他有利，但在谋杀妮塔·普林斯的嫌疑上对他不利。"

电话那头有一声轻微的叹息。"但是，我亲爱的先生，你是说她不是死于肯宁顿少校带来的毒药？这绝对是——"

"哦，说到肯宁顿，他肯定有一些快速自杀的手段？因为他在德国从事间谍工作。"

"是的，"布朗特阴沉地说，"刚才提到的氰化物的数量都能让一只鸭子浮起来了。他自己说他确实有过一枚胶囊，但在离开德国时交还给了总部。当然，我正在核实这一点，陆军部已经为我发出了询问信。"

"这三种氰化物——雷克的、福斯科的和肯宁顿的——都是可溶性的？"

"是的。"

"那斯奎尔和英格尔呢？他们没有几品脱的毒药秘密藏匿在某个地方吗？"

"根据他们自己的陈述，没有。"布朗特严肃地回答。

"太糟糕了。你不会被药剂师们给耍了吧？不要遗漏了任何一个人。好了，布朗特，我希望你能为我做点什么。"

"是什么，现在吗？"布朗特怀疑地问。

"试着再找出一些毒药。"

电话那头焦躁地叹着气，奈杰尔把听筒从耳朵上拿开了一会儿。等布朗特发泄完了，奈杰尔说："我认为这是一个很好的计划，可以拿到搜查令，搜查我们的嫌疑人是否藏有毒药——与肯宁顿从斯图尔茨身上拿走的非常相似、可以弄混淆的毒药。"

电话那头出现了可怕的寂静。奈杰尔几乎能感觉到布朗特在努力控制自己的情绪。最后，警司用严厉的声音问道："你建议我应该从哪里开始这个——这个毫无头绪的搜索？"

"哦，从雷克一家开始，或者查尔斯·肯宁顿。"

"你知道肯宁顿已经搬进雷克家了吗？"

"是吗？好吧，好的，很好。我明天会邀请他来这里吃午饭，这样你就可以放开手脚了。"

"那么现在——嗯——关于这份小小的搜查令，你大概会大发慈悲告诉我该以什么理由申请它？"布朗特毫不掩饰地挖苦说。

"我的晚餐要凉了,不过不要紧。是这样的,布朗特——"

奈杰尔向警司解释了他那天下午在妮塔·普林斯的公寓里想到的——为什么凶手在案发后必须将"斯图尔茨的东西"从主任的房间里带出来,以及他是如何做到的。

当奈杰尔说完后,布朗特同意了申请搜查令。

第九章

参考资料：雷克夫人

第二天上午，也就是星期天，奈杰尔·斯特雷奇威乘坐公共汽车前往摄政公园旁的雷克家。前一天晚上，他已经约了肯宁顿少校共进午餐。但是，在与肯宁顿交谈之前，他有一些事情想问吉米和爱丽丝·雷克。还有一些事情，虽然他不能直接问他们，但希望能有所发现。奈杰尔相信，他现在知道了杀害妮塔·普林斯的凶手的身份、动机和手段，但他没有证据，也不知道如何获得证据，除非凶手被吓得采取了一些冒失的行动。布朗特关于毒药的第二种来源的讯问可能会达到这样的效果；当然也可能达不到，这实际上取决于凶手的胆量——这个人，迄今为止一直保持着巧妙的静默，很少试图掩饰或故意进行错误的引导，因此避免了公然的自我暴露。若想这个人被布朗特的最后一次讯问所诱导而采取行动，必须向其传达一个暗示，即警察即将发现谋杀的手段了。

坐着公交车在空荡荡的贝克大街上颠簸，奈杰尔在拼命地思考。从现在起，他的每一句话都必须指向一个目的，那就是把凶手引出来，像水獭走出它的巢穴，从安全的沉默、不作为和默认中走出来，走到众目睽睽之下。他知道，他面对的是一个智慧过人、无比狡猾的对手。事实上，这是警察在整个调查过程中面临的困难之一——自妮塔·普林斯去世后，整个部门普遍处于低迷状态，基本没有流言蜚语、出风头、歇斯底里、假招供、指控和反指控，而这些通常都是警方会依赖的信息。这是因为嫌疑人都是高智商的人，可能除了埃德加·比尔森；此外，他们已经在一个成功的小团体中合作了好几年，他们的团队精神，尽管他们不承认，已经影响到每个人，会抵制外部对于团体的任何批评或威胁。

主任本人对这种团队精神负有责任吗？毫无疑问，他是战时宣传局的精神核心。他在战时宣传方面的天赋是非凡的：他创造了一种几乎可以说是全新的宣传模式，而且部门的产品都打上了他的个性烙印。此外，他的魅力和策略已被证明是不可或缺的，不仅能使组织的车轮运转良好，抚平下属之间不时出现的分歧，而且能向其他政府部门"推销"他自己的宣传理念。在战前，他作为国家工业公共关系委员会的主席并取得了成功，这并不难理解。这个名字拗口的委员会是在30年代中期为促进英国产品在国外的推广而成立的。但是,如果"团队精神"意味着战斗精神,那么奈杰尔倾向于认为这更多要归功于哈克·福斯科,而不是吉米·雷克。是哈克的推动力让他们度过了闪电战和漫长的工作时间;是哈克对每项工作的每个细节都进行了认真的研究,使它们达到标准;是哈克的坚定和斗志让吉米的创造性想法得以实现,在早期,这些创意经常受到政府部门的抵制,因为每个部门都有自己的公共关系专员,他们不信任或嫉妒士气部日益提高的威望。

这就是奈杰尔的想法,他从公共汽车上下来,穿过七月的阳光,绕过月牙形站台的弯道。在站台的远端矗立着雷克家的房子,灰泥已经褪色剥落,这一排宏伟的房子有两处被炸弹炸裂,但还保留着原有的气派。

奈杰尔按响了35号的门铃。爱丽丝·雷克亲自开了门,她看起来对奈杰尔的来访并不感到特别惊讶,尽管她不太可能预料到这一点。

"哦,你好,"她以她的冷静方式说,"你是来看吉米的吗?他已经起来了。他昨天就起来了,虽然我觉得这对他不好,这么快就起来了——"她的声音渐渐飘远,仿佛已经对这个话题失去了兴趣。

"我真的想来看看你们俩。"

"哦,我在写作。这是个该死的麻烦事,我的白班女佣星期天不上班。我喜欢每天早上写作,你看,当我在写一本书时,必须保持工作状态,否则就会失去和书中人物的联系。你要说的事很重要吗?"

"嗯,是的,相当重要。虽然我不愿意说它比你的一部小说更重要。"

"我希望你不要在评论家的意义上使用'重要'。我不想认为我是一个'重要的小说家',这个称谓只是为社会现实主义、言辞贫乏和善意的啰嗦扩出一个沉闷的远景。"她打开了吉米书房的门,"斯特雷奇威先生来了。他想和我们谈谈。"

吉米从椅子上站起来,左臂挂着吊针。他似乎是发自内心地欢迎奈杰尔的到来,这与他妻子的冷漠态度形成了鲜明的对比。他有一种奇特的气质,这种气质来自于继承的良好教养和后天的成功,这里面有一些使人麻痹的东西——让人既舒缓又振奋。

"这对哈克而言很棘手,"他说,"警司已经告诉我了。假如这个老兄真的愚蠢到与敌人进行交易的话。但可以理解,当他还没洗清嫌疑时,哪怕是一丁点的嫌疑,部里都不会让他继续工作。我们能做什么呢?部长也相当震惊。

"我真的不知道。我赞成先把这事放一边,让哈克继续工作,毕竟这不会太久的。而且毫无疑问,他将受到某种监视。

"是啊。事实上,我不能没有他,部里也不能。事情已经够乱的了,而且医生要我至少再躺一周才能回去。我现在感觉很好,不过被捅伤确实比想象中的要疲乏。"

奈杰尔有种感觉,当吉米这样说的时候,他想获得一点妻子的安慰和关心,但他并没有如愿。爱丽丝·雷克坐在壁炉的另一侧,双手叠放在膝盖上,似乎根本就没有在听。她的眼神是空洞、沉思的,也许是在思考她留在楼上书房里的那些角色。

一阵漫无目的的沉默后,奈杰尔突然说道:"你的那个氰化物胶囊倒也是个麻烦。"

"哦，我的药片？是的。"主任轻轻地笑了笑，"虽然我必须说，我想不出警察的目的是什么。他们认为不是查尔斯带来的那个东西下的毒吗？我无法理解这一点。还是说这只是他们所谓的例行调查？"

"布朗特有一些他非常热衷的理论。你是不是只有一枚毒药——我是说在这房子里？"

奈杰尔的问题使气氛发生了一种奇怪的变化。吉米的肯定回答中似乎有一些歉意。爱丽丝一动不动地坐着，她那精致的小脑袋转向一边，不看他们。

"但是，我亲爱的姑娘——"吉米现在直接对她说话了，他的声音里有一种微弱的恼怒，"你并不在纳粹黑名单上。爱丽丝觉得不开心，因为我没有给她也提供一份。"他向奈杰尔解释道。

"我认为斯特雷奇威先生不会对这些家长里短感兴趣。"爱丽丝的声音冷得像叮当作响的冰块。

她有智慧，但没有幽默感，奈杰尔心想，一个真正的讽刺家。

"你不知道这枚毒药的存在？"他问她。

"直到昨天下午才知道。"

"有没有人知道这件事？"

"哈克知道。我是说，我们一起安排了我们的自杀协议，"吉米回答说，温柔地笑着，"我不知道其他人怎么会知道。我把东西放在我更衣室一个上锁的抽屉里，装在一个小药箱里，上面写着'毒药'，以防有人会……"

"抽屉的钥匙呢？"

"哦，在我的钥匙串上。而这串钥匙一直在我的口袋里，除了在晚上，我把它放在床头柜上。"

"你最后一次看那个抽屉是什么时候——我是说看药箱，以确保药片在那里？"

"很久以前。大约一年前，我想是这样。"

"哈克有没有告诉你他已经毁掉了他的那个？"

"没——是的，他当然说了，在胜利日那天。"

主任无声地笑着摇了摇头，毫无疑问，他想起了哈克·福斯科的处置仪式。

"我很抱歉又要重复问这些令人厌烦的问题。毫无疑问，警司昨天已经问过了。但是你能不能告诉我，雷克太太，普林斯小姐被谋杀的那个上午，你弟弟来接你去部里的时候，他待了很久吗？我是说，在你们出发之前，他在这里待了很久吗？"

"我想，你真正的意思是，"爱丽丝·雷克用冰冷清澈的眼睛紧盯着他，"他是不是独自进了我丈夫的更衣室？"

"好吧，那他有吗？"

"不，他只在这里待了五到十分钟，他一直和我在一起。然后我们就离开了。"

"那天早上他有没有对你说过普林斯小姐的事？关于前一天晚上拜访她的事？或者他们解除婚约的事？"

"我对这些问题并不很关心。"雷克夫人说。

"当然，你可以不必回答，我不是以官方的身份来发问。这些问题确实很无礼，但我确实想查出是谁杀了那个女孩。"

"哦，为什么？"爱丽丝·雷克淡淡地反问，她精致的五官无动于衷。她表现出的所有情绪都让人觉得，她问这个问题可能纯粹是出于理性的好奇心。

"我亲爱的姑娘，"吉米插嘴道，"不要像个女学究似的。"

他的妻子完全无视了这句话，继续全神贯注地盯着奈杰尔的眼睛，似乎在等待她的问题得到一个合理的答案，尽管她并不怎么期待这个答案。

"因为，"奈杰尔回答说，"如果布朗特的推理是正确的，一个我喜欢和尊敬的人就犯了特别残暴的谋杀罪。我希望是布朗特错了。"

这一次，爱丽丝·雷克似乎有点按捺不住了。"所有的谋杀案都'特别残暴'？"她急促地说，"不，我不同意这个看法。人们所说的激情犯罪——我敢说那不是无缘无故的。可怜的女孩，根据各种说法，她一定太难缠了。"

"都是谁的说法？"

"哦，查尔斯，还有吉米的。"

一直在椅子上如坐针毡的主任说："爱丽丝，如果你对这件案子再这样客观思考下去，你会发现你是在指责我激情犯罪。"

"好吧，吉米，如果我知道你有这个能力，我几乎该松口气。总之，我很惊讶，你对这个可怜女孩的死如此平静。"

"是吗，该死，你希望我永远处于歇斯底里的状态？这是你最不愿意看到的。"

"不,但是——"她咬着嘴唇,"斯特雷奇威先生一定觉得这一切非常尴尬也非常有趣。我当然知道不是你干的,吉米——"

她丈夫的脸色亮了起来,楚楚可怜,但当她继续说下去的时候,他脸上的神采一下就消失了——"因为,我在你的桌子上看到了那个毒药容器,在那之后你不可能使用它,因为普林斯小姐在你回到桌子前就把她的杯子拿走了。"

"这也许是件好事,"吉米喃喃地说,"如果你能相信我是无辜的,而不必让警察向你证明。"

奈杰尔比以往任何时候都更敏锐地意识到,这对夫妇之间存在着一道无形的鸿沟——在鸿沟这边,丈夫做出和解、温柔、呼吁的姿态,却发现另一边的人要么无视,要么冷淡地分析。

此时此刻,奈杰尔发自内心地同情起吉米·雷克来。他说:"恐怕没那么简单,雷克夫人。如果布朗特的推理是正确的,妮塔·普林斯根本就不是因为你弟弟的那个容器中毒的。那么,所有人又都有了嫌疑。"

"哦,天啊,"吉米有些惊愕地说,"我就知道那些关于毒药的调查不只是常规流程。但为什么呢?这太疯狂了。既然那里有毒药,可以说是随手可得,为什么还有人要带着自己的毒药?"

"我也无法想象,"奈杰尔说,但他心里立刻想到——无论如何,就他自己而言——一个谎言导致另一个谎言,"但布朗特是个非常聪明和执着的人,如果他——"

"我想,"爱丽丝·雷克说,她放在腿上的双手握得更紧了,"我想如果你不介意的话，吉米，我最好和斯特雷奇威先生私下里谈一谈。您能到我的房间来吗？"她问道，轻快地从椅子上站起来。

奈杰尔在门口回头，在主任的脸上看到了一个奇怪的表情，是愤怒吗？还是失望？恐惧？或者是一种忧郁的幻灭感？可能这些都有。

"恐怕要劳驾您去顶楼。"爱丽丝·雷克说着便拾级而上。

"这是个多么可爱的房子啊。不过我想，冬天取暖怕是不容易。"

"哦，我们有一个相当好的锅炉用于中央供暖。"

"但我想现在已经没有燃料或锅炉工了吧？"

"晚上吉米会把它烧起来，当它烧起来的时候，供暖还是很好的。但我们一周只能洗三次热水澡。没有自来水是件麻烦事。"

雷克夫人告诉他，在战争期间，三楼和四楼的房间都是封闭的。在爬了几层楼梯后，他们到达了她的书房，一个由两到三间仆人的卧室拼成的工作间。在这里，房子的顶楼，可以俯瞰整个摄政公园，风景如画。这道风景似乎是对美感的唯一许可，因为房间本身没有任何装饰，给来访者留下的印象几乎是反感官的。一进房间，爱丽丝·雷克的目光就自动转向了这张桌子———张大厨房桌上堆满了笔记本和散乱的白纸。此外还有一个电炉，一把破旧的藤椅和几把硬椅子，几个内置书架。墙壁是乳白色的，上面没有挂一张画。

"这显然是一个工作间。"奈杰尔说。

"你觉得它让人望而生畏？这就是我想要的。它把人们——我丈夫的朋友们——挡在外面。我需要在楼道里装上带刺的铁丝网，真的。你不知道，如果你是一个作家——特别是女作家——人们会认为你的时间都是由他们支配的。你必须全力以赴地去争取。当然，我不是说你。请坐吧，壁炉架上有烟。"

爱丽丝·雷克坐在厨房桌旁边的硬椅子上，她的目光再次巡视着桌上的纸张，然后坚定地推开它们，就像推开一个诱惑。

"告诉我，斯特雷奇威先生，你——警察怀疑的是我丈夫吗？"

"老实说，我不知道目前他们的主要嫌疑人是谁。"

爱丽丝双手紧握在膝上，把脸正对着奈杰尔说："你刚才问我弟弟的事，我不想在吉米面前谈论他。那天早上他来接我——他确实说了一些关于妮塔·普林斯的事。"

"他说了什么？"

"嗯，没有说太多，他在这里只待了十分钟，然后就打车去了部里。但他确实问我是否打算提出离婚。当然，我没有这个打算，你知道的。"

"他和妮塔也讨论过这件事了？"

"是的，前一天晚上。他是这么跟你说的。"

"我是说，他当时告诉你，他在前一天晚上和她讨论过这个问题？"

"哦，是的，他确实说了回国后见过她，不过他没有告诉我具体状况。"

"什么状况？"

"那套荒唐的着装。"

"你是否觉得妮塔曾试图让他作为中间人劝你们离婚？"

爱丽丝·雷克似乎在考虑这一点，把它作为一个抽象的命题，或一种可能的情况，也许会出现在她自己的一部小说中。

"不，不完全是，"她停顿了一下，回答说，"我认为他劝我离婚是为了——嗯，为了他自己的利益。"

"事实上，他对妮塔还有感情？"

"你可以这样理解，我想。是的，他当然是这样。但我能肯定他没想过要让她遵守婚约。"

"如果吉米离开了她，回到你身边，你认为查尔斯会娶她吗？"

"哦，那纯粹是猜测，"她用她那高而轻的声音几乎是责备地说道，"很难把他想成结婚的类型——我是说，对我来说很难。但我可能离他太近了，认不清他。"

奈杰尔从另一个角度回到了这个问题上："或者说，查尔斯会尽他所能来维护你们的婚姻？"

"如果他认为还值得维持的话——是的，我想他会。"

"那天早上，他有没有告诉或者暗示你，前一天晚上他给妮塔最后一次机会，让她放弃吉米？"

爱丽丝的脸上掠过一丝恐惧和疑惑的神情，这是他们谈话期间她第一次透露出情绪。

"不，"她说，"不，确实没有。这是个可怕的暗示。"然后，她冷静下来，"毕竟，当他看到妮塔时，他只听到她的观点，还没有见到吉米或我。他不会对我们的婚姻做出没有缘由的判断——它是否'值得保留'。"

"你没有给他写信谈过这个问题？"

"不，我很久没有给他写信了。你知道的，当时我们以为他已经死了。"

"你对梅里安·斯奎尔有多了解？"

突然转变的话题似乎并没有惊扰到爱丽丝·雷克，事实上，在奈杰尔看来，她因此而感到释然。她说，在她丈夫不忠的第一年，她和梅里安有了一点来往，他为她画了一些画像。

"我想我有一些模糊的、愚蠢的想法，想对吉米'以其人之道，还治其人之身'——"她的语调为这句话打上了讽刺的引号，"但当然没有结果。我真的不是那种女人。如果我是的话，也许吉米永远不会离开我。"她耸了耸肩补充道。

"恐怕我的问题越来越无礼了，"奈杰尔微笑地看着她，继续说道，"但很多事情确实取决于此——你之前说了一句话，关于你的婚姻值得保留——请原谅我，但你真的认为它是吗？现在呢？"

爱丽丝·雷克把脸转开，看着窗户、树木、花坛和窗外的湖，沉默了很久。

奈杰尔相信她完全理解他问题的含义，尤其是他所使用的时态。

"你是说，"她最后说，"你是说，妮塔·普林斯白白地死了吗？不，那是一种粗俗的、可憎的说法。我很抱歉。好吧，我真的不能回答你。吉米和我绝对都需要时间来重新适应对方。"

"而目前你们在一起会觉得迷茫和痛苦？"

爱丽丝·雷克的嘴开始颤抖。她低头翻找她的手提包，拿出一块手帕。

"我很抱歉，"奈杰尔说，"真的，我不想伤害你，但是——"

"这究竟与谋杀案有什么关系,与那个女孩的死有什么关系?"她愤愤地脱口而出。

"我认为,"奈杰尔说,小心翼翼地挑选着他的用词,"我认为你怀疑你的——怀疑你所爱的人杀了她;而你的怀疑使你不可能再和吉米生活下去。我说得对吗?"

她用手帕捂住嘴,走到门口,打开门,用喑哑的嗓音说:"你最好现在就走。"

奈杰尔·斯特雷奇威走下楼梯,陷入沉思。不过他并没有离开,而是再次走进吉米·雷克的书房。

"恐怕我已经惹恼了你的夫人。"他单刀直入地说。

主任抬头用锐利的目光看着他,但没有发表意见。他仍然坐在先前坐的椅子上。

"我不得不问她一些相当私密的问题。"

"爱丽丝不是一个很喜欢亲近的人。"主任半是自言自语地说。

"关于你的问题。"

"关于我?"

"关于你和她,还有你和妮塔。"

"她不会知道关于妮塔和我的很多事情。她——她的天性使她不可能知道或想象某些事情。"吉米用一种忧郁的声音说。

"所以我是为了她们来找你的。"奈杰尔用他淡蓝色的眼睛有意无意地打量着吉米·雷克,"你的妻子是否意识到你有多想从妮塔那里获得自由?"

在寂静的房间里，这个问题似乎永远也落不到地上，就像一颗小石子掉进无底的井里。最后，吉米打破了沉默。

"我可能并没有这样想，毕竟，我自己也不完全了解。"

"直到你确实获得了自由？"

"奈杰尔，我有理由对这些问题感到愤怒。不过，我还是会认为你是出于好意。直到我确实获得自由？不，我——好吧，总有一部分的我想回到爱丽丝身边，我就这么说吧。"

"也许，你希望查尔斯·肯宁顿的归来能为你解决这个问题？希望他能坚持与她的婚约？"

"是的。我必须承认，我有过这种想法。"

"所以你告诉妮塔，这是她最后的机会？"

"最后的机会？"吉米呆呆地重复道。

"她最后的机会是离开你，和查尔斯在一起，过她正常的生活，拥有她一直想要的婚姻和安全感？"

吉米·雷克习惯性地在嘴唇内侧移动他的舌头，这是他沉思的方式。

"我当然听过她的意见，和她讨论眼下查尔斯回来了应该怎么办。但我没说过要给她最后的机会。真的，这听起来像是一种威胁。"

"你确定你没有——我该怎么说呢——没有催促她回到查尔斯身边？"

"我希望你能直接说出你的意思。凭我们对彼此的了解足以开诚布公了吧？"

"我没有言外之意。"

主任不耐烦地耸了耸肩。"我没有威胁她。我想，你说的是她死前的那个晚上。无论是在那时还是在任何其他场合都没有。"他似乎意识到这番陈述过于生硬，对奈杰尔咧嘴一笑，继续说道，"如果我真的威胁过她，你几乎别指望我承认，即使是对你。"

"我不会怂恿你对我说任何认罪的话，"奈杰尔回答说，盯着吉米那张苍白、英俊的脸，"在你看来现在我就是盖世太保。问题是，布朗特对于犯罪方式的新推理完全推翻了之前所有的假设。我必须告诉你，对于我们中任何拥有氰化物的人来说，事情现在非常尴尬，尤其是如果他拿不出它。"

"我想，你指的是我，还有爱丽丝，还有查尔斯，还有老哈克——他不能证明他销毁了他的毒药。"

"但哈克没有可信的动机来杀害妮塔。"

"所以就剩下我们三个？真是一个家庭聚会。"

"恐怕确实是这样，而且你们每个人都有非常强烈的谋杀动机。"

主任换了个姿势，让他受伤的肩膀舒服一些。"哦，得了，奈杰尔。不是爱丽丝，肯定不是。她已经忍受我的所作所为五年了。"

"她是会忍下去的，因为她觉得你最后一定会回到她身边。但假设最近发生了一些事情，使她意识到这并不确定，假设她担心妮塔终究会赢。"

"我亲爱的伙计，那是胡说八道。爱丽丝——好吧，你现在已经看到她和我在一起的样子了，你一定看得出，浪子的回归并没有受到热烈欢迎。"

"在与你妻子交谈后，我意识到，她和你一样为此事感到痛苦。她可能仍然非常爱你。"

"你真的这么认为吗？"吉米问道，他靠向奈杰尔，用一种急切的、孩子气的眼神看着他，这似乎让他的脸年轻了20岁。然后，突然间，他的表情又变得紧张起来，"哦，我明白了，她爱我爱到杀了妮塔才把我抢回来？"

"这是警察会想到的一种可能性，"奈杰尔接着说，"然后是查尔斯。还有第三种可能。"

主任眯起了眼睛，疑惑地审视着奈杰尔。

"你们三人中有两个勾结作案。查尔斯现在怎么样了？你最近一定经常看到他。你觉得他是否因为妮塔的死而非常沮丧？"

"这是你的新面目，"吉米·雷克说，"真是阴险可怖。而我不会为你提供关于我的家庭的八卦消息。所以就这样吧。"吉米脸上挂着好脾气的笑，但他的声音里却有一种摔门而去的决绝感。

"好吧，那么，我不会再打扰你了。除了最后一个问题，你给妮塔的那本克拉夫诗集——她为什么要在'爱的远航'这一节旁边做标记？"

"她有吗？哪一节？"

奈杰尔背诵了前几行。

"哦，是的。你是说她在页边标注了一个大写的A？"

奈杰尔点了点头。主任看起来很困惑，几乎是尴尬的。

"我们做的是恋人间常做的那种傻事。她认为这个角色很像我,并在旁边写了个J。她还为此取笑我。而我觉得诗中描写的这个女性很像爱丽丝,因此将大写的J改成了A。可怜的妮塔——她对此很不高兴,她无法忍受想到爱丽丝,即使是作为书中的首字母。"

"但哪怕是这样,她也没有把它擦除。"

"整件事完全是微不足道的,"吉米说,"你在那里没发现别的什么线索了,是吗?"

"你已经解释了,"奈杰尔回答说,"有一种可能性是,你篡改了字母J,因为你不想让警察对你的真实性格有一丝了解。"

"天呐!这完全是个误会!"

"好吧,我现在要走了。非常感谢。查尔斯在吗?他要和我一起吃午饭。"

"不,他去公园散步了。"

坐在公共汽车的上层,奈杰尔很高兴能有这样的喘息机会。刚才的面谈已经让他筋疲力尽,他需要在第三次,也许是最关键和最困难的面谈之前恢复精力。他不得不承认,自己没有什么进展。爱丽丝和吉米都对他们所看到的事实有一种近乎迂腐的坚持,尤其是爱丽丝。当然,他们之间存在一股不安的暗流,但这股暗流的强度并没有超出他们的现状,因为这对夫妇仍然不和,双方也许都无法摆脱对另一个人要为妮塔·普林斯的死负责的恐惧。如果这两个人中的一个确实是凶手,那么奈杰尔只能对凶手玩弄的技巧表示敬意,一切都显得那么自然和光明正大,但又能拒绝被引导。然而,奈杰尔相信,虽然他们中的一个人真诚地说出了真相，但另一个人却只专注于给人以真实的印象。

奈杰尔在俱乐部待了十分钟，肯宁顿少校就来了，他穿着制服，精神抖擞。

"我以为你会喜欢我穿全套军装来，亲爱的。"这是他的第一句话，当着在吧台前坐成一排喝餐前酒的奈杰尔的同伴们的面，说得很有气势。

"雪莉？琴酒？还是别的什么？"奈杰尔急忙问道。

"杜本内酒，谢谢，如果他们有的话。全套军装，"查尔斯解释说，"因为我知道这将是一个军事法庭。我本该带着我的剑，但我把它弄丢了。现在我又能拿那把剑做什么呢？太令人沮丧了。我清楚地记得，当我率领我的部下在莱茵河畔进行著名的冲锋时，我挥舞着它。但事后呢？哦，不好，我的脑子里一片空白。好吧，干杯，亲爱的。"

查尔斯·肯宁顿喝了一口他的杜本内酒，无视俱乐部里的人声嘈杂。"那么谋杀案进展如何？"他问，"有什么令人激动的发现吗？谁是要上绞刑架的那个人？"

"吉米、爱丽丝和你似乎已经脱颖而出。"奈杰尔亲切地回答，"但我们午餐后再谈这个问题吧。"

"随你怎么说，但不是爱丽丝。我不能接受。我的姐姐无可指摘。我们亲爱的部里怎么样了？我听说那天晚上发生了令人震惊的事情。比尔森被当场抓获，到处都是燃烧弹。福斯科干了些和相片有关的坏事。我似乎错过了所有的乐子。我在的那会儿，部里可不是这样。"

一个脸上长着癣、满身酒气的俱乐部成员对他的同伴大声嘀咕道:"真丢人。那显然是个政府部门的人,真不知他从哪里弄来的那些奖章绶带,看起来很可疑。"

"买的,我亲爱的先生,"查尔斯轻快地对他说,"在喀里多尼亚市场。我可以向你保证,如果你想买个好东西,那里有非常多的选择,而且价格相当合理。我特别推荐这个白色和紫色的小东西——太有趣了,你不觉得吗?就像一朵三色堇。"

对方瞪着眼睛,哼了一声,努力想要说些什么。

"我想我们最好上去吃午饭,"查尔斯对奈杰尔说,"在我们英勇的朋友想出优雅的措辞之前。"

奈杰尔幸运地找到了一张单独的桌子,可以不被其他顾客打扰了。午餐时,他们谈了一些无关紧要的话题,直到他们坐在奈杰尔的房间里,查尔斯所说的"军事法庭"才开始。奈杰尔告诉他,现在怀疑的范围缩小到了吉米夫妇和查尔斯三人,而且布朗特的新推测使雷克夫人的证词失效了,她曾说她在案发前一分钟还注意到吉米桌上的容器是完整的。

"意思是说,它没有被用于谋杀?"

奈杰尔点了点头。

"不知何故,我从未想过是用它来作案的。"

"哦,为什么?"奈杰尔惊讶地问。

"因为,如果我用了它,我会非常小心地在没人注意的时候把它悄悄地扔在地上,然后它就会被发现。"

"我明白了。"奈杰尔说，他明显感到查尔斯说的是事实，但不是全部事实。"好吧，那么，假设你给妮塔下了毒——我是说用其他的毒药——你为什么要把斯图尔茨的这管毒药从房间里拿走？你为什么要冒着它在你身上被发现的巨大风险取走它？"

肯宁顿少校很爽快地回答："为了让警察始终盯住它，确保他们不会追查其他毒药来源。"

"正是如此。因此，当警察真的找到另一个来源——吉米的氰化物，只有你们三个可以接触到它——并且发现这枚毒药失踪了——"

"那么，对于雷克夫妇和肯宁顿来说，事情看起来很糟糕。"查尔斯兴致勃勃地咧嘴笑了。

"但是你不觉得很奇怪吗，如果吉米真的使用了他的毒药，他怎么可能不编好一套说辞来解释它的消失？"

"我看你的苏格拉底式套问马上就要把我逼上绝路了。然而，亲爱的苏格拉底，我得承认，这个事实确实是相当奇怪的。"

"你直到案发当天早上才去雷克家的房子，只在那里待了十分钟。而且，除了你姐姐作证你一直和她在一起之外，你似乎也不可能从上锁的抽屉里拿出吉米的容器，而不留下破坏的痕迹。"

"你说得真是再对不过了，"查尔斯说，有点撒娇的意思，"我压根就不知道那东西在那里。"

"你是说，这是你第一次听说吉米有毒药？"

查尔斯·肯宁顿对奈杰尔飞快地摇了摇食指："好了，好了！你不会如此轻易就抓住像我这样经验丰富的老毒师。几年前我就知道吉米给自己买了一枚药。直到谋杀案发生后的几天,我才知道他仍然存着它——也本应如此——以及存在哪里。"

"是吉米告诉你的吗?"

"不,事实上,是爱丽丝,她只是顺便提到的。"

"她没有告诉我她已经告诉了你。不过,关键是这点,直到谋杀发生后,你才知道这枚药放在哪里。吉米没有试图解释它的消失,如果是他用了,他肯定会这样做。就剩下爱丽丝了。"

查尔斯·肯宁顿的双手紧握在胸前,做了一个他常做的夸张的小动作,然后,一反之前的装腔作势,对奈杰尔说:"听着,奈杰尔,玩笑归玩笑,但是——"

"警司告诉过我,当他问起毒药时,你姐姐明显很紧张。我并不认为这是玩笑。当然,警方很可能会考虑第三种可能性——你和她串通做了那件事。这可以解释很多事情。"

"我必须得说,这是我参与过的最冷血的谈话。"

"你们三个人的问题是,没有一个人说过多余的谎言。"

有一瞬,查尔斯·肯宁顿的眼睛被长长的少女般的睫毛遮住了,他说道:"爱丽丝从不说谎,她是那种典型的文艺才女,一心渴求真理。"

"那么,她告诉我,那天早上你去接她时,你和她讨论过离婚的问题,这也是实话了?"

"完全正确。"

"而且你在前一天晚上和妮塔也讨论过这个问题?"

肯宁顿少校没有回答这个问题。

奈杰尔坚持说:"你看,当你和你姐姐在案发后第二天来到妮塔的公寓时,你明确表示你没有和妮塔讨论过离婚的问题。当时我很惊讶,你对其他事情都很坦诚,但对这个问题却避而不谈。"

"你的记忆力真好!这太让人不安了。"

"是的,我记得你还说过'我想我让她安心了,可怜的甜心',然而,第二天早上,也就是她被谋杀的那天早上,这个可怜的甜心处于非常糟糕的状态:她一直在哭,她告诉布莱恩·英格尔她很害怕,并说有人给她'最后一次机会'跟吉米一刀两断。"

"嗬,嗬!"查尔斯叹道,"这是在穷追不舍啊!"

奈杰尔不置可否地望着他的烟头,继续说:"警察可以根据这些证据,为爱丽丝和你之间的串通做出一个合理的推理。假设你一回到英国就和她取得了联系,她告诉了你吉米和妮塔的事,于是那天晚上你去见妮塔,你告诉妮塔她必须放弃吉米,否则——但妮塔拒绝了。你回到克拉里奇酒店,给爱丽丝打电话,她独自在家。你告诉她妮塔不愿意,于是你们一起构思计划。或者你只是让爱丽丝拿好吉米的毒药,准备在第二天早上把它交给你。你对你姐姐很忠诚,愿意做任何事情来促进或恢复她的幸福。当然,如果警察偶然发现了真正的谋杀方法,你也有为自己辩解的理由——那就是吉米的毒药不见了,而嫌疑不可避免地落在吉米本人身上。"

"我的天哪!"查尔斯·肯宁顿说,"看来我已成了笼中困兽!要是我现在带着剑该多好,这样我就能以高贵的罗马方式发起猛攻了。"

"我希望没有这必要,"奈杰尔说,"只要你能告诉我那晚你和妮塔之间到底发生了什么。你不说只有两个原因——要么是为了保护你自己，要么是为了保护你爱的人。而且——"

"这也是非常好的理由，两个都是。但你很难指望我用自己的手指来帮你调整套索。你看，奈杰尔——"查尔斯站起来，在房间里不安地踱步，"我得说，你这幅勃纳尔的画真是不错。我希望——不，我不能，还不行。你读过爱丽丝的小说吗？"

"恐怕没有。"

"那太可惜了。这将使你看到她的真实面貌。我该怎么说呢？你能想象简·奥斯汀给谁下毒吗？"

"不。"奈杰尔微笑着回答。

"看到没？这种想法就让你情不自禁地笑了。勃朗特家的女孩[①]——她们只要看到你，就会在你的茶杯里下毒，至少，艾米莉或夏洛特会这样做。为什么呢？因为她们是热情洋溢、偏执狂热、孤注一掷的女孩，全心全意为了爱。可是爱丽丝根本不会理解全心全意为爱的感觉。她是极端的文明人，而且她不是那种性感的类型。她爱吉米，当然了，但她的热情是平均分配在他和她的工作之间的，一直都是这样。她是一个真正的艺术家，这是她的天性。假设她真的失去了吉米——那么，她会再找一个爱人，这个爱人在她这里所占的比重将和吉米一样多。她的生活不会因为吉米离开她而变得空虚。只要读过

[①] 指19世纪英国的勃朗特三姐妹，夏洛特、艾米莉、安妮，三人都是著名的作家、诗人。长篇小说《简·爱》和《呼啸山庄》分别是夏洛特与艾米莉的代表著作。

她的任何一本书，你就能看出她是多么客观和冷静：过头的炽恋，神圣或邪恶的狂热——她都绕道而行，就像简·奥斯汀那样，不是因为她不赞成它们或想忽视它们的存在，而是因为它们不在她的经验之内；她是一个太认真、太细致的艺术家——你也可以说她太狭隘了，无法对它们展开想象。还有，她的平衡能力是非常好的。她有这种意识，猛烈的情感侵袭可能会导致她自己艺术生命的结束。因此她总是本能地避免狂热和过度，以及过多地介入他人的感情。她有一种天然的谨慎，我该怎么形容呢？嗯，她耕耘着自己的花园,把生命之流引向花园，让它在其间流淌、滋养花园，而不会把花园弄得一团糟；它变成了一条装饰性的小溪，有小桥和哗哗作响的人工瀑布，还有驯服的鱼——所有这些都非常有装饰性、非常轻巧。她是一个极度自私的女人，以自我为中心。她对那些践踏她的小花园的看法或者人的防卫就是对他们进行嘲弄。你看，就她对妮塔的憎恶而言，她可以通过在书中把她塑造成一个鲜活的小角色，然后用烧红的针刺她一下，就能把它发泄出来。她不需要谋杀妮塔。在幻想中谋杀她，她会得到更大的满足。而这就是她正在做的，奈杰尔。前几天她给我看了她的新小说片段，嗯——好吧，可怜的妮塔在里面被拆散、扒了个精光——这让我想起了我的某个女线人，她在被游击队抓住后被惩罚的形象，你无法想象有什么比一个秃头的、裸体的女人穿着高跟鞋沿着法国中央大街行走的景象更加——更加贬损一个女人的魅力。信不信由你，爱丽丝就是这么写的，不过现在可怜的妮塔已经死了，她似乎已经失去了写作的动力。"

奈杰尔非常认真地听着这一切，看着查尔斯·肯宁顿那张生动瘦削的脸，他已把装腔作势和轻率的态度抛在一边，做了一个相当于辩护的演讲。奈杰尔似乎同时感到了温暖和寒意，既被他如此忠诚地捍卫姐姐所感动，又对他捍卫的方式感到排斥。

"那你自己呢？"沉默了一分钟后，奈杰尔问，"你是否对妮塔的遭遇也如此陶醉地感同身受，就像你描述你姐姐的所作所为那样？"

肯宁顿少校看起来有点气愤："'陶醉'？这个词用得，让我明白了，你是站在妮塔一边的。"

"是的，我想我是。我真的更喜欢那些不管不顾的人，那些对爱不作保留的人。但这不是我想问的。我想问的是，你对爱丽丝的描述在多大程度上与你本人吻合，既然你是她的双胞胎兄弟？"

查尔斯的表情立刻又变成了那种不好看的、聪明的咧嘴而笑，他又戴上了面具。

"哦，我不像爱丽丝那样是个艺术家。我没有那么高的境界，在我当摄影师的时候，我不是没有给拍摄对象拍过傻乎乎的照片。但是，总的来说，我是一个有报复心的人，就像一个压抑着翻滚波涛的漩涡，不是什么好人。另一方面，我有时确实不管不顾——毕竟我和妮塔订了婚。"

"但你还是不愿告诉我那晚你和她谈了些什么？"

"我已说了个大概，不能告诉你更多了。现在还不行。我不相信任何一个人，甚至不相信你。"

"你不相信我能正确地理顺这些证据？"

"你是个精明的老家伙,是的。而我现在就像是看不到草丛中的蛇,变得相当被动。"

外面传来敲门声,一个俱乐部的服务员进来,用托盘递给奈杰尔一封信,上面是警司的笔迹。奈杰尔撕开信封读道:"证物 A,在肯宁顿少校的物品中发现。证物 B,可能是其残余,在灰桶中发现,已送检。马上给我打电话。D. 布朗特(刑事调查局总监)。"

"说到草丛中的蛇,"查尔斯说,"你看上去好像在你的怀里发现了一条毒蛇。"

"并不是我发现的。警司一直在搜查雷克家的房子,他发现了一管毒药,与你从斯图尔茨身上拿走的那个一模一样。"

肯宁顿少校的目光炯炯有神。他的声音突然变得非常冷漠而危险:"所以你让我来这里是为了让我不打扰警察搜查——"

"是的,"奈杰尔打断他说,"它是在你的物品中发现的。"

查尔斯·肯宁顿从椅子上站起来,走到门口,动作像猫一样流畅。奈杰尔没有试图阻止他。在门口,查尔斯停顿了一会儿。"现在你做到了,"他说,"现在你已经做到了。"

接着,他离开了。

第十章

肯宁顿少校：绝密

几个小时过去了，奈杰尔一直在思索查尔斯·肯宁顿临走时说的话："现在你已经做到了。"查尔斯说这句话时，口气无比确切。奈杰尔感到一种恼怒，就像一个人快把整张拼图拼好了，只差一块，却发现剩下的那块对不上缺口。

查尔斯离开后，奈杰尔立即联系了布朗特，得知那管毒药是在查尔斯的一个上了锁的手提箱里发现的，而且锁没有被撬过的痕迹。布朗特还在雷克家里，等待肯宁顿少校回来作解释。他没有对雷克家的其他成员说起他的发现，并同意目前对此事保密。"证物 B"是 Q 文件，该文件在谋杀案发生当天就消失了。这些残骸是在一个灰桶里发现的，现在正在警察局进行分析。两天前，爱丽丝·雷克已经把炉子清理干净了，这以前是吉米的活，但由于他的伤势，爱丽丝代他做了，但清洁工还没来收走灰桶。

一小时后，布朗特再次打来电话，他说，肯宁顿少校指认那管毒药就是他从斯图尔茨那里拿的那个，但他无法解释容器是如何出现在他的手提箱里的。他承认手提箱的钥匙一直在他那里，并坚持认为这管毒药不可能是别人放进去的。尽管布朗特以妨碍警方调查的罪名威胁他，并向他明确表示，他持有的毒药使他处于非常尴尬的境地，但肯宁顿仍然坚持这么说。事实上，布朗特此刻已经无需再继续推进了，因为肯宁顿少校在德国的总部发来消息，说他在离开德国之前已经交出了自己的氰化物胶囊，那是为他的危险的反纳粹工作准备的；与此同时，爱丽丝·雷克的证词似乎表明，查尔斯不可能在案发前从更衣室抽屉里拿出吉米的毒药。

如果将动机完全排除在外，布朗特面临着两个问题，而他目前毫无头绪：如果肯宁顿给妮塔下了毒，那么毒药是从哪里来的？如果他没有下毒，斯图尔茨的毒药容器为何在他的手提箱里，为什么他拒绝对此作出任何解释？布朗特暂时接受了奈杰尔关于谋杀手法的推理，包括凶手为何要在妮塔死后从办公室移走"斯图尔茨的东西"。

自从接到布朗特的第二个电话后，奈杰尔一直在几张纸上涂涂画画，就好像，拼图在最后一刻没能完成，他就把整个拼图打乱，从头再来。他把地上的纸片分成 A、B、C、D 四组，趴在地上，开始仔细研究，不时地把它们从一列移到另一列，研究其效果。以下是他开始时的几组排列。

A1：妮塔在被谋杀前一天看到查尔斯笔迹的信，感到很惊愕。妮塔坚持要（证据来自查尔斯·肯宁顿）他在那晚秘密去见她。

A2：妮塔在遭到谋杀前的下午对吉米说的话（证据来自梅里安·斯奎尔）："现在退缩已经太晚了。你不能这样做。每个人都知道，或者猜到了。试图假装你不爱我是没有用的。"妮塔不想参加吉米为查尔斯·肯宁顿举办的聚会，第二天早上（证据来自梅里安·斯奎尔）吉米让她必须参加。妮塔对查尔斯的归来感到忧虑。

A3：查尔斯和吉米都在谋杀前夜拜访了妮塔。

A4：妮塔在第二天早上非常不安。"最后的机会"（证据来自布莱恩·英格尔）是谁给她的？是做什么的最后机会？

A5：妮塔那天早上的话："吉米正在练习铁石心肠。但这并不奏效。"（证据来自我自己及梅里安·斯奎尔）。

A6：在查尔斯来到吉米的房间时，妮塔对他的装腔作势。这么做是针对吉米吗？为什么？

A7：妮塔显然决心不放弃吉米（证据来自斯普罗尔小姐、布莱恩和其他人）。

A8：布莱恩对妮塔的性格和精神状态的分析，极具说服力。

A9：妮塔对布莱恩·英格尔说的话："见到他的时候我吓了一大跳。我本该知道他是这样的。但这太可怕了，布莱恩。虽然你不会明白的。"这个"他"估计是查尔斯。是这个"他"给了她"最后的机会"来放弃吉米吗？

B1：吉米在过去几周内常常情绪失控、易怒，等等。他在谋杀前一天对妮塔的行为：拒绝在第二天上午给她放假。

B2：谋杀发生的上午，吉米对梅里安大发雷霆。

B3：当查尔斯带着爱丽丝来参加聚会时，吉米的惊愕（是那种表情吗）。

B4：吉米在被梅塞尔巡佐搜查后的表现。

B5：关于查尔斯将"斯图尔茨的东西"带到聚会上是谁的计划，吉米和查尔斯的证词略有出入。

B6：吉米在谋杀发生后的下午对Q文件的关注。

B7：吉米关于离婚的那句话（证据来自爱丽丝·雷克："我会说他直接冲到了这里，告诉她，他无法对我施加离婚的压力，这会让我心碎。"听起来很像心理评估）。

B8：吉米在被刺伤后恢复意识时说："爱丽丝，她不会让我走的，亲爱的。"他坚持不去医院。

B9：梅里安对吉米的评价："他的感情一直投注在爱丽丝身上。"梅里安对吉米、妮塔、爱丽丝三人关系的分析，就吉米在其中的分量而言，可能是合理的(另见A8)。

B10：克拉夫诗集里的首字母A，以及吉米对它的解释。

B11：吉米主动提供的关于他自己的毒药的信息。

B12：爱丽丝对吉米说："你对这个可怜女孩的死如此平静。"等等。吉米对爱丽丝的评价："她的天性使她不可能知道或想象某些事情。"

B13：吉米对我说："总是有一部分的我想回到爱丽丝身边。"

C1：爱丽丝关于"斯图尔茨的东西"在案发前一分钟出现在桌子上的证词。

C2：爱丽丝直到最后一刻才加入吉米办公室的聚会（当然她可能一直都打算不请自来）。另见 B3。

C3：女警对爱丽丝的搜查是彻底的。她当时不可能藏匿毒药容器。但是……

C4：见 B10，最初的大写字母 J 被妮塔和（或）吉米作为对爱丽丝性格的讽刺而改成 A 的可能性很小，爱丽丝实际上有着非常强的嫉妒心。

C5：查尔斯今天早上对爱丽丝的分析：即使不是客观的（希望保护她），仍然是真实的。

C6：见 B8 和 B12。

C7：爱丽丝和梅里安。无关紧要的小事。

C8：爱丽丝显然感觉受伤了，因为吉米没有为她准备以防纳粹占领的氰化物。

C9：目前爱丽丝和吉米之间的整个情况。爱丽丝对她和吉米之间的不和谐感到由衷的悲哀，我能感到他们之间存在的鸿沟。

C10：爱丽丝关于吉米的毒药的证词。当布朗特第一次询问她时，她很紧张。

C11：爱丽丝要么怀疑，要么假装怀疑是她的丈夫毒死了妮塔，哪一种？

D1：查尔斯·肯宁顿把"斯图尔茨的东西"带到聚会上：要么为了犯罪，要么因为疏忽导致了犯罪。在妮塔的公寓里，他关于这个问题的奇怪说法："我怎么知道展示这个东西会导致……"当妮塔倒地死亡时，他惊愕的表情。（或者说我可能误解了这个表情？）

D2：见B5。只有查尔斯和吉米能在前一天知道聚会上将出现毒药。

D3：关于查尔斯前一天晚上对妮塔的拜访，他拒绝多说，也拒绝解释为什么他最初告诉我们他没有和妮塔讨论过吉米和爱丽丝离婚的问题。"我想我让她放心了，可怜的甜心"——很奇怪，他并没有——见A4。

D4："除了嫉妒，还有其他原因可以导致激情犯罪。"查尔斯说这句话时是漫无所指的吗？参考哈克在吉米遇袭前在食堂对我说的话。

D5：查尔斯拿走了他写给妮塔的信，但留下了丝带，因为洋红色"会对我的仪表造成死亡性的打击"……嗯，也许吧。

D6：查尔斯的戏剧天赋。但不是他把照片摆在地上，也不是他把梅里安的封面设计放在书柜上。

D7：见A9。妮塔还对布莱恩说："我希望我能信任他。现在没有我能信任的人了。"

D8：爱丽丝说："我认为他（查尔斯）劝我离婚是为了他自己的利益。"她说，如果查尔斯认为她的婚姻值得维护，他就会不惜一切代价去维护它。当我问及查尔斯是否告诉她，他给了妮塔最后一次机会放弃吉米时，她非常不安。

D9：但是，除非爱丽丝在撒谎，否则查尔斯不可能在谋杀前（或谋杀后？）拿到吉米的毒药。但是在查尔斯的行李中发现了"斯图尔茨的东西"。

D10：在我们今天下午的谈话中，查尔斯非同寻常地交替表现出坦率和回避的态度。他坚持认为爱丽丝说的始终是真话。他在临走时说："现在你已经做到了。"奇怪的是，为什么是"你"？

奈杰尔还在整理这些拼图碎片，把它们拼到合适的位置上，他发现最后剩下的是跟上次一样的那块拼图，仍然顽固地拒绝完成这个图案，这时电话响了，是吉米·雷克打来的，邀请他去吃晚饭。查尔斯也在，但爱丽丝不在，吉米说，爱丽丝今晚要休息。

奈杰尔一时感到既兴奋又忧虑。他意识到，这就是缺失的那块拼图。并不是说吉米的邀请出乎他的意料，而是在他今天做了那么多的刺探之后，如果不以某种方式把罪犯逼出来，那才叫奇怪。但对于这个令人唏嘘的悲剧，奈杰尔很难怀着乐趣期待它的最后一幕。由于最后一块棘手的拼图无处安置，他现在还不能确定，这究竟是个怎样的悲剧。

几个小时后，当他在吉米的书房里喝着雪利酒时，奈杰尔意识到了两件事：第一，查尔斯·肯宁顿处于极度紧张的状态；第二，他和他的姐夫之间有一种紧张的气氛——能或多或少感受到的一种对立的关系，因为被日常的社交礼仪所掩盖，所以不容易察觉。肯宁顿少校喝得很厉害。奈杰尔在午餐时注意到，他很贪婪，狼吞虎咽地吃着食物，毫无顾忌地大口喝酒。他把威士忌酒壶放在肘边，十分钟内喝了三杯烈酒，看上去像是在经历某种严峻的考验或是做着特别危险的事情，很难想象这就是那个抓到斯图尔茨的人。自从那次办公室里灾难性的聚会之后，奈杰尔就没有见过查尔斯和吉米在一起。他不知道这两个人之间说过多少关于案件的事情，但他无法忽视的是，他们两人现在都是单独对他说话，而且刻意避开对方的眼睛，就像两个刚吵完架还没和好的人。吉米·雷克不可能粗鲁——他的好脾气是刻进骨子里的，就像一种与生俱来的、自然的优雅。但从他的心不在焉、从他要强迫自己注意听奈杰尔的话上，可以看出他承受的压力。至于查尔斯·肯宁顿，只能说他是粗鲁的。平时在他的谈话中能掩盖出言不逊的那种魅力和活泼也不见了，他正向奈杰尔大肆讽刺吉米在战前的公共关系工作，几乎令人无法容忍；如果他是想激怒吉米动手报复，那他已经做到了最粗野的地步。

"我不知道爱丽丝怎么还没把吉米写进小说里，"他总结道，"他令爱丽丝倒足胃口了——橱窗设计的冠军——他可以为全英国粉饰门面，那可是国际板球决赛水准的。"

"确实，"吉米轻轻地、冷冷地说，"那是我的工作。"

"现在呢，他又在战后对国家士气举起了他那面变形的镜子——不管是什么镜子吧，总之颠倒是非曲直——告诉他们，他们都是多么了不起，多么勇敢，多么勤奋，多么民主，多么——"

"好吧，我认为总的来说他们都很出色，甚至查尔斯也表现得相当好。"

"一枚由你授予的良好行为奖章！真是个耻辱！"

"我们进去吃点晚饭吧。"吉米坚定地说。

三人进了精致、敞亮的餐厅，餐桌上摆着冷鸡肉、色拉、甜点和一托盘饮料。

"可以帮我拿一下吗？"吉米指着鸡肉对查尔斯说，"我还不能切，肩上的伤还没好。请奈杰尔帮我切一下吧。像这样无助的感觉还真不错，就像回到了育婴室。"

当他们开始用餐时，查尔斯·肯宁顿说："奈杰尔，我们都迫不及待地想听听案件的最新进展，所以才邀请你来。来吧，亲爱的，不要忸怩，别再让我们受煎熬了。还是你把那个令人生畏的警司藏在桌子底下，等着抓住我们露出的马脚？如果是这样，我一定会保持沉默。"

"你真的想知道吗？"奈杰尔问道，仔细地审视着他。

"真的。当然啦，我不能代表我们的主人回答。"

"我可以代为自己回答，查尔斯。奈杰尔会告诉我们他认为适合说的内容。"

"那么好吧，"奈杰尔说，"我最好先告诉你们我的推理思路是什么。"

"啊，这是你的推理思路，"主任和颜悦色地说，"还是说，这与警司提出的推理不同？"

"是一样的，也是我的。我为之前的欺骗行为道歉，但那是必要的。"

"他真是一个双面怪，吉米——你的这个蓝眼睛的、看似无辜的临时公务员。你早该把他解雇了，他会毁了你的。"

"哦，小声点，查尔斯！别一直这样唠唠叨叨的，让奈杰尔继续说吧。"

"事情是这样的。"奈杰尔开始说。他描述了那天下午在妮塔的公寓里,他是如何对两个棘手的问题苦思冥想的——装毒药的容器是如何躲过警察的搜查并被拿出房间的,以及为什么凶手要将它拿出房间。

"我想,也许可以想象出第二个问题的答案。我是这样论证的:为什么罪犯要从犯罪现场拿走容器?因为如果被发现,就可以追查到他身上。但在本案中,我们都在几分钟前看到了毒药容器,因此,凶手没有必要把它拿走,而且还冒着这样的风险。但是,凶手确实把它弄走了。我记得我当时想——这是个无解的恶性循环,完全不能被打破。突然间,'不被打破'这个词在我的脑海中呈现了一个画面——一个未被打破、未被使用的毒药容器的画面。"

查尔斯和吉米都向前倾着身子,以最集中的注意力听着他的话,暂时忘了眼前的食物。

"假设'斯图尔茨的东西'没有被用于谋杀,也就是说,凶手只是把它作为诱饵,这就可以解释凶手为什么要把它拿走。他不得不把它拿走,就是因为它没有被使用。这是唯一合乎逻辑的回答。他必须带走它,以便让我们确信这就是谋杀工具。因为,一旦发现它没有被使用,警方会立即调查嫌疑人还有哪些氰化物的来源。"

"我必须说,这是个聪明的点子。"查尔斯喃喃地说,他似乎又冷静了下来。

"而这个答案,你看,也解答了我的第一个问题——凶手是如何藏匿容器的。如果'斯图尔茨的东西'是用来给妮塔的咖啡下毒的,那么它一定是被打破了。我发现搜查的警官有点粗心:他没有彻底搜查嫌疑人的嘴。从逻辑上讲，一个人唯一可能藏匿容器的地方就是他的后牙槽。但是，如果容器被打破，就会残留几滴毒药或至少是雾状氰化物，这最起码会导致严重的窒息。很显然，凶手不敢冒这个险。而且当时没有人窒息。但是，如果容器没有破损，就不会有这种风险。因此，这个容器肯定没有破损。注意，凶手这么做还是要冒着警察从他嘴里搜出毒药的风险。但毫无疑问，他为这种情况编造了一些借口：他会说他无心地把容器放回自己的口袋——"

"'放回自己的口袋'是什么意思？"肯宁顿少校尖刻地问。

"那么就说'放进他的口袋'吧——在妮塔死之前。然后，当宣布搜查的时候，他吓得做了傻事，把这东西藏在了嘴里。总之，类似的理由。但是，哪怕在他身上发现了这个东西，也不能立即给他定罪，因为毒药还在里面。毫无疑问，警察会因此而调查他还有什么机会接触到氰化物，着重调查。但是，要么他准备冒这个险，要么他相信没有其他来源可以追踪到他。"

"哦，天哪，"吉米说，"我的毒药。不过，要追查这个并不困难。我想警察今天搜查这所房子是为了找到'斯图尔茨的东西'？"

"是的，"奈杰尔说，他注意到查尔斯·肯宁顿的手指紧紧地扣着面前的桌子。

"但可以肯定的是，凶手——嗯，他要做的第一件事就是把它扔掉。不管怎么说，一旦他意识到警察没有上他的当，他就会马上把它扔掉。"吉米说。

"你这么认为。当然，他也可能决定留着它，你知道——留给他自己用，以防事情失控。"

"或者用在别人身上。"肯宁顿少校突然说道。

"或者，如你所说，用在别人身上。"

"嗯，他们很可能还没有找到，"吉米说，"所以我们最好暂时都不要放松警惕。"

查尔斯·肯宁顿插话道："到目前为止，这都是理论上的。我们想知道的是，警方锁定了谁。总之要想到，"他在桌子对面嘲讽地微微一笑，"我们要保持礼貌的假设，这是警察在办案，而不是我们的奈杰尔。"

他低头吃起了自己盘里剩下的鸡肉和色拉。三个人都默默地吃了一会儿。然后奈杰尔说："好吧，我会如实地告诉你警方的推测，也许你们能找出其中的漏洞。三个人有强烈的动机要除掉妮塔·普林斯——目前住在这所房子里的三个人。其中两个人，雷克夫人和吉米，有机会接触到氰化物；查尔斯知道这件事，但显然没有直接接触到它。你们同意吗？很好。查尔斯刚回到英国，谋杀就发生了，这在我们看来是非常重要的。你，吉米，如果你想的话，几周前或几年前就有机会和手段来杀死妮塔。那么，你为什么要等到在其他七个人的眼皮底下，上演一场危险而精心设计的谋杀？这合理吗？不，让我说完，"奈杰尔说，因为肯宁顿少校发出了抗议，"第二件让吉米摆脱嫌疑的证据是利用'斯图尔茨的东西'作为诱饵。对凶手来说，在谋杀发生之前，它应该消失，这是至关重要的。但是，它当时正在各人手中传阅。那么，吉米究竟如何能在不引起注意的情况下把它拿到手呢？

另一方面，查尔斯把它带来了，这东西是他的；在关键时刻，他可以很自然地从别人手里悄悄拿回来，然后，比如说，把它放在桌子上或其他什么地方。但事实证明这没有必要，因为，重要的是，到底是谁在关键时刻拿了它？"

"奈杰尔，这真是——"吉米·雷克开口道，声音沙哑。

"是爱丽丝。她是那天早上最后一个拿到它的人。她提供的证词说，在妮塔死前一分钟，它还在吉米的桌子上，这使吉米摆脱了用它下毒的嫌疑；但这同时也证明了查尔斯的清白。这是很重要的。而当我们发现雷克夫人有机会接触到真正用于谋杀的氰化物容器，以及当她得知我们的这一发现时流露出十分的慌乱，她这个证词就变得至关重要了。我们知道，查尔斯和他的姐姐关系很好。很自然地，他回到英国后的第一个行动就是与她取得联系，同样自然的是，她会立即告诉他自己的婚姻如何受到威胁。而事实上，她自己提供的证词表明，查尔斯在抵达伦敦后确实立即给她打了电话。爱丽丝于是发现，只有最激烈的行动才能挽救她的婚姻。你，查尔斯，一直不遗余力地让我认为你姐姐不是一个善妒的女人，不会为了保住她的丈夫而不择手段。但是当吉米被比尔森袭击后，他嘟囔了一句话——医生和护士都听到了——他当时处于半昏迷状态：'爱丽丝，她不会让我走的，亲爱的。'这难道不表明，爱丽丝比我们假设的更加执着于这段婚姻吗？而且，她毕竟或多或少地拒绝与吉米离婚。她和查尔斯商量好，他去见妮塔，并向妮塔提出最后的请求；如果妮塔拒绝放弃吉米，他们将采取这种激烈的行动。查尔斯会为他的姐姐做任何事情——这一点我们知道。

好吧,他去找了妮塔,给她这个'最后的机会'放弃吉米。她拒绝了,尽管她非常害怕——查尔斯的'请求'姿态掩盖了其背后相当明显的威胁意味。第二天早上,查尔斯来这里接爱丽丝,告诉她,妮塔不吃这一套。他们决定将计划付诸实施。爱丽丝已经拿到了吉米的氰化物容器,准备好了。他们一起去部里,两人中的一个伺机将毒药丢进妮塔的咖啡里。爱丽丝在最后一刻悄悄地把'斯图尔茨的东西'从桌子上拿下来,而我们的注意力则被引向了梅里安的那些封面设计。她在妮塔死后的一片混乱中,把它交给了查尔斯。这一点又是最重要的。隐藏'斯图尔茨的东西'需要极大的勇气,因为在警察检查期间,它肯定被隐藏起来了。极大的勇气,以及对这种毒药容器足够熟悉而产生的对危险的轻视。我们的嫌疑人中唯一既熟悉这种容器又有胆量的人是查尔斯。他逃过了搜身。直到今天下午警察在他的一个上锁的手提箱里发现了'斯图尔茨的东西'。这看来正好可以形成一个有说服力的论证,不是吗,查尔斯?"

"你可以再说一遍吗?"吉米问道,不敢置信地盯着奈杰尔。奈杰尔重复了一遍,又继续说:"这对你来说恐怕是非常痛苦的,吉米。但是——嗯,今天早上我在这里的时候,我忍不住注意到你妻子对你的态度——你们之间仿佛有一堵无形的高墙,你努力想爬上去,而她——她被阻挠着,仿佛她心中有一些可怕的重负,阻止她爬上去。"

吉米·雷克用右手捂着脸。"奈杰尔,"他心碎地说道,"这肯定不是真的,我不能,我不相信。不是爱丽丝。"他抬起头,凝视着查尔斯·肯宁顿的眼睛,"查尔斯,这是真的吗?看在上帝的分上,告诉我不是这样。"

肯宁顿少校也盯着他,脸上的表情难以捉摸。房间里有片刻的寂静,仿佛是闷热的、黑云压城的午后,第一声惊雷响起之前的寂静。然后他轻声说道:"你应该知道这有多真实,吉米。你应该知道。"接着,他整个人的气质在一瞬间改变了,他变成了那个警觉的、聪明的、危险的生物——奈杰尔以前只瞥见过一次,就在妮塔刚死后。这个在敌人的领土上待过好几个星期、以一种残酷的技巧追捕斯图尔茨的人,他的冷血手段完全不亚于那个可恶的纳粹分子,一样令人胆寒。他说:"现在,证据确凿,爱丽丝将作为从犯或谋杀犯被逮捕,或许你能为此做些什么,哪怕是你这样的人。"

"我?我亲爱的查尔斯,我可以做什么?我愿意做任何事情——"

"你不需要做'任何事'。你要做的只是坦白。"

吉米·雷克猛地坐直了身体,盯着他的妻弟。他们之间的空气仿佛在噼啪作响,传输着无声的信息。

"我坦白?你失去理智了吗?"

"所以你打算虚张声势,以爱丽丝为代价保住你的脸面?好吧,用你自己的方式吧。"查尔斯·肯宁顿轻蔑地对吉米转过头去,"那么现在,奈杰尔。你的那个推理,它有一个点完全站不住脚。你说,在妮塔死亡的那天早上,我来到这里,爱丽丝为我准备好了她丈夫的容器。对吗?"

"我就是这么说的。"

"而这是她和我前一天谈话的结果?那就是我们准备的计划的一

部分?"

奈杰尔点了点头。

"那她是怎么拿到容器的?又是什么时候?抽屉是锁着的。警方确信只有一把钥匙——哦,对了,我还特意向布朗特打听了情况。这把钥匙就在吉米的钥匙圈上,而吉米的钥匙圈一直在他自己的衣服口袋里,除了他晚上脱衣服的时候。而那天晚上,吉米在部里睡觉。你的推理就到此为止了。现在,如果你们两个人都肯听我说,我就告诉你们我的推理。"

肯宁顿少校举起食指,然后像决斗手枪一样慢慢放下,直指吉米。

"那个粉饰门面的人杀了可怜的妮塔。我一直保持沉默,因为我爱爱丽丝,就像你说的,我愿意为她做任何事——我甚至不愿意说出我所知道的关于吉米的一切,不让她知道自己的丈夫是一个杀人犯,不让她知道谋杀案的审判和一切的恐怖,我这么做都是为了保护她。但当爱丽丝面临囹圄之灾的风险时,我就不能袒护吉米了。"

吉米凝视着他,若有所思,他的一边嘴角挂着微笑。"好吧,让我们看看你的推理是什么。我想死刑犯还是可以吃甜点的,"他说着站起身来,走到餐桌前,给自己拿了些甜点。"你们俩要吗?这是爱丽丝的拿手菜之一。奈杰尔,你应该试试。啊,那是什么?"吉米压低了嗓音,轻声说,"有人在门外。"

奈杰尔无声地走到门口,推开了门。一只可爱的橘猫走了进来,慢条斯理,踩着优雅的猫步。吉米笑了起来。

"好家伙,是老橘猫呀。我还以为至少是个警司。"

奈杰尔再次惊叹于吉米活跃紧张气氛的非凡能力，他将别人的注意力从自己身上转移开去，从而轻松地切换了场景：一个技艺高超的解咒者。奈杰尔走过去拿了些甜点，感觉有点可笑，仿佛他要为这一连串的指控和辩解负责——确实是这样，而且仿佛这些指控和辩解都是荒唐的闹剧——当然不是这样。查尔斯·肯宁顿看上去无动于衷，也没有去拿甜点，只是耐心地坐在桌前，等另外两个人回到自己的座位后，从刚才被打断的地方继续说下去。

"如果你们准备好了，"他说，"我就继续说。我们不会详细讨论吉米的动机，奈杰尔对此有一个非常合理的想法，我也是。尽管吉米擅长自欺欺人。他谋杀了妮塔，因为这是他能摆脱她的唯一办法。我不想对死者说不敬的话：但是，如果一只斗牛犬咬住了你的喉咙，除了杀了它，你没有其他办法可以摆脱它。"

"要胡椒粉吗？"吉米大口吃着甜点，在咀嚼的空当含糊不清地说。

"妮塔在感情上是一只斗牛犬。她下定了决心要粘着吉米——上帝知道为何如此——而且没有任何一种正常的方法可以让她离开他。吉米已经试过了所有的方法——各式各样的拒绝方式。"

"你为什么会这么想？"吉米轻声问。

"她告诉我的。那天晚上我去见她，她告诉了我一切。在我见到她之前的一个小时左右，吉米刚刚做了最后的尝试。他试图说服她，让她回到我身边。哦，是的，他用冠冕堂皇的话劝说她，说她必须做体面的事，重投她的归国战士的怀抱；还提到了订婚戒指的神圣性，可惜吉米几年前没有想到这一点。关于他为了让她更幸福所做的无私呼吁,我就不多说了,太让我倒胃口。顺便说一句,这回答了你的问题,奈杰尔,关于为什么吉米在决定谋杀她之前等了这么久。当然,其中一个原因是他有正常人的抵触感,不想让自己的双手沾上一个爱他、信任他的伴侣的鲜血,我承认吉米有这样一面,但他也一直在等待,因为他不确定我是否死了,他希望我回来,希望我把妮塔从他手中带走。我回来了,但妮塔不愿意被带走。那晚她的反应出人意料:她承认她不愿回到我这里来,破釜沉舟。这使吉米陷入困境。她说,他变得十分心烦意乱,并不断嘟囔着'这是你最后的机会。我已经给了你最后的机会。'显然,妮塔已经意识到,我的回国给她带来了危险。她觉得吉米会抓住任何借口来结束这段关系——任何可以安慰他的良心的借口;这就是为什么她如此坚持,要我对深夜拜访她一事保密:她觉得如果吉米知道有一个男人在深夜拜访她,他就有借口了。"

查尔斯·肯宁顿停了一会儿,喝了口威士忌,点了支烟。奈杰尔被这场对决深深吸引,同时又深感震惊:这场冷血的决斗,在两个性格如此不同却又旗鼓相当的对手之间进行,一个人像从吹管中射出一连串毒箭一样进行控诉,另一个人保持着冷酷无情的沉默,也许在等待反击的时机——对决将在哪里结束?奈杰尔开启了它,现在他觉得自己就像一个人在拨动一块鹅卵石后,看到整座山都在翻滚、崩塌。

"道德上的懦弱是一件有趣的事情,"查尔斯继续说道,"这是一个缺乏决断力的人,无法摆脱他深陷其中的局面,因此,他愤怒的本性站了出来,为他做了决定。非常可怕,真的。他的处境就像一个人一只脚在旱地上,另一只脚却陷在沼泽里,而他认为他想回到旱地上。

《圣经》建议你，如果你的脚冒犯了你，就砍掉它，而且——"

"能不能把宗教和病态心理学放在一边，说说我是如何犯罪的？"吉米·雷克用一种轻快而警惕的声音问道。

"当然。我推测你这阵子一直带着那枚毒药片，下意识地等待着某个使用的时机。我的归来让你看到了这个时机。你给了妮塔最后一次机会，让她离开你。她拒绝了。从那一刻起，她就注定要殒命。你非常巧妙地安排了你办公室里的布置——我总是说你是一个很好的橱窗设计师：地板上的照片、书柜上的封面设计——都是为了当你把毒药放进妮塔的杯子和把'斯图尔茨的东西'装进口袋的时候，引开我们的注意力。由于我把爱丽丝带了过去，你很是踌躇——是的，我希望奈杰尔当时注意到了你的惊愕表情：因为你一直对爱丽丝心怀愧疚，你不想让她在场，而且你害怕她会看穿你的小伎俩——她总是能看穿你。好吧，不管怎样，你竭力让我把'斯图尔茨的东西'带去给大伙看，因为你想好了要把它当成表面上明显的谋杀工具，不然的话，你手里的毒药就会被发现。讽刺的是，在这点上爱丽丝几乎揭穿了你的阴谋。奈杰尔，你还记得吗，妮塔死的时候杯子是半空的，这意味着在被投毒之前她一定已经喝了一些咖啡。她喝了那部分咖啡后，才把杯子放到了吉米的桌子上。然后他走到办公桌前，从抽屉里拿出封面设计，有那么一瞬，他拿着封面设计挡在我们和妮塔的杯子之间，作为掩护，把毒药丢进了杯子。他打算在同一时刻拿起容器，把它装进口袋里，但有什么阻止了他——也许是爱丽丝看了看，我不知道。现在，在这一点上，他的处境非常危险：一方面，妮塔随时可能喝下她的咖啡，现在里面已经下毒了，而那个完好无损的容器会在桌上被发现；另一方面，他意识到，如果有人在他走开去支撑书架上的封面设计后注意到桌上的容器，并且如果有人确认在那之后他没有接触过妮塔的杯子，那么就可以证明他没有在杯子里下毒——当然是用'斯图尔茨的东西'下毒。所以他要做的是防止妮塔喝剩下的咖啡，直到他找到机会将容器装进口袋。这就是为什么他紧紧抓住她的手肘，把她带到书柜前，在我们欣赏封面设计的时候仍紧紧抓住她的手肘——这在爱丽丝面前是相当不正常的举动，顺便说一下，这也是自聚会开始以来他第一次表现出对妮塔的兴趣。当妮塔的电话响起时，她先是走到他的桌子前拿起她的杯子，然后去她的桌子那里接电话。吉米马上跟上，拿起自己的杯子，在同一时刻——当我们都在看着妮塔时，就像有人开始打电话时你就会看向他那样，吉米拿起容器，把它装进口袋。"

查尔斯·肯宁顿再次停顿下来，给他的酒杯倒满，然后他继续说："就这样他把它拿走了。众目睽睽之下，他坐在妮塔的桌子上，让我们都能肯定他不会往她的杯子里放东西。当这个可怜的女孩被毒药呛到时，他给我们演了一出好戏——他拍了拍她的肩膀，让她把东西咳出来——这是一场令人作呕的即兴表演，他的拿手好戏。后来，爱丽丝作证说她在他的桌子上看到了完好的容器，从而轻松地洗脱了他的嫌疑。接下来他所要做的就是把这个容器弄走，但你，奈杰尔，在他走向窗户时警告了他，我想他当时是想把它扔出去。所以他不得不改变计划，把它塞进他的后牙槽，躲开警察的搜查。你还记得他从屏风后面走出来的时候脸色有多惨白，身体有多颤抖吗——我觉得这一点也不奇怪——他是怎么掏出丝质手帕来擦脸的？毫无疑问，他当时把容器吐到了手帕里。这真的相当有趣。"查尔斯的脸上滑过一丝隐隐约约的兴奋，"然而，我认为吉米最初很有可能打算把整件事伪造成自杀：在这一计划下，他就会在妮塔死后打破容器把毒药倒进她的杯子里，在我们注意力分散的某个时刻，把破碎的容器丢在她附近的地上。但是，有两点阻止了他的这一计划：她的杯子里的咖啡是半满的，这意味着她只能在喝最后一口咖啡之前给自己下毒，因此，她只可能是在去接电话后才下毒；但布莱恩·英格尔说，他一直在看她，她在自己桌边的时候，并没有这样做。所以自杀是不可能的。"查尔斯·肯宁顿叹了口气，"很抱歉，我说得这么冗长，而且把所有的可能性都指了出来。但我以我笨拙的方式想了很久，我不得不相信这就是实际发生的事情。事实不会有任何其他解释。"

"很可惜，"吉米·雷克立刻说道，"你怎么会不记得一个相当重要的事实，既然你对事实如此认真。"

"你想说什么？"

"'斯图尔茨的东西'是在你上锁的手提箱里发现的。或者，按照你的推理，是我——怎么说比较合适——把它'栽赃'在那里？"

"不，我不认为是你做的。我们等下再来讨论这个问题，在你给出你的说法之后。说吧，我很想知道我们的道德胡迪尼[①]将如何尝试

[①] 哈利·胡迪尼（1874-1926），著名的匈牙利裔美国魔术师，以表演大变活人闻名。这里指十分善于逃脱的人。

脱险。"

现在，双方的立场发生了逆转。查尔斯的眼睛里出现了一种警惕和算计的神情：他似乎在衡量他的对手，试图预测吉米第一次进攻的方向。主任带着某种幽默的蔑视听着查尔斯的攻击性话语，现在，他明显地聚集了力量和愤慨，他那张精致而苍白的脸仍然显示出对这种口舌之争的厌恶，但也显现出要把它们进行到底的新决心。他苦笑着看向奈杰尔。

"你知道，一直以来我都有所顾虑，"他说道，"我一直都知道，如果查尔斯和妮塔的真相曝光，会让爱丽丝丧命。她爱查尔斯，她和他的牵绊，一直以来都比和我的牵绊更深。我想，这是很自然的，查尔斯会试图通过编造对我的指控来挽回自己的颜面。我敢说，如果我是他，我也会这么做的——"

"简直可笑！"查尔斯叫道，声音里满是鄙视，"真是虚伪到家了！好吧，继续说。"

"你的错误在于，奈杰尔，你认为爱丽丝与此事有关。你推断这是她和查尔斯一起策划的，因为她无法用其他方式把我从妮塔手里抢回来——嗯，这太牵强了，真的，她肯定会让查尔斯先和我谈谈，试着说服我？不，是出于某种原因。老伙计，你完全忽略了查尔斯自己的动机。真没想到你会视而不见，我想是他蒙蔽了你。查尔斯杀了妮塔，原因很简单，就是她对他不忠。我知道这一点。我马上会告诉你我是怎么知道的。"

"我们几乎等不及了。"查尔斯·肯宁顿喃喃说道。

"我还没有研究查尔斯具体的作案细节，没法像他在指控我时说得那么细致。但是，一个骗子必须表现得非常可信，而一个杀人犯在试图指控别人时总是大肆申辩。"

"听听，听听！"查尔斯叫道。

"你很快就会改变这种小学生的态度，"吉米严肃地回答，"在我看来，就查尔斯刚才推测的我的作案方式而言，他以这种方式在妮塔的咖啡中下毒也是完全可行的。无论如何，他也可以在杯子放在我桌上的时候往里面下毒，不是吗？他也有这个机会。"

奈杰尔默默地点了点头。

"但他是如何拿走'斯图尔茨的东西'的，我知道这是个难题。爱丽丝的证词应该是为了给他洗脱罪名的。嗯，坦率地说，我不知道答案。爱丽丝有可能在妮塔死前一分钟谎称容器在桌子上——她这么做是为了保护查尔斯，她甚至可能注意到他把它装进了口袋。但我认为不是这样，爱丽丝根本无法阻止自己说出真相。我——哦，天哪，我真是个傻瓜！"主任的脸上亮起了智慧的光芒，"我一直假设，容器一定是在妮塔死前从我的办公桌上被拿走的。我们当时都是这样假设的，只因为我们认为正是这个容器被用来在她的咖啡中下毒。但既然不是，那么——是的，毫无疑问，查尔斯在她——在她临死前的混乱中，悄悄地把它装进了口袋，或者在那之后不久。这不可能吗？"

奈杰尔再次默默地点了点头。

"你的这个想法非常巧妙，吉米。我不得不佩服，"查尔斯说，"但事实仍然是，我不能够从你衣帽间的抽屉里拿出毒药，所以你又陷入了困境。"

"我推测你还有其他的毒药。"

"哦,在德国时我有一个小胶囊,为了我个人的方便。但在离开之前,我把它交到了那里的总部。不是吗,奈杰尔?"奈杰尔点了点头,目前他无事可做,只能围观,不时地点点头,让事情发展下去。迟早有一刻,他们中的一个会出错。

"好吧,我敢说查尔斯还有其他办法来获得氰化物。也许他还有其他战利品,可以这么说。但我无法去做警察们的调查工作,我只能说,是他热衷于把'斯图尔茨的东西'带到聚会上炫耀——这就好比一个武器教官把一个未爆炸的手榴弹递给一些平民——至少可以说是非常不当心的。还有一件事,我承认,查尔斯似乎不可能用我的毒药进行谋杀,但在谋杀案发生后,他能很轻易地拿到它,就在他来这里和我们一起住的时候,并把它移走,以便将我入罪。非常有趣的是,就在警察改变了对谋杀方式的推理、在他们决定寻找'斯图尔茨的容器'之外的毒药时,我的毒药却消失了。"

"你有什么证据来支持这一点吗?"奈杰尔问。

"查尔斯一直都知道我有一片毒药。前几天,他问我是否还保存着它,问我把它放在哪里。"

"这是该死的谎言,你明明知道!"查尔斯·肯宁顿的嗓音几乎变了调,他那张三角形的小脸似乎已经萎缩干瘪,就像一个死人的脸。

"哦,你的询问方式很有技巧,但是——"

"还有人听到你们的对话吗?你的妻子?"奈杰尔插嘴道。

"没有,查尔斯和我单独在一起。"

奈杰尔又一次瘫坐在椅子上:"所以,又是你和他的话相互矛盾。"

"恐怕是这样。在他威胁妮塔的问题上,也是我和他的话相互矛盾。"

"他威胁妮塔?"

"是的,现在在必须要说出来了。我敢说,你注意到,刚才查尔斯在谈到他与妮塔的婚约时,话语中悄悄流露出某种情感。哦,是的,查尔斯可能会伪装,他一直都在伪装——他说他对妮塔的感情已经烟消云散,他对她不再感兴趣,他甚至从妮塔的公寓里拿走了他写给她的信——是的,爱丽丝告诉我了——如果警察看了这些信,我敢说会暴露出令人不快的信息,可能会让他们产生一些想法。你很难相信,在他那颇具误导性的外表下,燃烧着多么灼热的激情。"

"真是令人欣慰啊,"查尔斯说,"我洗耳恭听。"

"那天早上妮塔吓坏了,可怜的女孩。查尔斯前一天晚上去看她时,态度非常粗暴。他给了她最后一次机会来履行她的婚约:他让她放弃我,但这是为了他自己,而不是为了爱丽丝。他告诉她,'如果你不马上离开我那迷人的姐夫,如果你不在明天早上宣布你和我很快就会结婚,我敢保证你不会再见到他。'这是他的原话。"

"这是她自己告诉你的吗?"

"不,我听到他说的。"

查尔斯·肯宁顿用惊愕的声音问:"你听到的?见鬼,这是什么意思?"

"那晚我离开妮塔后——是的,我们确实有过可怕的争执,这就是我又回去的原因,我觉得我不能这样一走了之。我去了部里,试图工作,但我做不到。所以我给她打了电话,说我很抱歉,说我会立刻再回去的。她似乎对此感到惊慌,我不明白为什么,但这让我起了疑心,我开始怀疑是否——我是否一直被她欺骗。总之,我跟她说我不回去了,但打定了主意要再去。我对这一切感到非常羞愧。当然,查尔斯在某种程度上是对的:我可能会抓住这个机会与妮塔分手。恐怕在回到她的公寓时,我就有了这个念头——希望能抓到她和别的男人在一起。希望如此,又害怕如此。我用自己的钥匙开门进去,悄悄地走上楼梯,蹑手蹑脚地走进前厅,在她的起居室门口听着。我听到了查尔斯的声音。起初我无法理解,听了一会儿,我听到了我刚刚告诉你们的那些话,还有其他的。他准备原谅她的不忠,只要——"

吉米突然不再说了,他闭上眼睛,似乎想把一些头脑中的场景拒之门外。他紧绷着脸,非常痛苦。当他再次说话时,几乎是自言自语:"第二天早上——哦,天哪!我永远忘不了。妮塔的状态很糟,她不敢告诉我查尔斯去找过她,我想她是觉得不能相信我——不能相信我不会利用查尔斯作为结束这段外遇的借口。'外遇',啊,多可怕的词!我是说,如果她告诉我,查尔斯坚持要她嫁给他,还威胁说如果她不这样做,我将收获怎样的下场。她再也不能向我寻求保护了,她孤立无援。但是,如果我稍微把查尔斯的威胁当真——"吉米苍白的指关节抵在额头上,"我本该知道,我本该绝不允许——但是,查尔斯向所有人展示了毒药容器之后,竟然还能在众目睽睽之下下毒,这似乎是难以置信的。"

他突然站起来，开始在房间里踱步。其他两个人都沉默不语。奈杰尔在认真思考。查尔斯·肯宁顿蜷缩在他的椅子里，几乎已经缩得和他在房间尽头的凸面镜中的倒影一样小了。吉米在餐边柜前停了下来，给自己倒了一杯利口酒。

"对不起，"他说，"你想来一杯吗，奈杰尔？某种桃子白兰地。"

他拿了两个杯子走回桌子边，杯柄夹在他的手指之间。奈杰尔拿了一杯，吉米把另一杯放了查尔斯·肯宁顿身边。房间里有一种强烈的尴尬气氛——如果一个俱乐部的成员在他的同伴面前被判定打牌作弊，就会有这种尴尬气氛。

"我之前不能说出这些，"吉米对查尔斯说，好像他们已经达成默契，完全无视奈杰尔的存在，"但你不能指望我坐在这里什么也不做，不是吗？"他的声音里几乎有一种恳求的意味，"我很抱歉，查尔斯，但你把我逼到了这一步。"

肯宁顿少校的脸看起来渺小又病态。他什么也没说。

"奈杰尔，你能不能忘记今天晚上听到的这一切？虽然我猜这个请求没用。"吉米问。

奈杰尔摇了摇头。他仍在等待。直觉告诉他，事情还没有完全结束。

"我会照顾好爱丽丝，我向你保证。她会没事的。"吉米又对查尔斯说，"你为什么不说点什么？"

肯宁顿少校无精打采地坐在那里，仿佛被失败淹没、浸透了。终于，他开口说："我非常、非常喜欢妮塔。"

他说这话时精神恍惚,语音高而细,几乎是爱丽丝·雷克声音的翻版。

"现在只剩下一件事了,查尔斯。"吉米·雷克的话中带着一种隐蔽的紧迫感。

"是的,"查尔斯说,"只剩下一件事了。"他的手指摸索着,机械地伸向他的利口酒杯。

"我想——哦,这该死的绑带!奈杰尔,你能不能把它弄松一点?它勒痛了我的肩膀,这里有个结,我没法解开它。"

奈杰尔站起身来,弯下腰,试图解开吉米左臂上的绳结,有那么一会儿,他背对着查尔斯·肯宁顿。他再次坐了下来时,查尔斯仍然执着他的酒杯柄。他把酒杯举起一点,端详着杏色的利口酒,然后,他抬起头来,直视着吉米,眼睛里闪着狂热的光芒。

"好吧,为我们的妮塔的魂魄干杯,"他说,"愿她安息。"

他怪异地顿了顿,接着说:"来吧,吉米,你也必须为她干杯。"

"为妮塔干杯。"吉米·雷克喃喃道,他的声音有些哽咽,几乎听不见。

两个人喝了起来,吉米啜饮着利口酒,查尔斯照例喝了一大口。

下个瞬间,查尔斯·肯宁顿站了起来,他的眼睛瞪得大大的,双手在喉咙上乱抓。

"上帝!我的喉咙在烧!"他艰难地说着,发出剧烈的喘息。奈杰尔也站了起来,但是,当他开始绕过桌子走向查尔斯时,他感到吉米·雷克的右手用力钳住了他的手腕。

"不,奈杰尔!这样更好。看在上帝的分上,让他——"

查尔斯·肯宁顿的脚步摇晃起来。他呕吐,挣扎着呼吸,他的脸变得通红,眼睛疯狂地盯着虚空处。然后他侧身倒在椅子上,像一条虫子一样扭动着,从椅子滑落到地板上,脸朝下躺着,抽搐了一下,然后安静了下来。

吉米的手仍然在奈杰尔的手腕上,现在放松了。他剧烈地颤抖着,叹了口气——一种充满疲惫的声音。

"你不明白吗,奈杰尔?我不能让你——我必须给他机会——对爱丽丝来说,逮捕、审判、绞刑,一切都太可怕了。"他用颤抖的声音恳求道,"这是我唯一的希望,希望他身上有我的毒药片。我很抱歉用绑带跟你玩了那个小把戏。我必须给他一个机会,让他把毒药放进他的利口酒里而不让你看到。如果他有的话。"

奈杰尔定定地看着他,没有发表评论,只是问他是否可以用电话联系医生和警察。

"在那边的壁龛里,"吉米说着,站起来带路。电话被藏在一块白色柜板后面,吉米把柜板推到一边,把电话拉出来。

"你的医生电话是多少?"奈杰尔问。

吉米·雷克把号码给了他。奈杰尔刚开始拨号,他们身后的一个声音说:"不要麻烦医生,亲爱的。只叫警察。我们只需要这个。"

奈杰尔转过身来,肯宁顿少校站在桌子后面,就在他摔倒和死亡的地方。

一种可怕的声音、像一个人在噩梦中发出的轻声尖叫,从吉米·雷克的嘴里发出。这声音中断了,就像它的开始一样突然,吉米向门外逃去。但奈杰尔立刻伸手抓住了他的肩膀,受伤的那个肩膀,使他转了一圈,踉跄地朝着餐桌的方向倒去。

查尔斯堵在门口。"奈杰尔,"他说,"你能不能搜一下他,如果不在他的某个口袋里,那么会在地板上。我打赌在他右手边的大衣或裤子口袋里。"

"斯图尔茨的东西?"奈杰尔问。

"是的,不妨这么说。"

"好吧,好吧,好吧。"主任喃喃自语,他的声音听起来无限疲惫。他斜靠在桌子边,手伸向右边的大衣口袋,奈杰尔冲向他。这就是冒险的结局了。在主任的手伸出口袋之前,他抓住了主任的手腕。

"好吧,"吉米又说,"你不用害怕。只是这个。"他轻轻地举起手,摊开了手掌:上面躺着一个小小的、破碎的容器。

吉米糊里糊涂地摇着头,一脸茫然。"我不明白,"他嘟囔着,盯着查尔斯,"我不明白。"

"这是个仿制品,里面只是水,相当健康。如果我不知道那里面只是水,肯定不会喝你倒的利口酒。镜子还是有用处的,吉米。哦,是的,在橘猫转移了大家视线的时候,我看到你弄破容器,把里面的东西倒进利口酒杯里。我在看着你,在那面镜子里。我当然在看着你。"

"啊。"奈杰尔自言自语,最后的那块拼图终于到位了。

"好吧,"吉米·雷克说,"好吧,好吧。"在漫长的斗智斗勇之后,在看到胜利和安全被牢牢握在自己手中,却又如此出人意料地被夺走了之后,他彻底失去了斗志,摸索着找到他的椅子坐了下来。他把头埋在右手中,说:"那好吧。我不介意。宁愿如此。我错杀了一个女人,我错杀了一个女人。从那刻起我就意识到了,越来越强烈地意识到。哦,妮塔,我——"

他开始哭泣,沉闷地、绝望地哭泣。躲开查尔斯·肯宁顿的目光,奈杰尔回到了电话旁。

第十一章

存档

"错杀了女人？"布朗特问，"你确定吗？他误把妮塔的咖啡当成他妻子的咖啡而下毒？"

"哦，不。妮塔确实是投毒的对象，但在吉米·雷克为了回到爱丽丝身边而杀死妮塔之后，他意识到自己真正爱的是妮塔，而不是爱丽丝，这一切都太晚了。这就是他的悲剧。你知道吗，尽管发生了这一切，我还是很同情他。他被撕裂成了两半。毫无疑问，妮塔的秉性让他无处可逃：她给了他地狱，也给了他天堂。"

"不过,他谋杀她的方式真是令人发指,如果是出于一时激愤——"

"哦，是的，我知道。不过，比起肯宁顿少校最后抓住他所采用的冷血方式，我宁愿接受前者。吉米有一种人性的温度：他不介意以最深的感情投入生活。相比之下，查尔斯和爱丽丝就显得冷漠凉薄了。"

"是啊，他们是一对冷酷无情的姐弟。但我想，按照你的说法，如果肯宁顿没有把他从洞里引出来，我们就不会抓到这个人。"

这是吉米·雷克被捕后的第二天晚上，他们俩坐在奈杰尔的房间里。奈杰尔身边的威士忌酒杯没有动过。关于上周发生的可怕而混乱的案件，他知道吉米的被捕是唯一合理的结论，他知道这点已经有段时间了，然而，当事情真的发生了，他还是感到心痛。对于一个实施了如此残暴的计划的人来说，他不应该有任何同情心，然而……

"我敢说你是对的，布朗特。即使在那时，吉米也只是静待事态的发展。尽管我在饭桌上对查尔斯和爱丽丝提出了指控，也没能让他动摇分毫。我希望他能看出其中所有的漏洞。但后来查尔斯对他发出了指控。查尔斯的指控从头到尾正中靶心：这打击到了吉米，他被刺痛了，所以他决定把一切都推给查尔斯，并通过策划一场明显的自杀来结案，同时也可以解释他自己的毒药片的消失。这是一个极其大胆的即兴作案，而且他可能已经逃脱了惩罚，如果'斯图尔茨的东西'真的是'斯图尔茨的东西'的话。顺便问一下，查尔斯对这个问题是怎么解释的？"

"很简单。在他追捕斯图尔茨的时候,他做了一两个假的毒药容器，样式和纳粹的一样，但里面装的是水。他的想法是，把这些东西带在身上，如果能在斯图尔茨的女朋友里找到一个愿意跟他合作的，就让她用一个假的容器把有毒的容器调包，这样斯图尔茨就不能在被捕时以这种方式自杀。事实上，查尔斯最后确实通过一个女朋友找到了斯图尔茨，而她也帮他掉了包。我们应该意识到他给吉米的那封信只是他的胡编乱造。"

"是的，你不可能通过拍打一个家伙的背部拍出卡在他牙槽里的容器。"

"所以肯宁顿从那个女孩那里拿走了真正的容器，并把它和另一个假的容器带回家作为战利品。他在你们部里的聚会上展示的是假货，而我们在他的行李箱里发现的是真货。"

"不管怎么说，我应该猜到的。我们都认为他对一个氰化物容器如此大意是很反常的。然后就是妮塔死时他脸上的神情——我本该更重视它——那是纯粹的震惊的神情。一个女孩死于氰化物中毒，而容器消失了，但那里面只有水。难怪他感到震惊。"

"可惜他没有立即告诉我们这件事。"

"我想他当时不能确定那不是爱丽丝在妮塔的杯子里下的毒。他知道吉米也有氰化物毒药，而且他很快就想到爱丽丝可能拿到了它。所以他决定自己解决事情：他不相信我们能对那个容器得出正确的结论。"

"他真是很愚蠢，"布朗特说，"在我们——在你提出你关于'斯图尔茨的东西'的推理之后，除了吉米·雷克，不可能是任何人干的。吉米有最强烈的动机，他有手段，也有机会。是他在房间里布置了场景——照片和封面设计。然后，在他被比尔森攻击后，他拒绝去医院，这就说明他有问题，如果他不是害怕住院后在神志不清时或睡梦中把真相说出来，他究竟为什么要那样反对被送进医院？在家里，只有爱丽丝在他的床边——至少他希望如此。"

"她很可能会带着真相直接跑去找你，这个说实话的小家伙。"

"哦，斯特雷奇威，你对雷克夫人有点刻薄。"

"我不喜欢这些冷若冰霜的女孩。你知道吗，布朗特，根据你掌握的证据，你不可能让检察官批准对吉米的起诉，它们太薄弱了，只是一些显示风向的稻草——辩方律师一吹就能把它们吹到窗外。所有的证据都是如此。例如，那个大写的 A。"

"克拉夫的书里的？"

"是的，吉米怀疑我在这里给他设了陷阱。他以几乎接近真相的谎话避开了这个陷阱，就像他避开其他几个陷阱一样。他承认是妮塔写了 J，他说她是在取笑他；接着当着她的面，他把 J 改成了 A，作为回击。这种说法似乎很合理。但事实上，如果这真是他们之间的一个玩笑，他落笔就会更有力，写出一个大胆夸张的 A，不是吗？而这个字迹是如此微弱，我一开始几乎没有注意到，这表明吉米的解释是假的。这意味着他最初修改这个字母，是为了转移我们对他的性格、他的困境以及他的动机可能展开的调查。你如何能想象，皇家律师试图用这根稻草做一块砖！"

"你说得没错。而他在被攻击后说的那些话——'爱丽丝，她不会让我走的，亲爱的。'可以从两个方面来解释。要么他想象自己是在对爱丽丝说话，而那个'她'指的是妮塔，要么就是反过来。Q 文件的事情非常奇怪，"布朗特想了想，继续说，"他确实在他家的炉子里烧了它，这很奇怪，因为从始至终，这是他唯一一次想要误导我们的调查方向。"

"有一点一直困扰着我，那就是在妮塔被谋杀的当天，他却把宣传部翻了个底朝天要去找那份文件，如果他是无辜的，为何要这样做？他说他当时没有怀疑比尔森和福斯科之间的交易，我相信这是实话。我的猜测是，他只是想找点事情来把他的注意力从谋杀上移走，而关于这份文件的争议正好出现了。"

"你的推理八九不离十了。我今天早上就这件事问过他。事情显然是这样的：在我们搜查他的办公室时，他正在福斯科的办公室里工作。在去的路上，他从前厅拿了收文盘，并把它带在身边。收文盘里有一叠文件，放在最上面的，是他决定当晚在家里处理的一份文件，他直接把它装进了公文包里。但是，他心绪不宁，没有注意到他同时拿起了装着Q文件的信封，所以这份文件也被装了进去，他回家后才发现这份文件。同时,那天下午,他指出关于文件和照片副本的问题，比尔森在提供这些时总是很拖延。这只是为了把他的注意力从他自己做的事情上移开。他说，回到家后，他有一阵恐慌，他从来没有想过要让其他人入罪。但是，他在自己的公文包里发现了Q文件，他想把它毁掉——只是为了搞障眼法，让事情更加混乱。"

"这听起来很合理自然，我想这是真的。但这似乎是他唯一一次表现出惊慌失措。"

"那时还不算，直到我开始询问氰化物的其他来源。"

"是的,"奈杰尔说,"你认为他为什么不否认有毒药片呢?"

"这很简单。首先,哈克·福斯科知道他有;第二,当我向他询问此事时,雷克夫人就在房间里,她不安的情绪表明,要么她自己使用了它,要么——"

"要么她怀疑她丈夫使用了它?"

"嗯,无论如何,如果她知道在谋杀之前,毒药片已经被销毁或以某种方式用掉了,她就不会因我们的提问而感到不安;因此,吉米·雷克不敢假装他已经销毁了它,而且他肯定也没有办法证明他销毁了,只有他的一面之词。"

"那么,像往常一样,他没有试图隐瞒真相?这是他在案发后的一贯策略。他是一个非常聪明的人,也是一个道德上的懦夫。他的理智告诉他,罪犯,尤其是杀人犯,往往会被自己的谎言所暴露,不必要的谎言。而道德上的懦弱,使他无法干净利落地摆脱妮塔的死亡,也使他不敢主动对我们编造任何谎言。相反,他索性无所作为,像一只受惊的动物装死。他不敢承认自己的罪行。是的,这一切都是性格使然。当然,他没有努力隐藏自己的毒药是致命的一点。毒药不在抽屉里,这只有两种可能,他或爱丽丝是凶手。"

"毫无疑问,是那个毒药的事实决定了他只能公开站出来。"

"是的,还有他对查尔斯压抑的嫉妒。当然,他们对彼此都有这种情感。"

"嫉妒?"

"我想是的。他们两人与爱丽丝有一种奇怪的关系。在某种程度上,她的孪生兄弟是她生命中的至爱。我认为与他的这种亲密关系是她婚姻失败的真正原因。如果你昨晚看到他们，查尔斯和吉米，你会同意我的看法。晚餐会变成了一场赤裸裸的相互反感的展示，他们之间压抑了很久的嫉妒之情在沸腾。是纯粹的嫉妒驱使查尔斯如此恶毒地攻击吉米。我认为如果不是因为嫉妒引导了他自我保护的本能，吉米不会试图让查尔斯成为替罪羊。"

"你还没有告诉我在晚餐会上到底发生了什么。"

"我想妮塔一定凭直觉意识到了这种嫉妒，"奈杰尔继续说，"那天早上查尔斯来部里时，她当着吉米的面，对查尔斯热情迎合。还有早些时候，当她说'吉米正在练习铁石心肠。但这并不奏效'，她在试图说服自己，前一天晚上吉米和她之间发生的事情并不意味着什么，吉米永远不可能对她铁石心肠，把她推给查尔斯。我敢肯定，她希望她在查尔斯面前的表现会激起吉米的嫉妒心，让他意识到如果他把她推开会失去什么。这是她的最后一搏。"

"那晚餐会呢？"布朗特又问，"你很不愿谈论它。"他的眼睛闪烁着冰冷的光芒："有点失控了，是吗？你没控制住场面？"

"你说得太对了，确实是这样。它让我失去了能力，而且——但我最好从头说起。如你所知，我早上去了他们家，然后查尔斯来和我一起吃午饭。我的计划是播下不和谐的种子。我当时非常确定，吉米是我们要找的人，而查尔斯知道或猜到的比他告诉我们的要多得多，而且爱丽丝也怀疑她丈夫犯了罪。但查尔斯和吉米，出于不同的原因，似乎决心静观其变。我不得不动摇他们。对爱丽丝本人，我曾试着说你倾向于怀疑查尔斯。我从她那里明显感到，她一直在担心的是她的丈夫，而不是查尔斯；因为吉米，她才如此防备——不仅是因为妮塔的死没能使他们的关系更亲密，而是，很明显她对吉米杀害妮塔的怀疑正在加深他们之间的隔阂。我和她说了这种看法，她的反应让我肯定，不可能是她自己杀了妮塔。在见爱丽丝之后，我立刻又见了吉米。当时我没能让他有什么改变，但我确实让他感到不安了，从他自己以及爱丽丝的角度。我说得很清楚，有一个针对他、针对爱丽丝，以及针对爱丽丝和查尔斯共谋的有力证据，然后我让这个消息在他的脑海中发酵。他将不得不做些什么，为了自卫或保护爱丽丝——这是我所希望的：他不介意让查尔斯为他背黑锅，但爱丽丝是另一回事。然后就轮到查尔斯了。我在与他的谈话中得知的第一件事是，他已经知道了下毒的方法，但仍在隐瞒什么。"

"他知道他带到宣传局的容器是无毒的。"

"没错。我是说，我现在意识到了这一点。当时，尽管他有一个宽泛的暗示，但我没有把握住：他说他从不认为他带去的那个毒药容器被用来进行谋杀。当我问他为什么时，他说，原因之一，如果他用了它，就不会费心把它从房间里拿出来。过了一会儿，我把话题转向了爱丽丝，查尔斯接着对他姐姐的性格进行了漫长而深入的阐述，以证明她不是那种杀人犯，不可能自己或与查尔斯串通杀害妮塔。但他没有更进一步证明。当时并没有。然而，这颗种子已经播下。他知道他必须迅速而果断地采取行动，如果吉米，这个他几乎从一开始就怀疑的人露出马脚的话。请注意，那时我还没有完全否定查尔斯是罪魁祸首的可能性。但是你的消息来了，说是在他的箱子里发现了'斯图尔茨的东西'。这完全破坏了我对本案的整体推理，我原以为凶手在犯罪后拿走了这个容器，然后大概是销毁了或把它藏了起来。查尔斯对这一发现的反应确实非常奇怪，他说，'现在你已经做到了'，然后就离开了我的房间。这让我相信查尔斯不是凶手：任何有罪的人都不会有这样的反应。但不幸的是，这似乎也证明了吉米的清白。当然，不是直接证明的。我以为是他把'斯图尔茨的东西'放在了查尔斯的手提箱里，我以为他终于被逼着采取行动了。但后来你打电话告诉我，查尔斯承认他的口袋里一直有那个手提箱的钥匙，并说不可能有其他人把容器藏在里面。"

"所以当他说'现在你已经做到了'——"

"我想他的意思是结束了，对吉米来说，在某种程度上对爱丽丝来说也是如此。我相信，到目前为止，查尔斯对容器的事一直保持沉默，因为他确实不想让吉米被捕，而且他猜想，就算我们知道了容器的事，我们仍然缺失部分证据而无法逮捕吉米。他不是关心吉米的遭遇，只是为了他姐姐的心灵安宁着想，他不想帮助我们绞死爱丽丝的丈夫。但现在他不得不采取行动，哪怕只是为了自卫。在这一点上，我认为，他人格的另一面占了上风——曾追捕斯图尔茨的肯宁顿少校。他突然意识到他恨吉米——那个把他姐姐从他身边夺走，然后为了另一个女人抛弃她、把她卷入一场可怕的罪案的人。他现在要为吉米设置埋伏了：揭示容器的真相可能不会使案件结束，吉米很可能会以某种方式脱罪；此外，查尔斯想进行私人的报复。"

"所以你被邀请去吃晚餐？"

"所以我被邀请去吃晚餐。我一到那里，就感觉到空气中弥漫着火药味。查尔斯喝得酩酊大醉——毫无疑问，是为了帮助自己应付这场大戏。他们两个人之间的水火不容的气氛——嗯，浓厚得你要用刀才能切开。在我到来之前，查尔斯显然就一直在嘲弄吉米，暗示这个，暗示那个，故意刺激他的神经。事实上，他是在效仿我的做法，当然，他做得更有效，因为他讨厌吉米，鄙视他，非常享受对他施压的感觉，而我没有这种心理倾向。吉米非常冷静和警觉，他知道一定会有事情发生，但还不知道是什么。然后，我们进去吃晚饭，我决定推动事态，所以我告诉他们我是如何得出关于谋杀方法的推理的，然后根据这个推理锁定了查尔斯和爱丽丝。这让他们大吃一惊，我的预期目的也达到了。查尔斯立刻开始了他对吉米的控诉。我敢说，那是一场充满仇恨的控诉，而它也揭示了查尔斯对自己掌握的所有事实的真实解释。"

"等一下，"布朗特打断了他的话，"雷克先生此时已知道在肯宁顿的手提箱里发现了一个毒药容器吗？"

"是的，我已将这一点作为我指控查尔斯和爱丽丝的高潮。吉米无法掩饰他的震惊之情，又一个毒药容器！因为他的口袋里正装有查尔斯带到部里的那个容器。嗯，查尔斯让吉米最好认罪，而吉米当然拒绝了这个提议。于是查尔斯开始行动了。他首先非常干脆地推翻了我对他和爱丽丝的'指控'，然后当面指控吉米谋杀了妮塔。他说他没有说出他所知道的关于吉米的一切，是出于保护爱丽丝的意图。这使吉米下定了决心。他不知道查尔斯还有多少事情要讲，但他能猜到这会对他造成致命威胁,所以他决定马上把计划付诸行动。"

"计划?杀死查尔斯·肯宁顿?"

"是的,我想这并不全是一时兴起。但如果不是查尔斯逼得太紧、让他恼怒的话,我怀疑他可能不会将这一计划付诸实施,尽管这样做的话,似乎也就能很好地解释他自己的毒药消失的原因。总之,他走到餐边柜前去拿餐后甜点。哦,他做得很自然——他昨晚的表演很精彩,布朗特,把我耍得团团转,但没有唬到查尔斯。查尔斯在镜子里看着他,对他没有一丝信任。吉米假装听到门外有动静,我去开了门,那只是他的猫。显然,在吃饭的时候如果他的猫没有被放进餐厅的话,它总是会来撞门。当然,我不知道这个,但查尔斯知道。在我开门的时候,吉米折断容器,把里面的东西倒进了一个装着利口酒的有色玻璃杯里。查尔斯从镜子里看到他这么做了,但没有说什么。他知道那个容器一定是他带到部里的那个假货。然后,吉米又坐了下来,查尔斯又开始了指控。吉米以为的毒药,现在已经在餐边柜上准备好了,在一个有色玻璃杯中,无人察觉,用或不用,取决于查尔斯现在会透露什么。好了,查尔斯开始陈述对吉米不利的指控。你会在我昨晚写的完整报告中看到这一切。其中还包括妮塔告诉他的,在谋杀的前一天晚上,吉米用尽一切方式劝她,要跟她分手,最后还威胁她,告诉她这是他给她最后的机会。接着,查尔斯对吉米的性格进行了极度冒犯的分析,并详细描述了他的谋杀方法。顺便说一句,他提出了一个假设,即吉米原本打算把妮塔的死伪装成自杀。"

"是的,"布朗特说,"他在供述中承认了这一点。"

"嗯，当查尔斯说完后，吉米首先指出，在查尔斯的手提箱里发现了'斯图尔茨的东西'，这似乎使查尔斯之前的指控成为无稽之谈。然后他就开始切入主题。这是一场高超的表演。他说，他以前不敢说出真相，因为他知道如果爱丽丝知道弟弟被判谋杀罪，会伤透了心。但现在，与其说是愤怒，不如说是悲伤，他必须说出来。"

"高超的表演？应该说是该死的虚伪吧！"布朗特低吼道。

"是的，我知道，但我还没法摆脱从前我对吉米的喜爱和钦佩之情。他犯下了如此骇人的罪行，我知道他有罪，但我必须拧着自己才不会认为他是无辜的，是查尔斯——总之，吉米指控的关键是，他那晚返回妮塔的公寓，在门口听到查尔斯威胁她说，如果她不离开吉米、回到他身边，就把她干掉。他把查尔斯描绘成了一个妒火中烧的人。"

"但他不可能曾——"

"对，他当然没有真的回到她的公寓。这只是一个充满激情但不乏说服力的谎言。"

"那条狗。"布朗特说道。

"没错，那条狗总是在有人进来的时候吠叫。看门人很肯定地说，当晚那条狗只叫了四次——吉米的真正到来和离开，还有查尔斯的。吉米在那一点上疏忽大意了。我现在确定他在撒谎。"

"但他是如何解释查尔斯手里有'斯图尔茨的东西'的呢？"

"很有创意。他同意查尔斯不可能在妮塔死前就把它装进口袋——证据已经证明了这一点；他认为查尔斯是在她刚死的混乱中做的。当然，他不得不很快避开这个问题，同时更快地避开另一个问题，即查尔斯是从哪里得到实际上投入妮塔咖啡里的氰化物的。他不能推测查尔斯从自己的抽屉里拿了毒药片，因为证据证明，没有爱丽丝的帮助，查尔斯不可能在案发前拿到它。何况，他需要这个药片仍然存在，可以这么说，因为查尔斯将用它'自杀'。所以他含糊地表示，查尔斯一定有其他的毒药来源；他指责查尔斯在谋杀后偷走了自己的药片，来增加他的嫌疑，他甚至说查尔斯曾问他把毒药放在哪里。我想这是另一个谎言，至少查尔斯反驳说这是个谎言。但是，尽管吉米指控的部分内容相当模糊和牵强，他也能够置之不理，因为一方面这样能显得更逼真，另一方面，查尔斯的'自杀'将会证明它的真实。出于同样的原因，吉米终于承认，如果查尔斯坚持要求妮塔履行婚约，他就会抓住机会和她分手。这是一个非常适时的承认，但他一直都意识到，对他来说，隐藏杀害妮塔的动机是多么危险。"

奈杰尔停顿了一下，伸手去拿他的威士忌酒杯，但他又把它放下了，没有品尝。

"好了，接下来吉米就开始杀人了。查尔斯当然知道吉米在想什么，也在迎合他，装作被吉米的指控击溃了。吉米明白必须在查尔斯重整旗鼓之前达到自己的目的，很显然，他不能指望查尔斯在彼此都心知肚明的虚假指控下始终无所作为。于是，吉米走到餐边柜前，漫不经心地给自己倒了一些桃子白兰地，然后道歉，并给我倒了一些。另一个杯子——他之前倒入了容器中的液体的那个杯子——他放在查尔斯旁边。他做这一切的时候非常公开坦然，可以让目睹这些的我发誓，他并没有对查尔斯的杯子做任何手脚。"

"桃子白兰地,嗯?"

"是的,闻起来和氰化物差不多的气味,可见他已经计划好了一切。当时,他对查尔斯说'现在只剩下一件事了',查尔斯仍然显得相当惊愕,呆呆地重复这句话。他也在演戏,尽他最大的努力。"

"我不明白为何雷克没有怀疑,"布朗特说,"他当然会发觉,肯宁顿如此顺从地配合他的计划是非常奇怪的。"

"你会这么想很正常。但我推测,吉米当时只顾着给我制造自杀的假象,没有心思注意到受害者的举止。他把查尔斯的行为归结为他被自己的反击吓呆了,还有部分原因无疑是查尔斯喝醉了——查尔斯整个晚上都喝得醉醺醺的。无论如何,在给了查尔斯自杀的提示后,吉米再次分散了我的注意力:他让我调整他胳膊上的绑带,他玩了个花招,让我背对着查尔斯一分钟,所以我会想当然地认为,在这一分钟里,查尔斯把氰化物药片放进了他的利口酒中。"

"那你信以为真了吗?"

"唔,不全是。我确信,吉米在为某些事情做准备,显然是在为一个自杀场面做准备。但我得承认,我没想到它会在下一刻发生,就在我自己的眼前。"

"普林斯小姐就是这样被杀的,在众目睽睽之下。"

"是的,我知道,"奈杰尔说,"我没有任何借口,我得承认,吉米把我催眠了。接下来发生了一件毛骨悚然的事情,查尔斯举起酒杯,请吉米为妮塔的魂魄干杯。查尔斯对自己的小机灵乐此不疲,吉米完全不喜欢这样。然后,查尔斯喝了一大口酒,他是个贪婪的家伙,我以前就注意到了,他会把利口酒当成啤酒灌下去!然后他开始模仿一个刚喝了一口氰化物的人的样子,准确得骇人。我完全被震慑住了。我没想到这么快就发生了,正如我说过的那样。吉米紧紧抓住我,不让我跑过去看查尔斯——我估计那时他很惊慌,不知道查尔斯会不会喘着粗气指责他在利口酒里下毒。他说,'这样更好',在我的脑海中强化了查尔斯宁愿采取这种方式的印象。在查尔斯'死了'之后,吉米承认他用绷带跟我耍了个花招,给了查尔斯这个机会,'希望他身上还有我的毒药片'。然后我就去打电话,我刚刚问吉米要了他的医生的号码——我们都背对着桌子——然后就都听到刚刚死于氰化物中毒的那个人的声音,平静地宣布我们只需要叫警察来。这句话击溃了吉米的神经,正如查尔斯一直以来所希望的那样。我们对他进行了搜查,在他的口袋里发现了那个假的毒药容器,已经破损。这绝对是致命的证据。可怜的老吉米。"

"我不会在他身上浪费我的怜悯。"布朗特说。

"我知道你是对的。但当我想到吉米的悲剧时,还是忍不住同情他——复仇女神通过一个女人对他进行了报复——"

"是啊,那个漂亮姑娘。你应该为妮塔·普林斯感到惋惜。"

"哦,是的。如果不是对她深有好感,我是不会卷入这个肮脏的案子的。但复仇女神不是指妮塔。吉米做这一切都是为了爱丽丝,而正是爱丽丝在不知不觉中成为了复仇女神的工具。是爱丽丝破坏了他原来的计划,无法使妮塔的死看起来像自杀,因为她阻碍了他尽快把毒药容器装进口袋。是爱丽丝,仅仅因为她那天早上意外地出现在聚会上，就决定了接下来所有事件的发生：因为她的出现，加上她憎恨妮塔这一动机，必然会使她受到怀疑；如果不是她处于危险之中，我怀疑查尔斯是否会费尽心思坐实吉米的罪行。吉米是为了爱丽丝而杀人的，然而发现妮塔的死不仅没能弥合他们之间的隔阂，反而加深了它。在爱丽丝因他与妮塔的婚外情或多或少与他疏远的那些年里，吉米逐渐建立了一个爱丽丝的幻影，这个幻影似乎能提供妮塔无法给予他的那样东西：心灵的平静。但是，当他终于解脱出来、回到爱丽丝身边时，他又看到了她的真实面目——一个冷静的、自私的、冷血的生物。她是一个有趣的伴侣，足够令人愉快，这是肯定的，但从根本上说，她也是一个缺乏爱心、没有柔情的女人。而吉米在妮塔身上看到了一个真正在爱着的女人的模样。妮塔对他来说太好了，我知道——爱得太多，要求太多，太有占有欲。但是，当她死后，他才发现她的那种爱，以及所有的争吵和折磨，才是他真正想要的东西。然而他摧毁了这一切，也摧毁了她，因为他没有成为一个足够强大的对手来维持这段关系。但这也是他应得的。在案件发生之后，爱丽丝的存在就像梦魇一般，无时无刻不在提醒着吉米他失去的那一切。"

"是啊，"布朗特说，"一个典型的复仇女神的案例。"

图书在版编目（CIP）数据

谋杀笔记／（英）尼古拉斯·布莱克著；蔡丹丹译
. —— 上海：上海文艺出版社，2023
（尼古拉斯·布莱克桂冠推理全集）
ISBN 978-7-5321-8708-9

Ⅰ. ①谋… Ⅱ. ①尼… ②蔡… Ⅲ. ①推理小说－英国－现代 Ⅳ. ① I561.45

中国国家版本馆CIP数据核字（2023）第040305号

谋杀笔记

著　　者：[英]尼古拉斯·布莱克
译　　者：蔡丹丹
责任编辑：王　琦
装帧设计：周艳梅
版面制作：费红莲
责任督印：张　凯

出版：上海文艺出版社
出品：上海故事会文化传媒有限公司
　　　（201101上海市闵行区号景路159弄A座3楼www.storychina.cn）
发行：上海文艺出版社发行中心
　　　（上海市闵行区号景路159弄A座2楼206室）
印刷：上海中华印刷有限公司
开本：889毫米×1194毫米　1/32　印张8.625
版次：2023年6月第1版　2023年6月第1次印刷
ISBN：978-7-5321-8708-9/I.6858
定价：45.00元

版权所有·不准翻印

上海故事会文化传媒有限公司出品（01116）www.storychina.cn
想看更多精彩故事？扫码下载故事会APP

上海故事会文化传媒有限公司所有图书可办理邮购，免收邮费（挂号除外）
汇款地址：上海市闵行区号景路159弄A座2楼206室（201101）
收款人：上海故事会文化传媒有限公司出版发行部
联系电话：021-53204159
如发现本书有质量问题，请与印刷厂质量科联系T：021-60829062